仮初め寵妃のプライド

皇宮に咲く花は未来を希う

タイガーアイ

キャラクター一覧

＝親子　―夫婦

皇帝

パレシス

大国一の領土を誇るアンシェーゼの現皇帝。無類の女好き。侍女や踊り子にも手を出し、子どもも多い。

妃

トーラ

皇后

国内外に幅広い人脈を持ち、息子を帝位につけることを望んでいる。

ツィティー

妾妃

五年前に死去。元異国の踊り子で、パレシス帝に寵愛と執着を注がれていた。

皇子・皇女

アレク

第一皇子

幼い頃から、次期皇帝たれと育てられた。民の命と生活、王冠の重みを理解した為政を志す、正統な後継者。

ヴィア

第四皇女

ツィティーの連れ子で、その面影を色濃く継ぐ絶世の美女。病弱で公の場に出ず、宮殿で引きこもり中と言われていたが……。

目次

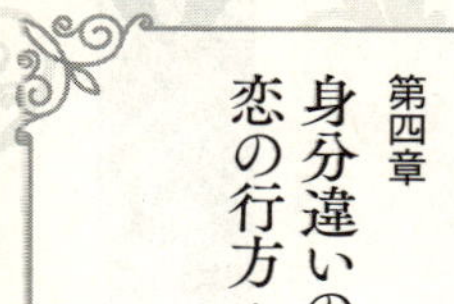

マイアール

セゾン卿の養女。天性の妖婦のような女性で、最近懐妊が明らかになった。

妾妃

セルティス

十二歳。ヴィアの弟で、パレシス皇帝とツィティーの子ども。継承権はあるが後ろ盾がなく、不安定な立場にある。

第二皇子

セゾン

強大な野心を持つ卿相。
パレシス帝にマイアールを送りこむ。

アモン

アレクの側近。
アントーレ騎士団の副官で、軍閥の嫡子。
生真面目で誠実な性格。

ルイタス

アレクの側近。
名家の嫡男で、内務卿を父に持つ。
社交的で何事にもそつがない。

グルーク

アレクの側近。
知略に優れ、アレクが懐刀と頼む男。

エベック

ヴィアの警護を担当する。
アントーレ騎士団員。

第一章　寵妃の連れ子と第一皇子

Karisome Chouhi no Pride

　全く何もかもが苛立たしい。

　美しいアーチ型の石柱が立ち並ぶ回廊を闊歩しながら、アレクは胸の内でそう独り言つ。

　大国一の領土を誇るアンシェーゼの第一皇子として生を受けて二十一年。幼き頃より次期皇帝たれと言い聞かされて育ち、アレク自身、そうした己の出自に強い自負を抱き、その言葉を疑う事なく生きてきた。

　が、母が皇后であろうと、皇帝の第一子であろうと、それはただ帝位に近いと言うだけで、結局は皇帝の胸三寸なのだと、いつの頃からか思い知らされるようになった。

　アレクの父、パレシス帝は無類の女好きだった。アレクが生まれて暫くは皇后を唯一の妃として重んじていたが、皇后の父親である宰相が亡くなるや、箍が外れたように女漁りを始めた。侍女や踊り子に次々と手を出し、今ではすでに五人、母親の違う子をもうけている。

その事については、アレクは今更何の感慨も覚えなかった。こういう類の男は往々にしているものだし、政さえ乱れなければ女遊びなどいくらでもしてもらって構わない。

けれど、父皇帝の今度の相手ばかりは、今までと勝手が違った。

このところ父が執心しているのは、最近とみに力をつけてきたセゾン卿の養女だ。家格の高さから、皇帝の手がついた翌日には側妃立后が宣言され、しかも最近、懐妊が明らかとなっている。

そのセゾン卿の養女――マイアールは、まるで息をするように男に媚びを売る、天性の妖婦のような女だった。噎せ返るような色香とはちきれんばかりの豊満な胸を持ち、それに対して肩から伸びる手はほっそりとしている。白い肌は若々しく、もっちりと手に吸い付くような触り心地を思わせた。

確かに極上の女ではあるのだろうが、簡単に色香にやられ過ぎだろうとアレクは苦く心に吐き捨てる。でっぷりとした体を揺らし、したり顔で笑うセゾン卿の姿が容易に想像でき、アレクの口から我知らず小さな舌打ちが漏れた。

「殿下、余り態度に出されますと……」

傍らにいた護衛の騎士に窘められ、「わかっている」とアレクは漏れそうになる吐息を呑み込んだ。こうして回廊を歩いているだけで、好奇に満ちた貴族らの視線が体中に纏わりついてくる。このような場所で苛立つなど、愚か者のする事だ。

「それよりセルティスについては何か聞いているか？」

ふと思いついて異母弟の事を尋ねてみれば、

「特に何も。第二皇子は変わりないと聞いています。相変わらず臥せってばかりだと」

想定通りの答えに、アレクは苦笑する。

「そうか。十二の誕生日は過ぎた筈だが、やはり入団先は決まらないんだな」

アンシェーゼの皇族貴族は、十二になればいずれかの騎士団に所属するのが通例である。本来なら、具体的な話がそろそろ持ち上がってもおかしくはないのだが、寝付いてばかりの身であれば、入団など夢のまた夢なのかもしれない。

「あれほどご病弱では、どこの騎士団にも入団できないでしょう。母君のツィティー妃がご存命ならば、心を砕いておられたかもしれませんが」

そう続けた騎士の言葉に、アレクは思わず、「ツィティー妃か……」と呟いた。

久しぶりにその名を記憶から呼び覚まされて、感慨深げにその琥珀の瞳を細める。

ツィティー妃は、かつて父パレシス帝が寵愛していた美貌の側妃だ。浴びるほどの寵愛と執着を傾けられ、まさに一時代をアンシェーゼに築いたが、幸いな事に一切の野心を身に持たなかった。政に口を挟むような真似も一切せず、賢明な側妃として皇帝に仕え、臣下からも慕われた。

「懐かしいな。亡くなってもう、五年が経つのか」

しみじみとそう呟けば、騎士も大きく頷いた。

「そう言えば、ツィティー妃は確か異国の踊り子であったと伺っていますが」

「ああ。離宮で催された宴の余興として呼ばれ、皇帝の目に留まった。夫と無理やり別れさせられて、この皇宮に連れて来られたと聞いている」

「それは……」

　何とも答えようがなかったのだろう。騎士は気まずそうに口を濁した。

「皇子を産んだ功績で側妃に押し上げられ、宮殿の一つを与えられた。出世と言えば出世だが、本人はどのように思っていたのだろうな」

　ツィティーはアレクが成人皇族となる前に亡くなったため、言葉を交わした事はない。ただ、とても美しい女性であった事は覚えている。湖水のような澄んだ青い瞳が印象的で、腰はほっそりと括れ、清楚な気品と可憐さに満ちていた。

「その美しさは今も語り草になっておりますね」

「そうだな。私は朧げな記憶しかないが、確かに美しかった。それにいかにも儚げな容姿をしていた。実際、余り丈夫ではなかったのだろう。時々体調を崩して、宮廷行事を欠席していたと聞く」

「ではセルティス殿下はその母君の血を引いてしまわれたのですね」

「そういう事だ。とにかく病弱で紫玉宮から出て来ない。生まれた時から虚弱で、成人まで育つかどうかとツィティー妃も随分案じておられたようだ」

そう言えば、紫玉宮にはセルティスの異父姉も暮らしていた筈だと、今更のようにアレクは思い出した。ツィティーが前夫との間にもうけた娘で、名は確かヴィアトーラとか言ったか……。

ツィティーが娘と引き離される事を拒んだため、皇帝はその娘を一緒に引き取り、第四皇女として皇室に迎え入れた。セルティスより四つ上だと聞いているから、多分十六、七になっているだろう。

こちらも寝付いてばかりの引きこもりで、皇国の役にはとても立ちそうにない。娘について触れられる事をツィティーが頑なに嫌がったため、いつしか人の口の端にのぼる事もなくなり、そのまま忘れ去られた。

おそらく美しい娘なのだろうとアレクは思う。何しろあのツィティーの血を引いているのだ。醜い筈がない。

「セルティス殿下が病弱にお生まれになった事は、アンシェーゼにとって幸運でした」

声を潜めるようにそう言ってきた騎士に、アレクはああ……と頷いた。

現在、アンシェーゼの皇位継承者は二人。皇后腹のアレクと、第二皇子のセルティスだ。もしこのセルティスが健康に生まれついていたら、今頃は熾烈な皇位継承争いが起こっていた事だろう。

「この度マイアール妃が懐妊されて、皇后陛下はさぞ神経を尖らせておられるのではありませんか」

　そう慮ってくる騎士に、アレクは小さく吐息をついた。

「かなり苛立っておられるのは間違いないな。こうして私を呼びつけるくらいだから。皇帝に対する愛情はとうになくしておられるが、皇后としての面子を潰された怒りは大きいだろう。それ以上に己が権力を脅かされる事を何より恐れておられる筈だ」

　これでもしマイアールが男児を産みでもしたら、国の勢力図は大きく変わってくるだろう。セゾン卿は野心のある男だし、マイアールの子の立場を盤石にするために、すでに動き始めている可能性がある。

「ったく煩わしい。とにかく皇后陛下と話をするしかないか……」

　きつめのアーモンド色の目を吊り上げて、苛々と扇で手を打つ皇后の姿が目に浮かぶようだ。若い頃から華やかな美しさをもてはやされていた皇后だが、その美貌と正比例するようにプライドも高く、とにかく扱いにくい。

　苛烈な気性の母をこれからどう宥めたものかと、アレクは天を仰いで嘆息した。


　その後、ひとしきり今後の情勢について母后と話し合った後、アレクはようやく住まいである水晶宮に戻ってきた。夜には、アレクが腹心とも頼む友が三人、水晶宮を訪れ、三人で杯を重ねる事となる。

「今はどこに行ってもマイアール妃懐妊の話ばかりです。全く反吐（へど）が出る」

吐き捨てるようにそう言ってきたアモンに、アレクは尤（もっと）もだと思いつつ、手にした酒杯を黙って口に運んだ。喉を落ちる熱さが今日は余り感じられない。

今、場にいるのは、アレクを含めた四人だけだ。皇家の三大騎士団の一つ、アントーレの名を冠するアモン・アントーレと、内務卿の父を持つルイタス・ラダス、そして今一人はグルーク・モルガンである。

怒りを露（あらわ）にするこのアモンは、いかにも武門の生まれといった屈強な肉体を持った長身の男だ。褐色の髪と黒い瞳を持ち、アントーレ家特有の鷲鼻（わしばな）をしている。性格は生真面目（きまじめ）で融通に欠けるが、この誠実な気性にアレクは幾度となく助けられてきた。

一方のルイタスは反対にかなり砕けている。明るく社交的であり、この男の外見を表わすのに一番しっくりくるのは、瀟洒（しょうしゃ）という言葉だろう。いかにも洗練された宮廷人という感じで、何事にもそつがない。

もう一人のグルークは知略に優れ、アレクが懐刀と頼む男だ。顎が尖り、やや神経質そうな面立ちをしている。論戦では弁が立つのに普段は口下手（くちべた）で、それがこの男の面白いところだった。

アレクを含めたこの四人は全員がアントーレ騎士団の出身であり、騎士学校を卒業して正式な騎士の叙任を受けた後も、こうやって時々酒を酌み交わしている。アレクの側近中の側近と言えるだろう。

酒杯を置いたアレクはふと、アモンの椅子の脇に立てかけられている長剣の柄に目を留めた。そこに象嵌されているのは、鷹と百合が絡み合うアントーレ騎士団の紋章だ。それを見るともなしに見つめている内、アレクは先ほど皇后と交わしてきた会話を今更のように思い起こした。

今一番怖いのは、セゾンが目に見える形で武力を手にする事だと皇后は口にした。

その通りだとアレクも思う。自分はアモンを側近に迎える事で軍閥の一つ、アントーレ騎士団を手中にした。セゾン卿が同じ事を考えない筈がない。

そもそもアンシェーゼには軍閥が三つ存在し、皇家の三大騎士団として名を馳せている。血気盛んな「アントーレ」、武骨で慎重派の「ロフマン」、そしてプライドが高く、格好づけの「レイアトー」。この三つは皇国におけるもっとも格式の高い騎士団であり、いずれ帝位を狙うならばこのどれかを味方につけておく必要があった。

「セゾンは、レイアトー騎士団に狙いをつけたかもしれません」

まるでアレクの考えを読んだように、ルイタスがふっとそう呟いた。

「何か動きが……？」

「いえ、まだご報告できるようなものは」

口を濁すルイタスに、アレクは片頬を歪めるように苦く笑った。この場で言わないだけで、きな臭い動きを確かに摑んでいるのだろう。

　人当たりが良く、するりと相手の心に入り込めるルイタスは、国内外を問わず、豊富な人脈網を築き上げている。三年前、セゾン卿が容姿に優れた若い女性を探しているようだと、いち早くアレクに情報を渡してくれたのもこのルイタスだった。

「手っ取り早いのはロフマン騎士団の方だと思っていたが」

　そう首を捻(ひね)れば、アレクが何を言いたいのかわかったのだろう。事情を知る三人は何とも言えない顔で見交わし合った。

「どちらにせよ、今は様子を見るしかないか……」

　そんなアレクのぼやき混じりの言葉を最後に、四人はそのまま黙り込んだ。

　夕刻から降り始めていた雨が急に雨脚を強くしたか、ザーッという激しい雨音が無言の室内を重く埋めていく。

「そう言えば、今は滅びた辺境の国には、未来が見える力を持った巫女(みこ)と呼ばれる存在がいたそうです」

　唐突にそんな話題を振ってきたのはグルークだった。

「占術でもするのか？」

　眉をひそめるアモンに、グルークはいや、と首を振った。

「占いではなく夢見だと、何かの本に書いてあった気がする」

「ああ、その話なら私も聞いた事があるな」

　口を挟んだのは情報通のルイタスだった。

「五十年以上も前に滅んだ西の国の話だろう。確かその国では未来を読む巫女の神託によって政が動いていたと耳にした事がある」

「未来を読む巫女だと？　そんな不可思議な力を持った者がいるならば、さぞ使い勝手がいいだろうな」

アレクが皮肉げにそう呟けば、そう言えば……とルイタスがアレクの方を見た。

「その滅んだ国の名前ですが……」

ルイタスが言いかけた時、その言葉を遮るように、不意に扉が鋭くノックされた。

「何事だ」

アモンがすっと席を立ち、剣を片手に流れるような動作で扉へと向かう。

「ヴィアトーラ皇女殿下がお越しです」

「ヴィアトーラ皇女殿下、だと？」

思いがけない名に、四人は瞠目(どうもく)した。ツィティー妃の連れ子で、絶賛引きこもり中の第四皇女である。

一拍の沈黙の後、まさか……と勢いよくアレクを振り向いたのはグルークだった。

その端麗な容姿と毛並みの良さで、自分の主がいろんな女性と遊んでいる事を知らぬグルークではない。

「あなた、まさかヴィアトーラ皇女にまで手を出されたんですか？」

とんだ言いがかりだった。なのに他の二人までがぎょっとしたようにアレクを振り返り、あらぬ疑いを掛けられたアレクは目を剝いて抗議した。

「冗談はよせ！　会った事もないぞ！」

見てみたいと思った事は確かだが、宮殿から出ても来ない皇女に、自分が一体どうやって会うというのだ。そもそも病がちで寝付いている筈の皇女が、今ごろ何故こんなところにまでやって来たのかがわからない。

「まあいい。通せ」

取り敢えずそう答えて、アレクは軽く三人を睨んだ。後くされのない女性達と恋の遊戯を楽しんでいるのは事実だが、未婚の皇女に手を出すほど自分は節操なしではない。この三人は一体自分の事をどんな男だと思っているのだろう。


ややあって、侍従の先導で一人の少女が姿を現した。

皇女が入室した瞬間、ぱぁっと室内が明るくなったかのようだった。

現皇帝を虜にしたツィティー妃の面影を色濃く継ぐ、奇跡のような美貌の少女。透き通るような白磁の肌に、大きくぱっちりとした青く澄み渡った瞳。柔らかな蕾のような唇は僅かに弧を描き、まるで生粋の王族の如く清楚な気品が香り立った。

「ヴィアトーラにございます。お目通りいただきました事、先ずは感謝申し上げます」

すっと膝を折る姿は、流れるような所作で非の打ちどころがない。アンシェーゼの第一皇子として、様々な国の王族に接してきたアレクでさえ、この皇女ほど優美な気品を滲ませる女性には会った事がないと感じた。

アレクは我知らず、詰めていた息を吐き出した。男なら誰しもこの皇女を一度は欲しいと願うだろう。もし今まで公の場に出ていれば、おそらく両手に余る崇拝者を有していた筈だ。

「それで一体、私に何の用だ」

皇女に椅子を勧め、自分も腰を下ろした後、アレクはそう尋ねかけた。

それよりも何でそんなに元気そうなんだ？　とアレクは内心素朴な疑問を抱いたが、口にはしなかった。元気なのはいい事だし、用件をまず聞いておきたい。

それに対し、ヴィアは困ったように微笑んだ。

「お人払いをお願いしてはなりませんか？」

隣後ろに控えるアモンに目をやると、アモンは黙って肩を竦めた。このような時期に、よりにもよってセルティス皇子の異父姉と二人きりにさせるなど論外だった。

「無理な相談だな」

半ば予想していた答えだったのだろう。ヴィアは頷き、ゆっくりと周囲を見渡した。

一人一人の外見を確かめるように慎重に視線を走らせていき、「アモン様、ルイタス様、グルーク様」と順に声を掛けていく。

「殿下が心を許していらっしゃる三人の側近方ですね。皇女ヴィアトーラと申します。どうぞお見知りおきを」

いきなり挨拶された三人は、戸惑いを隠せぬまま取り敢えず礼を返す。

そんな彼らの不審を代弁するように、アレクはゆっくりと口を開いた。

「何故、彼らの名を？」

ヴィアはふわりと口元を綻ばせた。在りし日の寵妃ツィティーを偲ばせる、あえかな可憐さと、優美な艶を含む微笑みだった。

「わたくしとて王宮の噂話くらい集めておりますわ。下々の者は高貴な方々を意外とよく見ておりますし、頼めば、いろいろ面白い情報も持ってきてくれますのよ」

ヴィアの真意を測りかね、アレクは警戒するように瞳を細めた。

「何のために」

「もちろん、第二皇子である我が弟、セルティスを守るためですわ」

ヴィアの返事には一切の躊躇いがない。眼差しにも力があった。

「殿下、セルティスは本当に困った立場にありますの」

「そうだろうな」

アレクはあしらうように流したが、ヴィアはその言葉に食いついてきた。

「殿下ならお分かり下さると思っておりました！」

「ああ、まあ……」

「継承権だけあって後ろ盾のない皇子など、まさに百害あって一利なし！　命を狙われこそすれ、何の役にも立たない無用の長物ですわ！」

　ヴィアは高らかに言い放ち、聞いていた三人の側近は、自国の皇子をそこまでぼろくそに言っていいものだろうかと、あっけに取られてヴィアを見た。

「そ、そうか？」

　流石のアレクもその気迫に圧されて、それ以上返す言葉がない。

「臣下に降ろして下さるよう陛下にお頼みする筈の母は亡くなってしまい、わたくしと弟はずっとアレク殿下の立太子を待ち望んでおりましたの。でも、その前に、何やら後宮がまた賑わいを見せてしまって」

　アレク皇子に敵対する意志はないという意思をはっきりと表に出してきたヴィアに、ルイタスは人好きのする笑みを浮かべて問いかけた。

「おやおや。皇女殿下は、陛下が妾妃をお迎えになった事がお気に召しませんか？」

「そのような事は」

　やんわりと否定し、けれど、とヴィアは続ける。

「ただ、義理の御父上であるセゾン卿は、あまりいい噂を聞きませんの。おまけにマイアール妃が懐妊されて、いよいよ面倒な事になりそうですし」

「皇女殿下はなかなか王宮の事情にお詳しいようだ」

ここまであけすけに口にされると、アレクももう苦笑するしかない。

「生き延びるために、わたくし達も必死ですから。目立たずにいれば何とかなると思っておりましたけれど、昨日、それを大きく覆す事情が発生致しまして」

「おや、他にまた何か問題でも？」

アレクが水を向けると、ヴィアは「そうなんですの」と深刻そうに頷いた。

「皇帝陛下が……」

「父上が何か？」

何やら途轍（とてつ）もなく嫌な予感がして、アレクは眉根を寄せる。

「昨日、何の気の迷いか、急に紫玉宮に来られましたの。しかもセルティスにではなくて、わたくしに会いに」

非常に迷惑そうに、ヴィアは唇を尖らせた。

「わたくし、病弱設定で通しておりましたから、本当に焦りましたわ。慌てて髪を下ろして、いかにも寝付いていましたって風を装ったのですけれど」

病弱設定だったのかよ、と、四人は同時に心の中で突っ込んだ。確かに、月の半ば以上を寝付いていると聞いていた割には、頬はバラ色で血色もよく、さっきからものすごく元気に喋（しゃべ）ってはいるなと思ってはいたが。

だが、驚くところはそこではなかった。

「陛下には本当に困りましたのよ。何か困った事はないかと肩を撫（な）でまわされて、贅（ぜい）

沢をさせてやると言われましたの。マイアールは腹が出て、興が削がれたとも」

その意味するところは明白だった。三人の側近は色を失い、実子であるアレクも答える言葉を持たない。

「わたくしは母に似てきれいですものね」

彼らが固まっている間に、ヴィアはさらりと自画自賛する。

「皇帝は見掛けに騙されるタイプでございましょう？　陛下に目をつけられる前に外に出してあげると母からは言われておりましたが、母が亡くなった今、セルティスを一人残して出ていく訳には参りませんし」

アレクは唸った。突っ込みたいところは山ほどあったが、それよりも先ず、確かめておかなければならない事があった。

「父の妾妃になりたくないのだな」

「なりたくはございません」

ヴィアはきっぱりと言い切った。

「ですから、どうすれば良いか一生懸命考えましたの」

「…………」

何だか、ものすごく碌でもない事を考えつかれた気がして、アレクはちょっと身を引いた。それを見ていたグルークがゆっくりと口を開く。

「殿下から断っていただきたいと？」

ごくまっとうな質問であったが、ヴィアは首を振った。

「違いますわ。いくら第一皇子でも、陛下のお心を変えるのは不可能でしょう。ですから、外聞が悪くて手が出せないようにすれば良いのではと思いつきましたの」

そしてヴィアは真っ直ぐにアレクの目を見つめ、にっこりと言い切った。

「殿下。どうかわたくしを、殿下の愛妾にして下さいませ！」


青天の霹靂とは、おそらくこういう時に使う言葉なんだろうな。

一番初めにアレクが思いついたのは、そんなどうでもいい事だった。人間は驚きすぎると、つい現実逃避をしてしまうらしい。

「貴女が私の愛妾に？」

「ええ」

「皇帝陛下が目をつけている女を私の愛妾にしろと？」

「ま、そういう事ですわね」

ヴィアはあっさりと頷いた。

「それとも殿下は、わたくしが陛下の愛妾となり、子をなす事をお望みですか？　立場の強い第一皇子殿下と渡り合うために、一時的にセゾン卿と組む事だってあり得ますのよ」

アレクは押し黙った。流石にそんな事をされたら堪らない。

「……その方が、皇女殿下にはより有利かもしれません」

そう口を挟んだのは、弁の立つグルークだった。

「殿下の愛妾となれば、皇女殿下は陛下の不興を買い、セゾン卿には目をつけられる事になります。どちらが安全かと言えば、現皇帝の庇護を受けられた方がまだましなのではありませんか？」

「おい」

お前は一体どちらの味方なんだと、アレクは恨みがましくグルークを見やる。

そんなアレクをちらりと横目で見て、グルークはもう一度ヴィアに目を向けた。

「マイアール妃には興が削がれたと陛下がおっしゃったのなら尚の事、貴女が陛下の寵を得て、マイアール妃とその実家のセゾン家を追い落とすという手もある。その方がよほど確実でしょう。なのに何故、貴女は殿下の所へ来られたのです？」

ヴィアは唇を引き結んだ。

グルーク・モルガンは、本音を言えとヴィアに言っているのだ。ヴィアの行動は不自然で、何か姦計を腹に秘めてここを訪れたとグルークは疑っている。

どう答えるのが正しいのだろう。ヴィアは狼狽え、視線を彷徨わせた。

第一皇子を騙し、陥れる気などヴィアには毛頭ない。ヴィアには皇帝の手を取る訳にはいかない理由があった。ヴィアは皇帝を嫌悪していたが、それが理由ではない。

どんなに苦しくても、どんなに口惜しくても、もしそれがセルティスを救うただ一つの道であるのなら、ヴィアは迷わず皇帝の元に行っていた。

だが、皇帝ではだめなのだ。皇帝の手を取れば、セルティスはおそらく殺される。

「信じがたい話かもしれませんが」

唇を開きかけては閉じ、何度となく躊躇った後、ようやくヴィアは口を開いた。

彼らには信じてもらえないかもしれない。けれど、手持ちの札はもうこれしかなかった。第一皇子の庇護を得られなければ、セルティスに未来はない。

「わたくし、時折、夢を見ますの。わたくしの両親は、テルマの巫女の血を引いていたと聞きますから、多分血によるものでしょう」

そうだ、テルマだ……とルイタスは心の中で呟いた。巫女の神託によって政が動き、やがて淘汰されて行った国。そして皇女の言う通り、亡きツィティー妃は確かに亡国テルマの出身だった。

「訪れる夢は、回避できる可能性のある未来です。たいていは役に立たない夢ばかりですが、ほんのたまに、見て良かったと思える夢が混じります」

ヴィアは言葉を切り、震えそうになる手を両手で握りしめた。

今朝方、目覚めた時の、臓腑の捩れるような恐怖が喉元に迫り上がってくる。皇帝が動き、夢が訪れた。ならば、今動いて、未来を変えていくしかない。

「陛下がわたくしを訪れた日の夜に、わたくしはセルティスが殺される夢を見ました。

セルティスを手に掛けたのは、濃紺のジャケットに星二褒章を胸元につけた若い貴族です。襟からアイボリーのレースが覗き、碧玉の襟止めをつけていました。これほど細部を覚えている夢は、起こりうる未来の予兆に他なりません」

ヴィアは縋るようにアレクを仰ぎ見た。

「このまま皇帝の愛妾となれば、セルティスに未来はないでしょう。わたくしは、どうしてもセルティスを助けたい……。そして、今、陛下の手を退ける事ができるのは、第一皇子である殿下だけです」

アレクは溜息をついた。余りに荒唐無稽な話だったが、アレクは直感でこの皇女は嘘をついていないと断じた。

けれど、話を鵜呑みにする事にも躊躇いがあった。後がないのはこちらも一緒なのだ。判断を一つ誤れば、自分だけでなく、自分に繋がる全ての者が命を落とす事になるだろう。

「他にどんな夢を見た。それに夢が成就するとすれば、いつ頃の話だ」

「殿下、皇女殿下の言われる事をお信じになるのですか？」

我慢できなくなったように堅物のアモンが口を挟む。

「いいから、答えろ。どんなくだらない事でもいい」

ヴィアは記憶を辿るように瞳を伏せた。

緊張しているせいか、思うように頭が働かなかった。不安に駆られている時は夢を続けざまに見るし、気分が落ち着いている時は年単位で見ない事もあった。こんな風に夢が突き上げるようになったのも、母が死んでしまったからだ。

ここ数年の間に見た夢を、ヴィアは必死で思い起こそうとした。

「かなり昔の話ですけど、厨房で紙袋が裂けて、芋が転がっていく夢を見ました。確か黒髪の使用人が芋を踏んで転んでいましたわ。床は芋だらけで大騒ぎになって……。その次に見たのは……、湖で釣りをしていた男の帽子が風で飛ばされるものでした。大層派手な羽根飾りがついていて、飛ばされた男の頭が、あの……禿げていました」

「……どうでもいい夢ですね」

脱力したようにルイタスが呟いた。本当にテルマだろうかと思わず遠い目になる。

ヴィアは焦った。もっと、何かもっと、深刻な夢を自分は見た筈だ。

「つい三月ほど前、確か馬上で……、そうです、騎士達が馬上で稽古をしていたのです。槍を持った騎士が突き合いをしていた時、馬が急にいないて、バランスを崩した騎士の左目に槍が突き刺さりました。くせ毛の金髪の若い騎士でした。槍を構える時、一度肘を上げる癖があって……、そう、注意されていましたもの。胸には紋章が……、確かあれはアントーレ騎士団のものではないかと」

アモンは驚いたように顔を上げた。僅かな逡巡の後、アモンは尋ねた。

「皇女殿下の話を信じるなら……、夢はいつもどのくらいで成就しますか？」

「せいぜい、四、五か月ですわ。その期間を過ぎれば成就する事はありません」

「他には？」

「その騎士の夢を見る前、青い服を着た男の子が木から落ちて足を折る夢を見ました。ロランと呼ばれていて、多分、名家の子息です。駆け付けた母親が美しい緋色（ひいろ）のドレスを着ていて、胸には見事な碧玉のネックレスをつけていましたもの」

アモンらは押し黙り、主の判断を仰ぐようにアレクを見た。

「これだけで、お前の夢を信じろというのか？」

「嘘は申しておりません」

アレクはそれには何も答えず、考え込むように顎に指を這わせた。これでは、判断のしようもない。アレクは僅かに瞳を伏せ、ふと思いついてヴィアに尋ねかけた。

「私がお前の提案を受け入れたとして、お前は本当にそれでいいのか？　思惑はともかくとして、一生を私の愛妾として過ごして後悔はないか」

その問いに、ヴィアは大事な事を伝え忘れていたのを思い出した。

「その事ですけれども。殿下の立場が安定して、セルティスの安全も保障されましたら、殿下には是非ともわたくしを捨てていただきたいのです」

「はあ？」

アレクは思わず間抜けな声を出した。

「飽きて暇を取らすのでも、病死と言う形に持っていってもよろしいのですが。つまりですね、わたくし、愛妾期間を無事勤めましたら、第二の人生を歩みたいのです」

「だ、第二の人生……？」

この皇女は、何もかもアレクの常識の斜めを突き進んでいく女だった。

「わたくし、母からくれぐれも、と言われていた事がございますの。たとえお相手が頭が薄くてお年寄りで太っていらっしゃる方でも、きちんと妻として下さる方と一生を共に過ごしなさいと」

ハゲで年寄りでデブ……？

今度こそアレクの目が点になった。一体、この皇女が何を言いたいのか、理解できない。

「……申し訳ありません。えっと、ツィティー妃が本当にそのような事を？」

引き攣った笑みでルイタスが問い掛けるのへ、「わたくし、人生の目標が人妻ですの！」とヴィアは力強く宣言した。

「愛人と言うのは、不安定な立場ですものね。あと十年、殿下の元で過ごしても、わたくしは二十六。幸せな事に、母に似た容姿を受け継ぎましたでしょう？　贅沢を望まなければ、わたくしを迎えて下さる方はいくらでもいると思いますわ」

容姿だけを言えばそうだろうとアレクは考え、その後すぐにその考えを否定した。

「待て。私の愛妾だった女を、妻に迎えるような奇特な貴族はいないと思うぞ」

「ご心配なく。わたくし、市井に下りるつもりですの。皇宮は煩わしい事が多すぎますので、そうするよう、ずっと母から言われておりました。うっかり貴族に見初められてはいけないので、決して公の場に姿を見せませんでしたし」

「うっかり？」

「あら、不用意に、と言った方がよろしかったでしょうか？」

いや、問題にすべきはそこではない。アレクは小さく咳払いした。

「王宮で育った者が、いきなり市井で暮らせる筈がないだろう？」

「わたくし、度々この紫玉宮を抜け出して、市井に下りておりましたの。毎日、寝込んでいるという設定でしたので、いくらでも目はごまかせましたし」

ああ、例の病弱設定ね……。

四人は遠い目をした。これだけ元気によく喋る女だ。下町を元気に歩いていたとしても、今は何の違和感も覚えなかった。

「料理もできるようになりましたし、掃除や洗濯も何とか覚えました。実際、庶民の暮らしの方が、わたくしにはよほど向いていると思いますのよ」

アレクはもう、何だかどうでもよくなってきた。なのでその事には触れず、別の事を尋ねてみる事にした。

「……十年たったら、私の許を去ると言っていたな。子どもができたらどうするつもりなんだ。捨てて行く気か？」

ヴィアは首を振った。

「子どもはできませんわ」

「それは、私に協力しろと言う事か」

「いいえ。子のできぬ薬を飲みますから、ご心配なく」

医術にも詳しいグルークが、それを聞いて即座に否定した。

「そんなものが、都合よくある訳がない」

「あら、ございますのよ」

ヴィアはにっこりと否定した。

「テルマは堕胎を禁じていた国ですけれど、薬術には大層秀でていて、子ができぬ薬も取り扱っておりました。セルティスがお腹にできた時は、突然の事で母も用意できなかったそうですけれど……。だってまさか、大国の皇帝から見初められるとは思ってもおりませんでしたでしょう？　でもセルティスが生まれた後は、これ以上子ができぬよう、伝手を辿ってテルマの女から薬を手に入れたそうですわ。ですから二度と、母は身ごもりませんでしたし」

「あれは、セルティス殿下をもうけられた後、体を壊されたせいだと聞いているが」

「陛下にはそう申し上げたでしょうね。本当の事を申し上げる訳には参りませんから」

ヴィアは柔らかな視線をアレクに向けた。

「皇帝の子をこれ以上身ごもると政治が動いてしまうと母は本当に怖がっていましたの。殿下、母はずっと穏やかな市井での暮らしを望んでいました。セルティスのために、紫玉宮で一生を終える覚悟はしておりましたが、踊り子をしていた頃の自由な生活を死ぬまで懐かしんでおりましたわ」

「お前も市井での生活を望むんだな」

「ええ」

ヴィアは微笑みながら、頷いた。

「このまま鳥籠に捕らわれたまま、一生を終えたくありません」

この上なく贅沢な鳥籠だがな、とアレクは心の中で呟いた。

いずれは皇帝となり、この広大なアンシェーゼを治めていく事こそが第一皇子としての務めなのだと、アレクは疑う事なく生きてきた。母を含めた親族や自分を慕う臣下、友と頼むこの三人もまた、いずれアレクが帝位を継ぐ事を一心に願い続けている。

次期皇帝か、死か。その二択しか残されてない自分と違い、この皇女の何と自由に伸びやかな事だろうか。自分が知らぬ価値観で、自分の知らぬ世界を生きている女。

こんな女が傍にいたら、さぞ人生は面白い事だろう。

「……わかった。考えてみよう」

今のアレクに言えるのはこの言葉だけだった。

「殿下……」

ヴィアにもその気持ちは理解できたが、このままでは引き下がれなかった。どう続けるべきか迷うように瞳を揺らし、それから呟くように一言だけ告げた。

「あまり待てませんわ」


ヴィアがいなくなった後、室内は奇妙な静寂に包まれた。余りに型破りな皇女の登場で、一気に毒気が抜かれたような感じだった。

アレクはじわじわと、腹の底から笑いがこみ上げてきた。

「大した女だ」

たった一人の弟を守るために必死なのだろう。後ろ盾もなく、しかも皇位継承権を持つ皇子と言うのは、確かに一番厄介だ。

「それにしても、あの容姿であの性格か。あんな面白い女が義妹にいたとは知らなかったな」

「あれならうっかり見初められますね。どうです？　据え膳を食いますか？」

まぜっかえすようなルイタスの言葉に、グルークはあからさまに顔を顰めた。

「あの容姿は殿下のど真ん中だろう？　夢中になられても困る」

アレクは思わず脱力した。

「お前はここで、そっちの心配をするか」

確かにあの容姿にそそられない男はいないと思うが。

「毒か薬か、判断がつかん」
そう言ってアレクは溜息をついた。

アモンは会話に加わらなかった。元々寡黙な男だが、どうやら別の事に心を囚われている様子だ。おそらくアントーレ騎士団の馬上稽古の件が気になっているのだろう。

「消去法でいくと、ヴィアトーラ皇女が陛下の愛妾となり、セゾン卿と手を組むというのが、一番避けなければならない選択ですが」

「では、陛下の思い人を横取りするか」

面白半分にアレクが返せば、ルイタスもおふざけに乗ってきた。

「貴方なら、陛下も表立っては反対できないでしょう。それでなくても、一旦養女とした女性ですからね。後宮に入れるには、余りにも外聞が悪い」

普通であれば、皇帝が欲している女を皇子が妾妃に迎え入れるなどおよそ考えられないが、ヴィアトーラ皇女の場合は、事情が事情だ。母娘揃って後宮に入れるなど余りに不謹慎だし、その上、今はマイアール妃が懐妊したばかりだ。

「しかし私が願い出たとして、そう簡単に許しはもらえないだろうな。あの皇女はツィティー妃に生き写しだ。陛下はかなり執着される気がする」

と、それまでずっと黙っていたアモンが、不意に口を開いた。

「もし、皇女を愛妾に迎え入れられる気なら、先ず皇后陛下に話をお通し下さい」

「何だ、お前は賛成なのか？」

アレクが苦笑すると、いいえとアモンは生真面目に否定した。

「あの皇女殿下をどこまで信用して良いものか、私にはまだわかりません。ただ、皇后陛下に間に入っていただいた方が、事はスムーズに運ぶでしょう。陛下は、皇后陛下には一目置いておいでですから」

寵妃にのめり込んで、皇后を顧みなかった皇帝だが、皇后としてのトーラ妃についてはある程度の信を置いている。というより、もはや無視できない存在になっていた。相応の権力基盤をアンシェーゼに築き上げ、国内外に幅広い人脈を持つ皇后である。その政治的能力については列国からも高く評価され、アレクにしてみても、そもそも十年後、二十年後の国を見据えてこの三人を配してきたのは皇后なのだ。

懐刀と言うべきグルーク、軍閥の嫡子アモン、情報収集に長けたルイタス。皇后の読み通り、この三人は今や掛け替えのないアレクの腹心となっている。

「皇后陛下、ねぇ」

自分を駒の一つとしてしか見ようとしない母親を知っているアレクは、やや気が進まなそうに頬杖をつくが、そんなアレクに、グルークが窘めるように言葉を足した。

「はっきり言っておきますが、もし皇女を妾妃に迎え入れたいと思われるなら、一番気を遣わなくてはならない相手は皇后陛下です」

「それはわかっているが」

「殿下」

グルークは、アレクの言葉を遮った。

「皇后陛下は、今もツィティー妃を憎んでおられますよ」

ひんやりとした手で、首筋を撫で上げられたような気分だった。

元々、父――現皇帝パレシスと皇后であるトーラの婚姻は、パレシスの権力基盤を盤石とするために結ばれたものだった。トーラは当時の宰相を父に持ち、宰相であるディレンメル卿の助けなしには、パレシス帝は政治を動かせなかった。

だが、アレクが立太子する前にディレンメル卿が急死すると、皇帝は徐々に皇后トーラから距離をとり始めた。見目麗しい下級侍女に手を出すようになり、母親の違う皇女を三人生ませ、続いて踊り子あがりのツィティーを寝所に連れ込んだ。

ほどなくツィティーは男児を生み落とし、皇后の怒りは凄まじかったが、状況は更に深刻だった。ツィティーに対する皇帝の耽溺は度が過ぎていたからだ。まさに溺れ込むと言った感じの執着ぶりで、事実、そのツィティーが死んだ折には、皇帝は政務もまともにとれなくなるほど憔悴した。

その間、政治を支えていたのが皇后トーラだが、皇帝はそれに感謝するどころか、悲しみが癒えるやすぐに別の女性に手を出し始めた。翌年、上級侍女に第五皇女を生ませ、次に閨に引き込んだのが、例の妖婦マイアールである。

こうした一連の経緯を考えれば、皇后が恨みを溜めていない筈がない。思わず唇を噛むアレクに、グルークは更に言葉を重ねた。

「ツィティー妃に生き写しの皇女を再び皇帝が求め、息子である殿下も欲したと知れば、皇后陛下は激怒なさる事でしょう。きちんとした事情を、先ず皇后陛下にお伝えするべきです。マイアール妃が懐妊し、セルティス殿下を早急に取り込む必要があると告げれば、皇后は納得される筈です。それに、皇帝がこれ以上の醜聞を起こす事を皇后は望まれません。それくらいなら、殿下の妾妃にと思われる筈です」

　アレクは我知らず、詰めていた息を吐き出した。

　グルークの言う通りだった。皇后がツィティー妃を憎んでいない筈がない。ただの色好みなら、皇后のプライドはまだ保たれた。だが当時、皇帝は周囲から失笑を買うほどに、ツィティー妃に執着した。

「ったく、あの方は厄介な問題ばかり引き起こす」

　アレクは頭を掻きむしりたい気分だった。自分の父親ながら、あまりに節操がない。

「まあいい。ルイタスはマイアール妃懐妊で貴族達の動きに変化はないか、情報を集めてくれ。皇女の件はもう少し考えてみよう。どうせ陛下は明日から三日間、東方の交易使節団の接待で手一杯だ。暫く皇女どころではない筈だ。それと、グルーク。明日、使節団との晩餐会の前なら少し時間が取れる。人目を引かぬよう、水晶宮を訪ねてくるようセルティスに使いを出してくれ」

「わかりました」

　今までほとんど気に掛けた事もない弟だった。病弱と信じ込んで何の働きかけもしてこなかったが、姉の様子を見る限り、弟も健康である可能性が高い。

今回の件で鍵となるのは、皇位継承権を持つセルティスだ。セルティスが本当に、手を差し伸べるに値する弟なのか、自分は見極めておく必要がある。


病弱と称して紫玉宮から出てこなかった弟は、アレクの呼び出しにあっさりと顔を出した。思った通り、隠れ暮らしていただけのようだ。

姉ほどはツィティー妃に似ていないなと、アレクは先ずそんな感想を覚えた。

姉と同じ淡い金髪が細面の顔を縁取り、瞳は自分と同じく、父パレシス帝の琥珀色を受け継いでいる。まるで人形のように美しい面立ちをしているが、姉のように人目を惹く艶はなかった。十二にしてはか細く、同年代の子供と比べても、どこか幼い感がある。

「お前の姉が、私の所に来た事は知っているか？」

単刀直入にそう聞いてやると、セルティスは「はい」と頷いた。聡明そうな眼差しが真っ直ぐにアレクを見つめてくる。

「どう思う？」

「私は姉上がいるなら、市井で暮らしても良いと言ったのです。でも、お前には甲斐性がないからと断られました」

「…………」

あの姉にしてこの弟だとアレクは力が抜けた。そこはかとなく、どこかずれている。

「まあ、どこに隠れても、この身に皇帝陛下の血が流れている限り、見つけ出されて殺されるでしょうし」

「そうだな」

アレクは否定しなかった。下手に逃げれば、謀反を疑われて近衛が放たれるだろう。

因みにアンシェーゼの近衛は、家柄や外見を重視する列国の近衛とは一線を画している。一言で言えば、皇帝が抱える暗部組織だ。尤もその実情は秘されていて、アンシェーゼの中枢にいる人間にしか知らされていなかった。

「姉上が、父上か兄上のどちらかの愛妾にならなくてはいけないなら、私は兄上の方がいいと思います」

先ほどの問いの答えを、セルティスはそんな風に言ってきた。

「若い分、父上ほど姉上に執着しない気がするし、姉上が自由になりたいと言ったら、いつでも手を放して下さりそうな気がします」

そこを心配するんだなとアレクは苦笑いした。

「お前、帝位に執着はないのか？」

尋ねると、初めてセルティスは笑った。

「有能で腕の立つ腹心もいないし、後ろ盾も全くありません。治める力のない者が皇帝になっても、傀儡にされて国が荒れるだけです。ただ、第二皇子としてなら、私にも何かできる事があると思うのです。私は、姉が市井に下りた時、幸せに暮らせるような国を作りたい。それがきっと、私が姉にできるただ一つの事だと思っています」

「弟か」

執務室の窓から外を見下ろしながら、アレクはそう独り言つ。

自分に弟妹がいると、アレクは今まで余り考えた事がなかった。すぐ下の三人の妹はほとんど顔も見知らぬまま他国に嫁いでいったし、一番下の妹にも会った事がない。セルティスと交わした会話をぼんやりと脳裏に思い起こし、馬鹿ではないなとアレクは心に呟いた。立場を知り、身を弁えている。姉の立ち位置もわかっていた。予知夢の事はおそらく知っているのだろうが、口に出さない慎重さも持ち合わせていた。

「ルイタス、どうした」

ふと、グルークが声を掛けた。いつもなら朝からあれこれ喋りかけてくるルイタスが、今日に限って妙に寡黙だ。アレクもようやくその不自然さに気付き、ルイタスに目を向けた。

「……実はわざわざお知らせすべき事なのかどうか、迷っていたのですが」

「何だ」

「私の姉に五歳の男の子がいるのです。名をロランと言いまして」

「よくある名だな」

答えながら、最近どこかで聞いた名前だとアレクは思った。

「昨日、庭園の木にふざけて登り、落ちて右足を折ったと、姉が……」

その頃になって、アレクにもようやくルイタスが何を言いたいのかわかってきた。

グルークが、まさか、と一言呟く。

「茶会に出かける前で、姉は胸元にレースのある緋色のドレスを着ていたそうです。首元には、夫から贈られたという碧玉のネックレスをつけていたと」

「………」

ヴィアトーラがその夢を話したのは、一昨日の夜だった。

あの時あの皇女は何と言っていたか。回避できる可能性のある未来、確か皇女はそんな風に言っていた……。

「そういえば、アモンはどこに」

「その話をしたら、血相を変えてどこかへ行きました」

皇女が明かしたもう一つの未来。アントーレ騎士団の若い騎士が馬上稽古の最中、槍で左目を突かれると、皇女は言っていたのだ。

「どこに行かれます」

踵を返したアレクに、グルークが慌てて声を掛ける。アレクは大きく息をついた。

「ヴィアトーラを、アンシェーゼ第四皇女を、私の愛妾に迎え入れる」


前触れもなく、突然、皇女の許を訪れた第一皇子に、いつもは静寂に包まれている紫玉宮は瞬く間に大騒ぎとなった。

「大変ですわ、姫様。あのアレク殿下が姫様を訪ねていらっしゃいましたのよ！」

「そんなに大変な事？」

艶やかに背に流れる淡い金髪を侍女のセイラに梳きほぐしてもらいながら、鏡の中のヴィアはかわいらしく首を傾げる。

「どれ程の貴婦人や令嬢方が、あのアレク殿下に夢中かご存じありませんの？」

セイラは悲鳴のような声を上げた。

「すらりと背が高くて、精悍な面立ち。馬術や剣技にも優れ、大層英明な方だともっぱらの評判ですわ。ああ……、お近くで拝見できるだけでも天にも昇る気持ちですのに、まさかこちらにお渡りになるなんて」

「うちのセルティスだって、賢いし、優しいし、顔も申し分ないと思うわ」

ヴィアはきっぱりと言い返した。何と言っても自慢の箱入り弟だ。

「あまりに顔が整っているから、他の姫君に見せるのが心配なくらい」

「どうぞ、ゆっくりご心配下さいませ」

忠実な筈の侍女は、おざなりの返事をするばかりだ。

「それにしても、どこで姫様を見初められたのでしょう。姫様は紫玉宮を出られる事はありませんのに」

そういえばあの日、あなたは休暇を取っていたわねと、ヴィアは鏡越しにセイラを見た。

「この前、お母様の日記を見つけたと言ったでしょう？　お母様が寝ついておられた時、アレク殿下が珍しい異国の詩集をお見舞いに言付けて下さっていたらしいの。一昨日、偶然その詩集を見つけたので、取り敢えずお返ししようと夜に伺ったのよ」

実を言えばその詩集は、一、二年前、ヴィアが市場で買ってきたものだ。面識のない第一皇子を訪問するにあたって、適当に作った口実だが、そのお陰で無事、第一皇子に取り次いでもらう事ができた。

とはいえ、取り次ぐべきか否か逡巡する護衛らに向かって、ヴィアが笑顔の大盤振舞いをした事は否定しない。

「結局、その詩集は差し上げますと言われたので、持って帰る事になったんだけど」

と、言う事にしておこう。

「それで、他にはどんな話をなさいましたの？」

「陛下とお母様のお話なんかを。結構興味深く聞いていただいたわ」

爆弾発言をしてきた事はおくびにも出さず、殊勝にそう答えておいた。

そうして手早く身支度を整えてもらいながら、さすがにヴィアは心がざわつくのを止められなかった。自分をわざわざ訪ねてきたという事は、第一皇子はあの件について、心が定まったという事だろう。

自分を召し上げると言ってもらえますように。ヴィアは瞳を伏せ、テルマの神に小さく祈りを捧げた。

「ご準備はよろしいでしょうか？」

声を掛けてきたルーナに小さく頷き、ヴィアは鏡の中の自分を見つめる。口角をちょっと上げると、母ツィティーに似た美貌の少女がにっこりとこちらに微笑み掛けた。

大丈夫。

ヴィアは自分に言い聞かせるように、唇だけで呟いた。

この後ヴィアは、楚々(そそ)とした風情でアレクの待つ部屋を訪れ、望み通りの言葉をアレクからもらう事となった。内々ではあるが、すでに皇后の許しもいただいていると告げられ、その手回しの良さにヴィアはただ驚くしかない。

因みに、ヴィアの前に優美に膝を折り、その手の甲に口づけて求愛するアレク殿下の姿は文句なしに格好良かった。猿芝居だと知っているヴィアでさえ内心感心するほどで、何も知らないセイラ達と言えば、その眩いばかりの男らしさに声にならない悲鳴を上げ、その後暫く静かな紫玉宮を大いに賑わわせる事となった。

さて、その日のアントーレ騎士団は、いつもとは違う妙に浮足立ったざわめきに包まれる事となった。アレク皇子が見た事もないほど美しい姫君を伴って、団の視察に訪れたからだ。

「お前もやはり来ていたか」

言葉を掛けられたアモンは、はいと小さく頷いた。

「ルイタスの甥の事を聞きましたから」

アモンの目は、気遣わしげに若い騎士らに向けられている。

アントーレ騎士団はアモンが生涯を掛けて背負う名であり、誇りそのものだった。

そもそも皇宮に存在する三つの騎士団、アントーレ、ロフマン、レイアトーは、それぞれ三千人を超える正騎士とまだ叙勲を受けない準騎士から形成される。

貴族の子弟は十二になれば、国にある騎士団のいずれかに入団しなければならなかったが、皇家の三大騎士団と呼び習わされているこの三つの騎士団は、特に入団が難しい事で知られていた。

入団に当たっては上級貴族の紹介状が必要であり、書類選考と面談を経て、初めて入団が認められる。そうして騎士団に入ってきた少年達は基本的に五年間を宿舎で過ごし、文字通り同じ釜の飯を食って、勉学と鍛錬に明け暮れるのだ。

騎士の叙勲を受けた後の進路はそれぞれだが、いずれにせよ、十二から十七までの多感な時期を共に過ごした団員達の結束は固く、その騎士団を受け継ぐアモンにとって、アントーレの団員は皆、身内同然だった。

「まだ、事故は起こっておりません」

「ならば間に合うな」

アレクは頷き、傍らに立つヴィアに目を落とした。

ヴィアの美しい金髪が風で乱れ、アレクは指でそっと髪を直してやる。いかにも親密そうなその様子に、団員らが大きくざわめいた。

「ヴィアトーラ」

何故自分がここに連れてこられたか気付けぬほど愚鈍なヴィアではない。ヴィアはにっこりと微笑み、アレクを振り仰いだ。

「どうぞヴィアとお呼び下さい」

「では、ヴィア。お前が夢で見た騎士の顔はわかるか?」

「近くで見ればわかると思います。確か、若い金髪の騎士でした」

「槍を構える時、一度肘を上げる癖があると言われましたね。該当する者が一人おりました。見てやっていただけますか？」

口を挟んだのはアモンだ。朝早くから鍛錬場に来て、見極めていたらしい。

やがて連れてこられたくせ毛で金髪の若い騎士は、ひどくどぎまぎした様子で二人の前に立ち、右腕を胸の前に折る最上級の礼をとって頭を下げた。

問い掛けるようなアレクの視線にヴィアは小さく頷いた。

間違いない。この若い騎士だった。槍に目を串刺されたまま血だらけの顔に指を食い込ませて咆哮(ほうこう)し、のたうち回り、やがて動かなくなった。

その時の光景がまざまざと蘇(よみがえ)り、ヴィアは僅かに足元をふらつかせた。昔から、血を見る事も人間の苦悶(くもん)の声を聞くのも苦手だった。地面が揺れ、指先から冷たくなっていく気がする。

「ヴィア」

異変に気付いたアレクが、そっとヴィアの腰を抱く。

「無理をするな、私に凭(もた)れていろ」

顔を覗き込むように抱き寄せると、ヴィアは逆らわずにその胸に寄りかかった。

夢が訪れる自分を忌まわしく思えるのがこんな時だ。望む、望まないにかかわらず、夢は細部まで見せつける。

ややや呼吸が落ち着くと、ヴィアはゆっくりと体を離した。

「落ち着いたか？」

ヴィアはええと答え、目の前の騎士に目をやった。

アレクが騎士に誰何する。

「お前の名は？」

騎士は再び最敬礼した。

「サイス・エベックと申します」

「こちらは、皇女ヴィアトーラだ」

伝えられた名に、エベックが弾かれたように顔を上げる。周りを取り囲んでいた団員達にも、大きなどよめきが広がった。

今まで、一切表舞台に出てこなかった皇女だが、現皇帝の寵妃であったツィティー妃の美しさは、未だ臣民の間に語り継がれている。その美貌の寵妃の忘れ形見を、第一皇子が親密そうに連れ歩いているのだ。その意味するところは明白だった。

「信頼できる者に、ヴィアの警護をさせたい。できるか」

エベックは、確認するように傍らに立つアモン・アントーレを仰いだ。

「皇子の命だ。拝するように」

「はっ……！」

こうしておけば、しばらく馬上で槍を持つ事はない。アレクとアモンがほっとしたように目を交わしたのを知る由もなく、エベックはただ頬を紅潮させ、新しい主人となった美しき皇女殿下を、憧憬を込めて眩しそうに仰いだ。


ヴィアが第一皇子の側妃となる事は、皇后トーラによって皇帝に奏上された。

「ヴィアトーラを見初めたアレクがわたくしに許しを求めてきましたので、皇后の権限で許しました」

自分の妻である皇后に、元寵妃の連れ子を、しかも養女にしていた娘を自分の愛妾にしたいなどとは、さすがの皇帝も口にできなかったのだろう。ああとも、うむともつかぬ返事を口の中で言い、あっさりとヴィアはアレクの側妃となる事が許された。

元々貴族の血など一滴も入っていないヴィアは、本来ならば第一皇子の愛妾の一人として召し上げられても不思議はなかったが、仮にも皇帝の養女である身だ。ヴィアはアレクの住まう水晶宮に広い一角を与えられ、それに伴い、多くの侍女や使用人が配される事となった。

もちろん妃となるからには、それなりの義務も生じてくる。今後は公的な行事にも出席が求められるし、様々な社交に勤(いそ)しんでいく事になるだろう。

水晶宮に移るにあたり、ヴィアが先ず一番にアレクに望んだのは、セルティスの保護だった。ヴィアが第一皇子の側妃となることが決まった時点で、セルティスは完全にセゾン卿の敵となった。このまま紫玉宮に残しておく訳にはいかない。

　そこでアレクは、ヴィアの立妃に合わせ、セルティスをアントーレ騎士団に入団させる事にした。幸いセルティスは先月十二歳となり、入団資格を満たしている。堅固な城壁を持つ騎士団の中ならば、安全も確保できるだろう。

　そうして水晶宮に上がるまでの十日足らずを、物々しい警護に包まれて弟と過ごしていたヴィアだが、そんなある日、アレクが一度だけ紫玉宮にやってきた。

「無理に会いに来られなくても、大丈夫ですわ。お忙しいのでしょう？」

　開口一番、そんな事を言ってくるヴィアに、アレクは面食らったように瞠目した。歓待される事に慣れているアレクは、時間を作って会いに来た女性にこんな事を言われたのは初めてであったからだ。ただ、ヴィアの物言いに刺はなく、単純にアレクを気遣っているのがわかったから、嫌な気はしなかった。

「一応私が見初めた事になっているのだし、顔を出さないのもおかしいだろう」

「そう言えばそうですわね」

「私に会いたかったとは言ってくれないのだな」

　つれない姫君だとアレクは微笑み、ごく自然にヴィアを抱き寄せてその頰に親愛の口づけをした。

　女性の扱いに慣れていらっしゃるのねと、ヴィアは苦笑した。そのすらりとした精悍な容姿で、あちこちの貴婦人や姫君にもてまくっているのはヴィアとて聞き知っていたが、これでは無理もない。

ヴィアに言わせれば、余りに外見や外面が良すぎて、本当の所はどうなの？　と思わないでもないのだが取り敢えず金と権力は持っている。話していても相手を退屈させないし、そこそこ懐も深いようだ。極上の部類の男性に入ると言っていいだろう。

そのまま上辺だけの会話をしていても良かったのだが、ヴィアはどういう訳かそんな気分になれなかった。立妃を前に、らしからぬ緊張をしていたのかもしれない。

「貴方がわたくしに会いたいと思って下さる程度には、わたくしもお会いしたかったですわ」

正直にそう告げると、意外にもアレクは笑い出した。

「お前に夢中な訳ではないが、気にはなる」

率直なその返答は、大層ヴィアの気に入った。

だから、誘ってみた。もしよろしければ、一緒にお茶でもいかがですかと。

アレクは少し驚いた様子だが、すぐに面白そうに口の端を上げた。

「毒が入っていないのなら」

ヴィアは吹き出した。

「わたくしがあなたの毒見役になりますわ。それでよろしい？」

ヴィアがアレクのために選んだのは、花の香りを纏った紅茶だった。ここアンシェーゼではミルクで割る紅茶が主流だが、フレーバーティーも少しずつ出回っている。

約束通り一口飲んでアレクにカップを渡すと、アレクはその香を確かめ、ゆっくりと口に含んだ。

「甘い香りはするが、甘くはないな」

「ええ。シエナと言う花の入った紅茶ですの。セルティスが好きなので、よく淹れるのですわ。今日は生憎、出かけてしまっているのですけれど」

「知っている。アントーレ騎士団に呼ばれているのだろう？」

セルティスの技量や体力をある程度知っておきたいと、アモンが言っていた。余り特別扱いはできないが、どうしても配慮は必要だからだ。

「剣の指南だけは受けていましたから、訓練にはついていけると思いますの。ただ、集団生活に馴染めるかが心配です。ほとんど宮から出ずに育ちましたから」

「だからと言って、いつまでもお前の手元に置いておける訳でもあるまい」

あっさりとアレクは言葉を返した。

「いい機会だ。弟を信じて手を放してやれ」

何でもない事のように言われ、ヴィアは驚いたように目をしばたたいた。

そんなに簡単な事だったのだろうかと、ヴィアは自問する。目立たぬように、殺されぬよう、息を潜めるようにずっと二人で暮らしてきた。もしあの夢が自分を訪れなければ、自分は今も必死になって、この紫玉宮にセルティスを囲い込んでいた事だろう。

「アントーレに入れるなど、一度も考えた事はありませんでした」

アントーレは第一皇子の所属する騎士団だ。皇子はセルティスを邪魔に思っていると信じていたから、アントーレにはとても入れられなかった。

けれど、ロフマンやレイアトーを頼る事もできなかった。そんな事をすれば、完全に第一皇子の敵に回ってしまい、セルティスは殺されるだろうと思ったからだ。

「騎士の叙勲を受けなければ、皇族として生きていく事はできないと分かっていても、あの子を安心して預けられる騎士団がありませんでした。でも、今は殿下の庇護があります。確かに手を放してやる時期に来ているのですね」

自分が側妃となる事で殿下の庇護に入れるなら、体をひさぐ事など何でもないとヴィアは思った。こうなった上は出来得る限りの寵愛を受け、セルティスの立場を安定させてやるべきだろう。

「そう言えば、殿下はわたくしより五つ年上でいらっしゃるのですね。愛妾を迎え入れられるのも、わたくしが初めてだとか」

「何だ、いきなり」

急に何を言い出すのかと、美しい琥珀色の瞳が細められる。

「わたくしは貴方の側妃となるのですもの。女性の好みを知っておくべきかと思いまして」

「私が女の好みを言えば、合わせてくれるのか？」

からかうようにアレクが片方の口角を上げる。

そんな意地の悪そうな笑みさえひどく魅力的で、ヴィアは眩しそうに微笑んだ。

「誠心誠意努力いたします」

「そうか」

アレクは考え込むように瞳を伏せ、不意にヴィアの手を取ったかと思うと、思わせぶりに指先に口づけた。

「ならば昼は貞淑な貴婦人で、夜は娼婦のように侍ってくれ」

生娘であるヴィアは一瞬言葉を失った。

そんなヴィアの反応を楽しむように、アレクは蠱惑的な笑みで見つめている。

「……わかりました」

ややあって、ヴィアは大きく頷いた。自分とて、皇帝を虜にしたツィティーの娘だ。

指に吸い付くようなこの白い肌と、ほっそりとしながらも豊満な肢体は、側妃としての武器になるとヴィアは思う。

「男性を悦ばせる手管など存じませんけど、それが殿下のお望みなら、精一杯努力をいたしますわ。テルマの民を頼れば、閨房術を教えてくれる者を紹介してもらえるでしょう。きちんと教わって参ります」

「閨房……」

　慌てたのはアレクの方だった。

「待て待て待て」

　この女なら本気でやりかねないとアレクは思った。

　清楚な花を手折る前に、手垢で汚されたいと願う男がどこにいるというのだ。アレクはごく健全な欲望を持った普通の男で、別に手練手管で仕えて欲しい訳ではない。

「私が教える！」

　思わずそう叫ぶと、ヴィアはきょとんとアレクを見た。

「そう……なのですか？　でも、貴方のご希望ならわたくし……」

「いいんだ！　お前は何も教わるな！」

　この女といると、どうしてこうも調子が狂うのだろう。

　アレクは思わず溜息をついた。ぞくりと体が震えるほどの美人なのに、アレクの想定通りに動いたためしがない。

「お前は別に、私の事が好きではないんだよな」

　疲れたように呟くと、ヴィアは首を傾げた。

「側妃は主を愛しすぎない方が良いのですわ」

　ヴィアは淡々と言葉を返す。

「身に過ぎた望みは、野望と騒乱を生み出すだけです。決して心は渡さず、なるべく目立たぬように生きる事が側妃の務めだと、母は申しておりました」

「心は渡さず？」

アレクは、その言葉を聞き咎めて瞳を細めた。

皇帝はツィティー妃に夢中だった。常に傍から離そうとせず、そしてツィティー妃もまた、その傍らで穏やかに微笑んでおられた筈だ。

「何故、心を捧げる必要があるのですか？」

アレクの心を読んだように、ヴィアが静かに問い掛けた。

「皇帝はツィティー妃から何もかも奪いました。許されたのは娘のわたくしだけ」

その口調に、僅かな怨嗟が見え隠れしたと思ったのは一瞬で、ヴィアはすぐににっこりと微笑んだ。

「側妃とはそうあるべきでしょう。わたくしもまた、同じように貴方にお仕え致しますわ。貴方はいずれ皇帝となり、ご自身にふさわしい正妃をお迎えになるお方ですから」

「自分は愛さないのに、私の寵は得たいというのか？」

呆れたように笑うと、ヴィアは何でもない事のように言った。

「貴方は、花を愛でるように、わたくしを愛でて下さればよろしいのですわ。わたくしは決して貴方を裏切りませんもの。気が向くままに構い、僅かの安らぎを得て、背後を気にする事なく体を楽しんで下さればいい。貴方の周囲には、家の浮沈をかけて貴方に取り入ろうとする者が多すぎますもの。わたくしのような女が一人くらいいても、いいのではありませんか？」

アレクはまじまじとヴィアを見下ろした。

「お前は、面白い考え方をする」

ヴィアの言う通り、帝位に一番近い第一皇子に人は蜜に群がる蟻のように寄ってきた。そうした輩にアレクは心底うんざりしていたが、それを周囲に見せる事は許されなかった。

常に帝国の跡継ぎにふさわしい振舞いを心掛け、無用な敵は作らず、けれど敵対する者には容赦せず、そうやって生き続けるしかないと自分の人生を諦観していた。

「貴方は何でも持っていらっしゃいますが、わたくしにはとても寂しい方のように思えますの。わたくしには母とセルティスがいましたが、殿下にとっての皇后陛下は、気軽に愚痴など零せる相手ではないような気が致します」

「そのような事をしたら、失望された挙句、皇帝になってもすぐに傀儡にされそうだ」

その顛末が容易に目に浮かぶ。

「皇后にとって私は大事な駒だ。私なくして母の世界は完結しない。だが、裏を返せばそれだけの存在だ」

それを寂しいと思った事はない。アレクにとってそれは、当たり前の日常だった。

母代わりだった乳母は、八つの時に皇后の逆鱗に触れ、王宮を追い出された。皇后はアレクを強い皇子に育てようとしていた。アレクを甘やかせ、その胸で安らがせるような女がアレクの傍にいるなど、皇后にはとても許せなかったのだ。

「私が皇帝になるために何が必要か、母の関心はいつもそこにあった。そう言えば、私の遊び相手として、今の側近三人を送り込んできたのも皇后だったな」

自嘲するようにアレクは唇を歪める。

「結局私は、ずっと母の掌の上で踊らされているのか」

「それの何がいけませんの？」

ヴィアは皿に盛られたクッキーを手に取り、無造作に二つに割って、その一つを口に入れた。飲み下して、異常がない事をアレクに示した上で、残りの半分をアレクの口元に差し出す。

「これは香草のクッキーですわ。一晩寝かせておいたのを、ついさっき焼いたばかりです」

「お前が焼いたのか？」

「ええ。パンを焼く事もありますし、野菜スープやひな鳥の煮込み料理を作る事もありますのよ」

「料理人のする事だろう？」

「いずれ宮殿を出ていく時のために、料理の勉強は必死にしましたの」

楽しそうにヴィアは答えた。

「側妃になれば、このような自由はきかないと思いますから、料理人の真似もしばらくお預けですわね」

どうぞ、と再び言われ、アレクはクッキーを口に入れる。

「珍しい味だな。甘味が少なく、独特の香りがする」

「ローズヒップと言うハーブが入っておりますの。お口に合いませんか？」

「いや、美味(うま)い。面白い味だ」

「生きていれば、面白い事はたくさんありますわ」

もう一つ割って口元に差し出され、アレクは今度は躊躇(ちゅうちょ)なくそれを飲み下した。

「思い掛けない出会いも、作られた出会いも、避けようのない出会いも色々あるでしょう。皇后様の作られた出会いは、殿下には不本意ですか？」

「あの三人に不満はない」

アレクは即答した。

「殿下がもし過ちを犯しても、あの三人ならば勘気を恐れずに諫言(かんげん)なさいますわ。皇帝がお持ちでないものを、殿下は既に持っておいでです。それはとても幸せな事だと思います」

柔らかな笑みで断言されて、心の蟠(わだかま)りが嘘のように溶けていく。

アレクは琥珀の瞳を細めて微笑んだ。

「お前はやはり面白い」

とても女性に対する誉め言葉ではない。それでもヴィアは、その言葉が嬉しかった。自分は恋人ではなく、殿下の同志になりたいのだ。殿下はセルティスを守り、自分は殿下のために尽くす。

ヴィアから見る殿下は、とても孤独だった。父も母も弟妹も存命であるのに、その誰とも家族ではなかった。周りを取り巻くのは、第一皇子から何らかの利益を得ようとする者、あるいは第一皇子を排斥しようと画策する者がほとんどだ。そのような者達に常に周りを囲まれて過ごすなど、ヴィアには到底、耐えきれないだろう。

「そう言えば、何かわたくしに御用があったのではありませんか？　そうでなければ、こちらに来られる筈がありませんもの」

「用と言うか……」

アレクは言い淀んだ。

「私はまだ正妃を持たない。だから来週、皇宮主催の晩餐会に、側妃としてお前を伴う事になる。構わないか？」

ヴィアは不思議そうにアレクを見上げた。

「ええ」

母も側妃だったが、同じように公の場に顔を出していた。側妃となるならごく当然の事で、アレクが何を躊躇っているのかヴィアにはわからない。

「事実上、お前のお披露目だ。皆が注目するだろう。つまり」

アレクは言いにくそうに言葉を切った。

「失敗すれば、ここぞとばかりに叩かれる」

アレクが何を心配しているかようやくわかって、ヴィアは破顔した。

「大丈夫ですわ」

今まで公の場に姿を出さなかっただけで、皇女として最高の教育は受けている。万が一貴族に嫁ぐようになった時のためにと、母は本当に厳しくヴィアを躾けたのだ。

母はアンシェーゼを心底嫌っていた。その貴族に馬鹿にされる事が、我慢ならなかったのだろう。

「きちんと猫は被りますわ。猫の被り方は母譲りですの。母も十四くらい張り付けていましたものね」

「十四でも二十四でも飼ってくれ」

物怖じしない様子に、アレクはほっとした。少々のいじめや嫌がらせでへこたれるようでは、自分の側妃は務まらない。

「足を引っ張ろうとする輩はたくさんいるぞ。庇える範囲なら、庇ってやれるが」

「殿下はご自分の事だけ、ご心配下さいませ」

そこまで心配されるのは心外だと、言外に匂わせた。

その様子に、そう言えばツィティー妃も強い方だったなと、ふとアレクは思い出す。踊り子から側妃に上がり、言葉に出せない苦汁を嘗(な)めさせられた筈なのに、アレクが物心つく頃には、まるで生まれながらの貴婦人のような立ち居振舞いで他を圧倒していた。

その娘ならば案じる事はないのかもしれないと、ようやくアレクも思い直した。

それならば、アレクにも都合がいい。もしヴィアが社交界できちんと側妃の役割を果たせるなら、これ以上ない支えとなるだろう。

「三日後には、貴方の宮に入りますわ。第一皇子の側妃となると決めた以上、わたくしもできる限りの務めは果たします」

そしてヴィアは身を正し、真っ直ぐにアレクを仰いだ。

「殿下、わたくしの願いは一つです。必ず叶(かな)えて下さいませ」

「何だ」

「必ず皇帝になって下さい。貴方の盤石な治世の下、セルティスが恙(つつが)なく人生を送れるよう、どうぞ守ってやって下さいませ」

アレクはヴィアの頬に手を伸ばした。そのまま慈しむように、指を頬から頤(おとがい)へと滑らせ、持ち上げる。

ヴィアは湖水のように青い瞳で、真っ直ぐにアレクを見た。間近で見つめてくる琥珀の瞳に、何故かぞくりと体が震えてしまう。

ゆっくりと近づいてくる唇は、いやなら逃げても良いという選択をヴィアに残したが、ヴィアは静かに目を閉じた。

初めての口づけだった。

唇を軽く触れ合わせたまま、ヴィアの髪の中に差し込まれた手が、優しく髪をまさぐってくる。

すらりと細身に見えた体が存外に逞しい事をヴィアは初めて知った。そして自分の体がほっそりと華奢である事を殊更に自覚する。抱き込まれたジャケットから仄かに薫る高貴な香に、今にも酔いそうだ。

唇を離した後も、アレクはヴィアの体を離そうとはしなかった。腕の中におさまる柔らかな体をただじっと抱きしめ、ヴィアもまた抗う事なく、その優しい温もりに静かに身を委ねた。

翌日、ヴィアは護衛のエベックを伴い、アレクの住まう水晶宮を訪れた。あの後、大量の贈り物が紫玉宮に届けられたからだ。

「殿下はもうすぐ来られます」

そう対応したのは、目元に笑い皺のある、温厚そうな一人の侍従長だった。そしてそのまま控えの間へと通される。

やがて側近達と談笑しながら、アレクが入室してきた。

「ヴィア、どうした」

ヴィアは完璧な貴婦人の所作で膝を折る。

「贈り物を頂きましたので、お礼のご挨拶に参りました」

今まで簡素な装いのヴィアしか知らなかったアレクは、贈ったドレスに身を包み、華やかに着飾ったヴィアの姿に思わず瞳を眇める。

眼前に立つヴィアの美しさは圧巻だった。絹糸の如く柔らかな髪はゆったりと背に流され、ぼかしのある濃紺のドレスが、皇女の透けるように白い肌を強調している。

全体的にほっそりとしているが、胸元はふっくらと男性をそそるように盛り上がり、清楚な美しさの中に蠱惑の蜜を垣間見せた。

ここまで美しい姫君は皇宮にいないなと、ルイタスは心の中で独り言つ。現に自分の主は、魅入られたように言葉を失っていた。

「殿下？」

声を掛けられて、アレクは慌てて咳払いした。

「よく似合っている」

「わたくしもそう思いましたの」

悪びれずにヴィアは答えた。

「だから殿下にお見せしようと思いまして」

アレクに対しては、猫を被る気は微塵もないらしい。男として意識されていないのだと気付き、アレクは妙にやさぐれた気分になった。

「せっかく来てくれてありがたいが、今日は今から用がある」

幾分素っ気ない言い方になってしまったのは仕方ないだろう。ヴィアは気にした様子もなく、あっさりと肩を竦めた。

「わたくしは暇なのですけど、殿下は違いますものね。で、どちらのご予定ですの。今日は公式の予定はないと伺っておりましたが」

訪問するにあたり、一応殿下の予定は確かめておいたのだ。けれど問われたアレクが狼狽えたように瞳を逸らすのを見て、ヴィアはぴんと感付いてしまった。どうやら、聞いてはいけない領域に踏み込んでしまったらしい。

「あら、馴染みの姫君を訪れになる所でしたのね。わたくしったら気が利かぬ事を」

「違う！」

とんでもない方向に誤解されたアレクは叫ぶように否定し、それからむっつりと黙り込んだ。

「では、どちらに参られますの？」

グルークを真っ直ぐに見つめると、その美貌に気圧されたようにグルークは不自然に目を逸らした。

「別に隠すようなお相手ではないでしょう？」

　呆れたように言葉を挟んだのはルイタスだった。

「皇女殿下も散々されてきた事ですし」

「ルイタス！」

　アレクの制止は間に合わない。

「わたくしが散々してきた？」

　ヴィアは楽しそうにアレクの目を覗き込んだ。

「一体どういう意味でしょうか？」


「別に遊びじゃない」

　殿下もわたくしと同じように楽しまれていたのですねと嬉しそうに断言されたアレクは、思わずむっと傍らのヴィアに言い返していた。

　因みに、お忍びで向かう馬車の中での会話である。

　ヴィアにとって市井へのお忍びは気晴らしであったのかもしれないが、アレクにとってはもっと重い意味を持つものだ。

　民の本当の生活を知るべきです。

皇宮内と騎士団での生活しか知らなかったアレクに、そう進言してきたのはグルークだった。

アレクの側近として国の行く末を模索する内、グルークは民についてもっと深く知りたいと思うようになり、準騎士時代から様々な街や地域を訪れるようになっていた。

元々、金銭的余裕のない家庭に生まれ育ったグルークは、平民らも通う文院で基礎教養を学んでおり、市井には慣れている。多少、危険な目に遭う事もあったようだが、腕も立ち、頭も切れる男であったため、裏の顔を持つ男達とも人脈を繋ぎ、今では様々な情報を手にできるようになっていた。

グルークに感化されて、アモンやルイタスまでが下町に出掛けるようになり、更には三人の悪友に引っ張り出される形で、アレクも皇宮の外に出るようになった。

もっとも皇后の耳に入ると大変な事になるので、不在をごまかす隠蔽(いんぺい)工作には、水晶宮の侍従長とアントーレ騎士団の幹部を無理やり味方に引き込んだ。

アレク達が出掛けている間は、騎士団で鍛錬しているという形になっていて、皇宮を抜ける検問も、騎士団員の名前を借りている。

「お前はどうやって検問を抜けていた？」

馬車の中でヴィアに聞くと、ヴィアは侍女の身分証を使っていると得意そうに教えてくれた。

アレクがお忍びで出掛けると聞いて、自分も連れて行って欲しいとちゃっかりねだってきたヴィアである。こうなるとわかっていたから言いたくなかったんだとぼやくアレクを上手に言いくるめ、護衛のエベック共々、無理やりついて来てしまった。

因みに馬車は四人乗りのため、一台目にアレクとヴィアとアモン、二台目にルイタス、グルーク、エベックがそれぞれ乗っている。

「殿下は市井の暮らしをどこまでご存じなのでしょうか？」

ヴィアはかわいらしく小首を傾げて尋ねた。が、内容は完全にアレクを馬鹿にしている。

「物を買うのに、お金がいる事はご存じですか？」

「そのくらい知っている」

憮然と言い返したアレクだが、実は初めてグルークに連れ出された時は、不覚にも知らなかった。

「お前こそ金もないのに、どうやって市場を楽しむんだ」

ツィティー妃は贅に囲まれた生活を送っていたが、お金を手渡されていた訳ではない。

「あら、お金なら持っております。こちらですわ」

ヴィアは上着の隠しから翡翠のネックレスを取り出した。侍女にいつものお出かけ着を取りに行ってもらったヴィアは、用意周到に宝玉まで持ってきてもらったらしい。

「母は皇帝からたくさんの装身具をプレゼントされておりましたでしょう？　これを

お金に換えて、遊ぶようにと教わりました」

「お金に換える？」

アレクは呆然と呟いた。発想自体、既にアレクの理解の範疇を超える。

「ここは帝国の首都ですから、数え切れないほどたくさんの両替商が出ておりますの。ご存じありませんか？」

「……そのようなやり方を誰に教わったのです？　知識はツィティー妃からだとしても、あの方は皇宮を出る自由などなかった筈ですが」

そう口を挟んできたのは、向かい側に座るアモンである。

「母の腹心の侍女頭ですわ。母の後を追うように亡くなりましたが、その侍女頭に連れられて、わたくしは小さい頃から市井に下りておりましたの。殿下は以前、紫玉宮に来られた時、まだ年若い二人の侍女が控えていたのを覚えてはおられませんか？セイラとルーナという名で、その侍女頭の娘なのですけど、わたくしとちょうど髪や目の色が一緒なのです。ですから、わたくしはいつも二人のどちらかの身分証を貸してもらっております」

「皇女がこうもやすやすと宮殿を抜け出していたとはな」

傍らのヴィアを眺め、アレクは深々と嘆息した。病弱設定に騙されて、そんな事になっているとは、考えも及ばなかった。

「警備によほど問題があるようだな」

「わたくしが思うに、第一皇子が城を抜け出していた事の方がよほど重大な問題です」

　重々しく言ったアレクに、ヴィアはすましてそう答えた。


　適当なところで馬車を降りたヴィアは、早速両替商の一つを界隈（かいわい）の一角に見つける。

「この場所での待ち合わせでよろしいでしょうか？」

　声を弾ませて離れていこうとするヴィアの腕を、アレクは慌てて掴んだ。

「お前一人で出歩く気か？」

「いえ、一応エベックを連れて行きますけれど」

　当のエベックはと言えば、下級騎士が身に着けるような自分の出で立（いでた）ちに、もの慣れぬ様子で服を触っていた。

　エベックは元々、アンシェーゼでも名のある貴族の出身である。嫡男でないため、アントーレ騎士団に身を置いているが、育ちも血筋もヴィアよりはよほどいい。もちろん身分を隠して下町を歩くなど初めてで、落ち着かない様子で辺りを見渡していた。

「面倒事に巻き込まれると困るから、私の傍を離れるな」

　ヴィアは下町を自由に歩けない事にがっかりはしたが、こうして連れ出してもらえるだけでもありがたいので素直に頷いた。仕方なく隠しから小ぶりのネックレスを取り出し、これをお金に換えてきてとエベックに頼む。

言われたエベックは呆然とヴィアを仰いだ。

「自分が、ですか？」

質草を兼ねた両替商を訪れるなど、育ちの良いエベックには初めての事だ。手の中の翡翠と上官であるアモンの顔を交互に見やり、頼みの上官に、行けと顎をしゃくられたエベックは、すごすごと両替商へと向かった。心なしか広い背中が丸まっている。

興味深そうに後を付いて行ったのは、それを許可したアモン自身だ。有事の際に、アントーレの騎士がどれだけ市井で役に立つか見てみたかったのだろう。

気になったヴィアはアレクの手を引いて、こっそり後をついていった。案の定、換金などした事もないエベックは店主に足元を見られ、瞬く間に買い叩かれる。流石にその値段は詐欺だろうと、ヴィアは思わずエベックの傍に駆け寄った。

「値段を一桁間違っていない？」

庇おうとするアモンの手をそっと押し止め、ヴィアはぞんざいに店主に笑いかける。

「何だ、お嬢ちゃん、文句でもあるのか？」

クレームをつけてきた相手がまだ少女ともいえる年齢であるのを見取った店主は、悪びれずにすごんできた。折角ぼろもうけできるところだったのだ。邪魔されて嬉しい筈がない。

「八十カペーなんて、この店は石を見る目がないの？　この翡翠なら、三百は下らない筈だけど」

表通りの両替商でも、三百五、六十はいけるだろうと、ヴィアは素早く計算する。四人家族がゆうにひと月暮らせる額だ。

「お嬢ちゃんなら、いくらをつける？」

「三百八十」

「馬鹿言うな。せいぜい三百三十だろう」

「三百六十」

「いや、三百四十だ」

用心深く店主が言う。

「傷一つない逸品よ。箱を作って売り出せば、四百でも買い手がつくわ」

何と言っても、皇帝が側妃に贈った品物だ。本来なら、箱も鑑定書もあるのだが、そんな足がつきそうなものを持ってくる訳にはいかない。

「三百五十だ。それ以上は出せない」

妥当な額だ。ヴィアはすぐに手を打った。

「十分よ、いただくわ」

渡された金子は高額なので、そのままエベックに持たせた。皇帝の直轄地である首都ミダスとはいえ、すりや強盗はいくらでもいるからだ。

因みにヴィア一人で来る時は、こんな裏道の店は選ばない。大通りに面し、現金の受け渡しを見られないよう配慮してくれる店を選んでいる。

「いつもこんな事をやっているのか？」

呆れたように小声で聞いてくるアレクに、ヴィアは楽しそうに頷く。

「貴婦人たちが目を見張るような高価な装飾品は、かえって困るのですわ。わたくしには捌きにくくて。だから母も、自分の主に物をねだる時は、なるべく安価で小ぶりなものを頂いていましたし」

誰に話を聞かれるかわからないので、皇帝と言う言葉は使わない。

「そう言えば、そんなところが慎み深いと主には好意的に解釈されていましたけれど、まあ、本当の事は言えませんものね」

聞けば聞くほど、模範的寵妃であったツィティー妃の偶像が壊れていくようだ。アレクはがっくりと肩を落とした。

「まあ、いい。あまり傍を離れるなよ」

ヴィアに釘を刺して、アレクはグルークらと下町を歩いて行く。

店主らに話しかけるのは、下町に一番馴染みが深いグルークだ。治安状況や衛生面、物の価格に変化はないかなどと、上手に店主らの口をほぐしていく。

一方、大人しく後ろをついて歩いていたヴィアは、カピタと呼ばれる庶民のお菓子を見つけて目を輝かせた。

「エベック、あの食べ物を買って来て下さらない？　無花果のカピタがいただきたいわ」

因みにカピタとは、アーモンドを潰したものを生地に練り込んで、中に果物の餡を包んで焼き上げたものである。そのまま食べられるよう、葉で巻いてあった。

「毒見も済んでいないものを食べられるおつもりですか？」

皇女の護衛を下町に慣れていないエベック一人に任せるのが躊躇われ、後をついてきたアモンは、それを聞いて思わず声を掛けた。

自分達が殿下を連れて市井に下りる時は、基本的に持参した水嚢の水しか口にしない。万が一の事があったら、困るからだ。

だが、市井の食べ物に慣れているヴィアには、アモンのその微妙な牽制が理解できない。ならば、と、ヴィアは買って来てもらったばかりのそれを半分にちぎり、エベックに差し出した。

「食べてみて？」

「自分が、ですか？」

さっきも聞いたセリフねと、ヴィアは思う。

「毒見だそうよ。いいから食べて」

困惑して押し黙る上官を横目で見ながら、エベックは命じられるままにカピタを頬張った。悪くない味だと思いながら嚥下すると、皇女はにっこりとアモンに言った。

「何ともないようね」

わかりきっている事だが、必要な手順だと言われれば仕方ない。ヴィアはわくわくと葉っぱを開き、欲しかったカピタを小さな口で一口齧った。

生真面目なアモンは止めるタイミングを失い、困り切って傍に突っ立っていた。エベック以上に寛いで、街歩きを楽しんでいる皇女に、何と声を掛けて良いものかわからない。

一方のヴィアは久々のカピタに大満足だった。紫玉宮で作ってみた事もあったのだが、専用の窯がないと、やはりこのさっくりとした感じは出せない。

「ここはいい無花果を使っているのね」

若い店主に話しかけると、男はヴィアの美貌に呑まれたようにさっと顔を赤くし、どぎまぎした口調で話しかけてきた。

「マンゴのもどうだい？　普段は滅多に手に入らないんだ」

「そう。じゃあ、それもいただくわ」

どうしていいかわからなくなったアモンは、取り敢えず主に現状を伝えておく事にした。

ヴィアはアモンが離れて行ったのにも気付かず、エベックに、買って、と目で頼む。アレク達はまだ、さっきの露店で話をしているようだ。自分達ものんびりしていて構わないだろう。

買ってもらったマンゴ味のカピタをエベックに差し出すと、今度は文句も言わずに口に入れた。

「さっきのと比べてどう？」

「私はさっきの方が好みです。こちらは甘いので」

「甘いものは苦手？」

「はい」

ヴィアもカピタに口を寄せ、一口味わう。確かに先ほどのより甘みが強い。

ヴィアはこの程度の甘味なら平気だわと、ゆっくりカピタを咀嚼する。あっさりとしたクッキーも好きだが、時々、とても甘いお菓子を食べたくなるのだ。

「甘いものが苦手なら、お酒を飲むの？　騎士団の食事にお酒がつくのかしら」

セルティスの事が気になってそう聞くと、騎士の叙任を受けるまではお酒は禁じられておりますと、エベックは答えた。

「お酒を飲むと、踊る人がいるって本当なの？」

聞かれてエベックは思わず唸った。妙にピンポイントをついた質問だ。

「踊る……人もいる事はいます。あと、やたら泣いたり、笑ったりというのは、よく聞きますね」

ついでに服を脱ぎたがる奴もいるが、とエベックは心の中で付け足した。

「お酒を飲むって、怖い事なのね」

しみじみと呟いたヴィアは、ふと美味しそうな匂いに気付いて後ろを振り返った。覚えのあるこの匂いは多分、炙り肉だ。ヴィアは目を輝かせ、楽しそうに辺りを見渡した。

いつの間にかいなくなったヴィアに気付き、アレクが辺りを見渡すと、向こうの路地からヴィアが目立たない程度に軽く手を振ってきた。皇女が立ち食いという姿にも驚いたが、騎士のエベックと仲睦まじく食べ物を分け合っている姿は、まるで恋人同士のようだ。

「あいつらは何をしているんだ？」

「毒見なしで物を召し上がってはいけないと注意申し上げたら、エベックに毒見させるようになりまして」

弱り切った口調でアモンが報告する。見ていると何やら会話も弾んでいるようだ。全く色気のない会話のようだが、楽しそうな様子がアレクには面白くない。

「ヴィア」

近付いて手を引くと、串の肉に口をつけていたヴィアは、あら……と慌てて小指の先で口元を拭った。

「お話が弾んでいらっしゃるようでしたから、邪魔をしてはいけないと思いましたの」

「こんなところで物を食う……」

　叱責の途中で、口の中に肉を入れられる。

「毒見済みですわ」

　側近達が何か言う前に、ヴィアは言葉を封じてしまう。そしてアレクを振り返った。

「好みではありませんか？」

　仕方がないので咀嚼するが、元々肉は嫌いではないし、歩いて腹も減っている。

「うまい」

　アレクがそう答えると、ヴィアは嬉しそうな顔をした。

「これは塩だれをつけて焼いたものなのですって。簡単な料理なのに、家で食べるよりずっと美味しいのが不思議ですわね」

　この場合、ヴィアの言う家とは宮殿の事だろう。手は掛かっているが、やや冷えた上品な料理ばかり食べていれば、こういう出来立ての簡素な料理が美味しく思える気持ちは十分理解できた。アレクも騎士団ではこういった料理をよく食べていたからだ。

「他も試したのか？」

　聞くとヴィアは首を振った。

「こちらが一番のお勧めと聞いて試してみたのです。でも、他の串も美味しそうですわね」

ヴィアは食べる気満々で、色々な串を見ている。中でも香辛料のたっぷりかかった串肉が、特に気になるようだ。

「あの赤いのが美味しそうですわ」

アレクは仕方なく、その串を買ってやった。

「あら、一緒に食べて下さいますの？」

目を見張るほど美しい笑顔で尋ねられて、アレクは思わず、ああと答えてしまった。男の本能のようなものだ。

「殿……若君」

危うく、殿下と言いそうになり、ルイタスは慌てて言い直す。

「滅多なものを口にされては」

「わたくしが味見をして差し上げますわ」

ヴィアは店主から受け取った串を小さな口で頬張り、味わうように飲み込んだ。そしてにっこりと笑い、その串をアレクの口元に差し出す。アレクは苦笑しながら、その肉を頬張った。人に手ずから物を食べさせてもらうなど何年ぶりだとおかしくなる。

「如何？」

美味しいでしょう？　と言わんばかりの口調に、酒に合いそうだとアレクは答えた。

「殿下もお酒を嗜まれるのですか？」

ヴィアが何をそんなに驚いているのか、アレクにはわからない。

「飲まない男の方が珍しいだろう？」

「……では、まさか踊られるのですか？」

声を潜めて問い掛けられて、アレクはまじまじとヴィアを見下ろした。

「何の話だ」

「お酒を飲んだら踊る人がいると、さっきエベックに教わりました」

こいつとの会話は時々意味不明だと、アレクはこみ上げてくる笑いを噛み殺した。

「私はそんなに酒癖は悪くない。それよりお前はどうなんだ。踊るのか？」

聞いてやると、踊るほど飲んだ事はなくてと、残念そうに返された。

「シール酒なら飲めるのですけれど」

「あれは酒とは言わないぞ」

主二人が楽しそうに食べ歩いているので、付き従っていた四人は顔を見合わせ、誰からともなく肩を竦めた。

「我々も勝手に楽しんだ方が良さそうだな」

何だか腹も減って来たし、とアモンが呟き、グルークがそうだなと辺りを見渡す。

二人ずつ交代で食べ歩くか、と言葉を続けたのはルイタスだ。いいんでしょうかと口にしたエベックを、お前が言うなと言いたげにアモンが一瞥した。

「さっきお前も、ものすごく楽しそうに食べていただろうが」

あれが殿下の闘争心に火をつけたなと、アモンは心の中でそう呟く。そんな事に全く気付かないエベックは、こんな行儀の悪い事を街中でしたのは初めてです、と情けなさそうに項垂れた。

「それにしても、あんなに楽しそうな殿下を見るのは久しぶりだ」

屋台を指さしながら笑い合っている二人を見て、そう呟いたのはグルークだった。

いつの頃からか、殿下が声をあげて笑う姿を見なくなった。生き残るには帝位を摑むしかないのだと自分の運命を見切り、がむしゃらに道を進み始めた頃からだろうか。取り入ろうとする者、足を引っ張ろうとする者、どちらに着くのが得か様子見をする者。そんな者達に四六時中周りを囲まれれば、誰だって嫌になる。

あの皇女は、そのどれにも入らなかった。型破りで前向きで聡明で、けれど確かな温もりを持った皇帝の養女。

殿下にとってかけがえのない側妃になられるかもしれないとグルークは思う。だが、殿下がヴィア妃に心を囚われれば、自分はあの側妃を排除しなくてはならなくなると、グルークは苦い思いでそう心に呟いた。

殿下の権力を盤石にするために必要不可欠な皇后の存在。皇后はアレク殿下がヴィア妃を愛する事を決して許さないだろう。そして殿下自身も、帝位を着実に摑むために、強い後ろ盾を持った正妃を娶る事がどうしても必要だった。

悲しむ殿下の姿は見たくない。グルークは溜息をつき、殿下があの皇女に心を傾ける事のないようと強く神に祈った。

後にヴィアは、この日のお忍びを何度となく思い起こした。ただの皇女でいられた、最後の日。アレク皇子と肌を合わす前の無邪気な自分は、まだ恋も知らず、未来に対する恐れも何も持ち合わせなかった。

翌日ヴィアは、側妃として水晶宮へ上がった。

その日の晩、初めて皇子の寝所に上がる前、ヴィアは数人がかりで侍女に体を洗ってもらい、肌や髪に香油を塗り込められた。

指に吸い付くような見事な肌ですことと侍女頭の賞賛を受け、紐一つで容易く解けるふわりとした絹の寝衣を素肌に纏った。梳られた艶やかな髪がさらさらと背に掛かり、化粧と言えばただ、唇に薄く紅をさしただけだ。

まだ十六の瑞々しい肌は、仄かな明かりの中で象牙のような白さが際立ち、微かに面を伏せて皇子の訪れを待つ無垢な姿は、息を呑むほど美しい。

最初は落ち着いた笑みでアレクを迎え入れたヴィアだが、抱き寄せられて口づけを受け、その吐息をうなじや耳元に感じる内、何をどう考えていいか分からなくなった。

まるで身に纏っていたすべての鎧が剥ぎ取られていくかのようだ。手慣れた指が女性として初めての感覚をヴィアに呼び起こし、ただアレクのなすがままにか細い息を漏らす事しかできない。

やがてアレクが体を離し、忘我の時から解放されたヴィアは、初めて教えられた悦楽や混乱、そして何か大切なものを確かに失ってしまったのだという激しい喪失感に、涙が溢れてくるのを止められなかった。

アレクは自分の肩口にヴィアの頭を乗せ、未だ荒い息のまま、もう片方の手でヴィアの腰を抱いている。指に絡まった艶やかな金髪をアレクは愛おしむように梳り、頭をもたげてこめかみにそっと口づけた。

ヴィアは息を抑え、頬を流れる涙に気付かれまいとしたが、やがて頤に指を滑らせたアレクは、濡れた頬に気付き、驚いたようにヴィアの顔を覗き込んだ。

「何を泣く」

ヴィアは首を振ってその問いから逃れようとしたが、親指で優しく濡れた頬を拭われて、堪え切れずにまた新しい涙を零す。

「わかりません」

敵にならない証として体を差し出すのだと、最初からただそれだけの関係だと割り切っていた。けれど逞しく鍛えられた体に抱きこまれ、この十六年間、自分が何を欲していたかを知ってしまった。

優しく慈しむ母はいても、父の温もりや力強さは知らずに育ってきた。母が亡くなってからは、ただセルティスを守らなければと、追いつめられるままに次の一手を探ってばかりいたように思う。

「ただ、怖くて」

広い胸に抱かれて、急に自分が頼りない存在に思えてきた。自分は弟を守らなければならないのに。強い存在でいなくてはならない筈なのに。

混乱するままに与えられた忘我は、ヴィアを更に戸惑わせた。圧し潰さないように注意しながらのしかかられる体の熱さに翻弄され、その温もりを恋しく思えば思うほど、言いようもない哀(かな)しみが心に突き刺さる。

体をひさぐ事が庇護を得る条件だった。女性として守るべき何かを自分はすでに失ったのに、嘆く権利すら残されていない。

「今日から私がお前の庇護者だ。セルティスの事は私が守る」

何より望んだ言葉なのに、今は心が引き裂かれる思いがした。

「泣くな」

優しく言葉を落とされて、こめかみに、頬に、ちりばめるような口づけを落とされた。長い指がヴィアの髪に差し込まれ、最後に宥めるようにそっと唇に口づけられる。

僅かに体を強張(こわば)らせたヴィアに気付き、アレクは吐息だけで微笑んだ。

「心配するな。今日はこれ以上しない」

「これ以上？」

ヴィアは、睫毛に溜まった涙が一滴頬を落ちていくのを感じながら、不思議そうに尋ねた。

「これからまだ、何かあったのでしょうか？」

アレクは困ったように苦笑し、何でもないと首を振った。伽の女は、その夜のうちに退室させるのが常だった。寝首を掻かれるのはごめんだし、事が済んだ後に傍にいられても煩わしいだけだ。呼び鈴を引けば、二つ向こうの部屋に控える侍女がやって来て、寝所から送り出される女の世話を細やかに焼いてくれる事だろう。

だが、今日初めて、アレクはこの温もりを離したくないと思った。涙が乾くまで頭を撫でてやり、この華奢な体を抱きしめていたい。

「もう休め」

アレクはヴィアの体を抱き寄せた。ヴィアはなされるがままに体を預けていたが、やがて安心したように小さな寝息を立てて眠り始めた。


こちらへ、と案内された部屋で、ヴィアは一人食事を摂っていた。長いテーブルに一人きりで座り、周りを侍女に囲まれて食べる食事はひどく味気ない。紫玉宮ならセルティスの斜め向かいに座り、いつもお喋りしながら食事をしていた。

「殿下はいつもこんな感じでお食事をされているの？」

近くに控えるエイミと呼ばれる侍女に尋ねると、そうですと返事が返ってきた。

エイミは下級貴族の娘で、明るく誠実で有能なところが侍従長の目に留まり、今回側妃殿下付きとして抜擢(ばってき)された。初めて引き合わされた時から、ヴィアはこの侍女に好意を覚えていた。

「では同じ宮殿に暮らしていても、殿下とは一緒に食事はしないのね」

ヴィアの問いに、エイミはさあと首を傾げる。

「それはわかりません。今朝は皇后陛下から顔を出すようご下命があったので、向こうで朝食を摂っておられますが、このようなお呼びがかかる事自体が珍しいのです」

初めてヴィアを寝所に迎え入れた日の翌朝、わざわざ皇子を呼びつける意図は明白だ。側妃に心を許すなと皇后は牽制しているのだろう。

「折を見て、皇后陛下にはお礼を申し上げないとならないわね」

皇后にとってヴィアは、夫の寵愛を掠(かす)め取った憎き女の娘である。その娘を息子の側妃にと推挙したのだから、その口惜しさは察して余りある。それでもそのお陰で、ヴィアは皇帝の寝所に連れ込まれずに済んだ。

それにしても、今日は何という朝の始まりだっただろうと、ヴィアは思う。寝起きは生涯で最悪だった。気持ちよく寝ていたら、扉越しに侍女の声で起こされたのだ。

「殿下、入ってもよろしいでしょうか？」

いつものセイラの声ではないわ、と思いながら目を開け、まず目に入ったのは自分を抱きしめている皇子の裸の胸だった。自分の状況が分からず、暫く瞬きを繰り返していて、一気に目が覚めた。と言うか、一気に血の気が引いた。

声にならない悲鳴を上げて起き上がったのはいいが、今度は自分があられもない姿である事に気付き、もう一度悲鳴を上げそうになった。慌てふためいて布団に飛び込むと、同じく侍女の声で目が覚めたらしい皇子が、面白そうに自分を眺めていた。

「殿下」

再び侍女の声が聞こえて、「まだ開けるな」と皇子が答える。

「どうしたらいいのでしょう」と涙ぐんで聞くと、さあなと答えられた。

「起こされるまで寝ていたのは久しぶりだ」

ヴィアは羞恥と混乱で何も考えられずにいるのに、皇子は大きく伸びをし、お前も眠れたかとのんびりと聞いてきた。そしてそのまま半身を起こすと、どうしていいかわからずに固まっているヴィアの両脇に手をついた。

抵抗しようとすると、「側妃の務めはわかるか」と尋ねられた。わかりません、と首を振ると、皇子は瞳を眇めてヴィアを見た。男の色気が漂っているのが妙に恐ろしい。

「私に従順でいろ。逆らうな」

そうして、ヴィアの髪を一掬い手に取り、愛おしそうに口づけた。このまま昨晩の続きをされそうな気がして、ヴィアはすっかり腰が引けてしまった。

「な、何をなさる気で……」

「何をすると思う？」

思わせぶりに近づいてくる唇に、ヴィアが心の中で悲鳴を上げていると、皇子は不意に顔をそむけたかと思うと、我慢できなくなったように爆笑した。

「殿下！」

ひとしきりヴィアで遊んで気が済んだのか、アレクはさっさと落ちていた寝衣を身に纏い、ヴィアにも衣を渡して扉の向こう側に声を掛けた。

その後の喧騒は思い出したくもない。あんな大人数が部屋に入ってきて、世話を焼かれるなど思ってもいなかった。

朝から疲れた、というのがヴィアの正直な感想だ。取り敢えず、初夜は済ませたから、側妃の務めは一つ果たしたのだと思う。あとは数年、セルティスの立場が安定するまで側妃を務めあげたら、お役御免だ。

一人きりの食事は退屈だが、数年の我慢だと思えば何て事はない。今度殿下に会うのは、五日後の晩餐会の時だろうかとヴィアは考えた。事実上のヴィアのお披露目だ。

母ツィティーの名を汚さぬよう、完璧な側妃を演じなければならない。晩餐会の出席者や席次、引き合わせられるであろう貴族らの立ち位置や系図を、今日は徹底的におさらいしておこうとヴィアは心に決め、長い朝食を終えた。

こうして側妃としての第一日目をこれ以上なく有意義に過ごしたヴィアだが、夕食を前に皇子からの使者が来て、今夜の夕食と寝所を共にするよう命じられた。

通された部屋で、「お夕食はいつもこちらで摂るのですか？」とアレクに尋ねると、そうだが、と不思議そうに返された。六人掛けのテーブルに向かい合わせで離れて座り、喋りにくい事、この上ない。

「そちらに行ってはなりませんか？」と、ヴィアは尋ねた。

「どこに座る気だ」

「殿下の斜め前に。給仕はわたくしが致します」

アレクは面白そうにヴィアを見た。

「好きにするがいい」

アレクは場にいる者をすべて下げようとしたが、温厚そうな侍従長に、「私だけは残ります」と言われ、侍従長一人を部屋に残す。

「ラフィールだ。侍従長は信頼していい。私のお忍びもすべて知っている」

紹介されて、ヴィアはにっこりと微笑んだ。

「下町を歩かれるなんて、本当に困った皇子殿下ですわね」

「お前が言うな」

アレクは呆れた声で言った。

何度も城下に出ていたが、買い食いをしたのは初めてだ。しかも庶民の食べ物は意外と美味しく、いつの間にか時間を忘れて二人であちこち歩き回っていた。

更には雑貨屋に連れて行かれ、メッキの髪留めを気に入ったヴィアが長い時間をかけて一つを選ぶ間、自分は従者よろしくずっと傍で待っていた。つくづくとんでもない皇女だと思う。

「私の知るツィティー妃は、皇帝に従順な賢明でもの静かな側妃だったが、お前から見た母はどうやら違うようだな」

改めて問うと、ヴィアは嬉しそうに笑った。

「楽天的で逞しく、楽しい母でしたわ。面白くもない晩餐の席に連れ出されても、扇の陰から貴族達を観察して、綽名(あだな)をつけては面白がっておりましたもの」

どこにいても楽しい事を見つけるのが上手な母だった。恨んではだめ、悲しんではだめ、自分を憐(あわ)れんでも何もならないのよと、母は口癖のように言っていた。

「母やセルティスは立場上、紫玉宮から出る事は叶わなかったでしょう？　お忍びが許されたのはわたくしだけでしたので、わたくしは二人のために一生懸命面白い話を見つけて参りましたのよ」

「例えば？」

「ミダスの中心にある始祖帝の像は、右掌を上に向けていらっしゃるでしょう？　後ろ向きに立って硬貨を投げて、無事掌におさまったら願いが叶うのですって。だからあの辺りは、掌広場と呼ばれているそうですわ。本当は何やら長い名前でしたよね」

「……セス・モンテニ広場だ」

始祖帝は、セス・モンテニ峡谷で死闘を繰り広げ、いくつもの部族を制圧してアンシェーゼを建国した。民に語り継がれている筈の名が、いつの間にか掌広場に変わっているとは思いもしなかった。子孫であるアレクは微妙にショックだ。

「それに時々、赤子を抱いた乞食を目にしますけど、あれは商売なのだそうですよ」

「商売？　赤子を抱えて生活の立ちゆかぬ者が立っているのでは？」

「と、思いますでしょう？」

ヴィアはうんうんと頷いた。

「実は赤子は、お金を出して借りているのですって。その方が実入りがいいとかで」

アレクは言葉を失った。

「何というか、逞しいな」

「ええ。ああいう姿を見ると、わたくしは自分がまだまだだと思いますの」

アレクは胡乱（うろん）な目でヴィアを見た。

「お前は一体どこを目指している」

取り敢えず、側妃になったからには勝手にお忍びはするなよ、と釘を刺すと、勿論ですわ、とヴィアは頷いた。側妃稼業は、全力で頑張るつもりだ。


「最近楽しそうですね」

書類から顔を上げたグルークにそう話しかけられて、アレクは軽く眉宇を寄せた。

「楽しいというか、次の反応が読めない相手と話をするのは、なかなか面白い」

「反応が読めないとは、どういうことですか？」

楽しそうにルイタスが口を挟んできた。どうやら細かい陳述書を読むのに、疲れてきたようだ。

「例えばお前がヴィアに、酒を嗜むと言ってみろ」

「言ったらどうなるんです？」

「では踊るのですかと聞かれるぞ」

「何ですか、それ」

ルイタスは噴き出した。あの皇女は思った以上に面白い人間であるようだ。

「そう言えばエベックが、酒を飲んで踊り出す人間がいるのは本当かと聞かれたと言っていた」

会話を思い出すように、生真面目なアモンが口を挟んだ。

元々順応性のあるエベックは、すっかり妃殿下のペースに慣れたらしい。とにかく楽天的で明るくて、いつも生き生きと暮らしておいでですと報告してきた。その代わり、自分の中の姫君像は木っ端微塵になりましたけどと、妙に切なそうに言われたが。

「さっき会ったレイル卿は〝ごもっとも卿〟だそうだ。ネックル卿は〝腹黒狸〟」

滅多に笑わない男、グルークは不覚にも噴き出した。

「ヴィア側妃殿下の命名ですか？」

「いや、恐ろしい事にツィティー妃がつけたそうだ」

「……血筋を見事に引いてますね」

ヴィアといると、とにかく毎日が面白かった。

あの日以来、公式の予定が入らない限り、アレクは朝も夕もヴィアと一緒に食事をしていた。とりとめもない事を二人で喋り、くだらない事で笑いあう。

昨日は久しぶりに夢を見ましたと起き抜けにヴィアが言うので、大変な事が起きるのかと構えたら、まあ、ご本人にとっては大変ですわねとのほほんとヴィアは答えた。ある騎士の頭に鳥の糞が降ってきたのだという。

朝一番から脱力したが、糞を掛けられた当人にとっては確かに大問題だ。でもこればかりは運ですものねとヴィアは笑い、抱き寄せようとするアレクの腕を上手に躱して、床に落ちていた寝衣を拾い上げた。

十六歳の肌は、毎夜の愛撫を加える事で、そそるような艶を日ごとに増してくる。肌はしっとりと指に吸い付き、誘うように伸ばされてくる白い腕に、アレクの理性は簡単に剝ぎ取られた。ドレスに隠される部分に嚙み付くように口づけて、所有の印をいくつも刻み付けた。こうしたアレクの執着と耽溺は、ヴィアの世話をする女達には全てばれている事だろう。

「明日はいよいよお披露目ですね」

グルークに言われて、アレクはああ、と頷いた。

諸侯を招いた春の夜会で、初めてヴィアを側妃として同行させる。皇女時代、一切公の場に顔を見せる事のなかったヴィアだ。一挙一動を見つめられ、さぞ気が張る一日になるに違いない。

アレクがヴィアのために用意させたドレスは、肌の白さを際立たせる鮮やかな深紅のドレスだった。側妃になる事が決まってすぐに意匠が決められて、何度かの仮縫いを経て、ようやく完成した逸品だ。

ティアラとイヤリングとネックレスは同じ宝玉で揃えられ、ティアラの下からは、柔らかな陽を思わせる淡い金髪が背に流れ落ちていた。十六歳という幼さを残しなが

ら も、夜毎の寵愛で輝くような艶を放つヴィア妃は、往年のツィティー妃の美貌を凌(しの)ぐ圧巻の美しさだった。

着飾ったヴィアトーラを見た皇帝は、逃した魚の大きさを改めて見せつけられた思いだっただろう。物欲しげな視線を隠そうともせず、その様子を冷めた目で眺めていた皇后は、ヴィアの挨拶に僅かに首肯しただけで、一言も声をかける事はなかった。

皇帝は若い女性に次々と目が行くようだが、ヴィアに言わせれば皇后は十分に美しい女性だ。四十を超えて体形に少し貫録が出てきたが、ぱっちりとした大きな瞳を濃い睫毛が縁取り、今なお大輪の花のような艶(あで)やかさがある。

両陛下への挨拶を済ませたヴィアは、アレクに手を取られ、主だった貴族らの許に向かった。第一皇子に媚びたい者はこぞってヴィアの前に膝をつく。けれど本心からの敬意はない。ヴィアはそつなく微笑んで、そうした貴族達に丁寧に対応していった。

長い夜の始まりだった。

皇帝の同母妹にあたるエリス皇妹殿下には、ヴィアの方から挨拶に伺った。皇妹と言ってもすでに五十を超えたお方だ。金髪に白髪も混じり始めている。この妹が血を残す事を皇帝が嫌ったため、未婚のまま年を重ねていた。儀礼に煩(うるさ)い方だから特に注意がいるのと言っていた母の言葉を思い出し、ヴィアは気を引き締める。

「あなたの顔を宮廷で見るのは初めてね。体が弱くて、ずっと紫玉宮に籠もっていたと聞くけれど」

その体では、側妃としての務めは果たせまいと暗に言われ、どう答えるべきかヴィアは一瞬迷った。

「体は弱くございません。ただ母から、紫玉宮から出るのは控えるよう言われておりましたので」

「何故、そのような事を？」

「わたくしは皇帝陛下のご配慮で養女にしていただいただけで、血筋の劣る身です。皇女を名乗り、公の場に顔を出すような事をすれば、真実、尊き血を引く方々への不敬となると戒められました」

さりげなくエリス殿下を持ち上げれば、その返答に満足したのだろう。殿下は頷き、ゆったりと口の端を上げた。

「あなたはツィティー妃に本当によく似ておいでね。ツィティーもきちんと自分の分を弁えていた。どのような時も慎ましやかに身を律し、皇后やわたくしを蔑ろにするような態度は決して取らなかった」

殿下の目は、不快そうにマイアール妃に向けられている。身ごもったお腹をこれ見よがしに庇い、皇帝の傍らで笑い声を立てているマイアール妃に、皇家の血を汚された気がするのだろう。

「マイアール妃はあなたを見習うべきでしょう。これからもアレクをよろしく頼みますよ」

ここまでの言葉をかけてもらえるとは思わず、ヴィアは内心驚いた。マイアール妃は相当、エリス殿下の不興を買っているようだ。

「殿下の目に留まったのは、わたくしにとって何よりの僥倖です。この先も、誠心誠意殿下にお仕えして参ります」

「お前、エリス叔母上に一体何を言ったんだ」

舞踏の時間となり、儀礼にのっとりヴィアに第一曲目のダンスを申し込んだアレクは、開口一番ヴィアにそう聞いてきた。細い腰を抱かれ、ホール中央へと導かれたヴィアは、美しい所作で右手をアレクの肩に掛ける。

「あのうるさ型がお前を褒めていたぞ」

元々マイアール妃が気に食わなかったエリス殿下は、よりにもよって皇后の前でヴィアの事を褒めちぎり、その場にいたアレクは背中に冷や汗をかいた。アレクが毎夜ヴィアを伽に呼んでいる事はおそらく皇后にはバレているし、気を付けた方がいいとグルークにも釘を刺されていた。

皇后はヴィアを黙認しているが、根には深い嫌悪がある。憎悪と言い換えてもいいだろう。御前を退がる時、一瞬、皇后の瞳が憎々し気にヴィアを捉えた気がしてアレクはぞっとした。

　一方のヴィアは、アレクの言葉に軽く首を傾げた。

「特に何も。誠心誠意、貴方にお仕えすると申し上げたくらいですわ」

「その程度で、丸め込まれるものか」

「そう申されましても」

　アレクの腕の中で軽やかに舞いながら、楽しそうにヴィアは答える。無駄のないアレクのリードは、踊っていて心地好い。ターンすれば、羽のようにドレスの裾が広がった。

「それにしてもこれだけ大勢の人間に注目されて、緊張しないのか？」

「注目されるのは嫌ではありませんの。きっと踊り子であった母の血筋を引いているのですね」

　美しい衣装を着て、皆に見つめられて踊るのがとても好きだったと、母もよく口にしていた。

「でも、ここまで見つめられると、さすがに猿回しの猿になった気分ですわ」

　ヴィアはそっとアレクに囁き、それからあら、と気付いたように言い添えた。

「でもわたくしは美しいから、猿は見ているあちらの方ですわね」

　アレクは危うくステップを踏み間違えそうになり、僅かに体勢を崩した。

「お前な……」

驚いたようなざわめきが耳に痛い。思わずヴィアを睨んでやると、ヴィアはすました顔で微笑んできた。

朝の光を迎えた優しい温もりの中で、ヴィアはゆっくりと覚醒する。規則正しい寝息がすぐそばから聞こえてきて、ヴィアは我知らず微笑を刷いた。

切れ長の琥珀の目は今は安らかに閉じられて、長い睫毛が頬に影を落としている。柔らかな金髪が額に乱れ掛かる様は艶めかしさすら感じられて、傍にいる事が急に恥ずかしくなった。

そろそろ起きる時間だろう。腕の中で身動ぎすると、引き留めるようにアレクの腕がヴィアの腰に巻きついた。

「殿下……？」

まだ半分寝ぼけたまま、アレクはヴィアの体を引き寄せる。温もりを惜しむように腕の中にヴィアを抱き込んで、髪に顔を埋めたまままた寝ようとした。

この方の寝起きはいつもこうだわ。ヴィアはアレクの寝顔を見つめたまま、くすりと笑う。ヴィアもこのまま柔らかな微睡みの中で過ごしたいが、そろそろ侍女達がやってくる時間だ。

「殿下、起きて下さいませ」

胸に手を当てて体を離そうとすると、眠たそうに瞬きをしたアレクが両腕で抱き込んできた。今度のは故意だ。

「まだ、早い」

「早くはございません、ほら、朝の咳払いが聞こえましたわ」

いきなり踏み込まれるとヴィアが困るので、（アレクがあまり困っていないように見えるのは、ヴィアには納得がいかないが）、声を掛けるちょっと前に、侍女が小さく咳払いをしてくれるようになった。側妃となって二か月、侍女らには見慣れた光景でも、ヴィアにはいたたまれないひと時だ。

形ばかりの側妃と割り切って水晶宮に上がったのに、初めて一夜を共にした日から、毎夜寝所に呼ばれるのが日課となった。

正妃でもないヴィアは、アレクから離れた一室をもらっているので、ヴィアがアレクの部屋に泊まると、毎朝、部屋付きの侍女が行列をなしてヴィアの衣装を運んでくる事となる。その光景を想像すると恥ずかしさで死ねる気がするので、ヴィアは努めて考えないようにしていた。

「いつもながら無粋な奴らだ」

この頃になってようやく目が覚めたらしいアレクが大きく伸びをし、寝台からしなやかに立ち上がった。床に散らばった服を手早く身に纏っていく中、ヴィアも緞帳（どんちょう）の陰で形ばかりの身支度を整えた。

やがてノックの音がして、躊躇いがちに侍女が声を掛けてくる。アレクが答えを返すと、数人の侍女が入室してきた。

ヴィアは侍女の一人に誘導されるままに、控えの間に入る。支度を整えるためだ。顔を洗い、口をゆすぎ、鏡の前に座らされて艶やかな金髪を梳られる。その後、香油の張った水で肌を清められ、衣装を着替えさせられるのも、すでに馴染みとなった光景だ。

皇子と朝食を共にする日は、そのまますぐに皇子の所へ連れて行かれる。皇子にはまだ正妃がいないので、それがヴィアには許されていた。

母は皇帝と寝所を共にしても、朝にはいつも紫玉宮に帰って来ていた。皇帝は皇后と朝食を摂る事が慣例となっていたからだ。

皇帝の寝所にいる時は、いつも踊り子だった頃の事を考えているのと母は言っていた。体は好きにさせておくの。皇帝はわたくしが自分に夢中だと思っているから、そう信じ込ませておくのよ。どちらかが死ぬまで、騙し続けるわ。

体と心は別だと母は言っていた。けれどヴィアにはわからない。皇子の眼差しや指、吐息一つで、ヴィアの心は簡単に惑わされるからだ。

弟を守るために体を差し出したのはヴィアだし、皇子はヴィアの体を好きに使う権利を行使しているに過ぎない。自分の前に、たくさん伽の女がいた事もヴィアは知っていた。その女達とヴィアは同列だ。飽きれば同じように捨てられるだろう。

毎日のように話をして、情が移っただけだとヴィアは自分に言い聞かせた。

好きだと言った事も、言われた事もない。同じ宮殿に暮らしているから、一緒に食事を摂り、呼ばれるままに寝所に侍る、ただそれだけだ。

でも時々、皇子はとても孤独な方だとヴィアは感じる事がある。そんな時はヴィアの胸はどうしようもなく痛んだ。

途轍もなく重い運命を当然のように背負い、皇子は弱音を吐く事も許されていない。庇護を求める事で救われたヴィアと違い、皇子は一生皇家の血筋から逃れられないからだ。皇位を手にしなければ皇子は死ぬだろう。それは確定した未来で、その事を嘆く家族もいない。母親ですら、皇子を一片も愛していなかった。

離れたくないと、ヴィアは唐突に思った。

今になって気が付いた。自分は簡単に市井に下りると言っていたけれど、それは絆を分かつ事なのだ。皇族と市井に生きる民。そこに接点はない。アレク皇子にもセルティスにも、二度と会う事が叶わなくなる日は必ずやってくるのだ。


「姉上」

ヴィアの姿を認めたセルティスが、嬉しそうに叫んで走り寄ってくる。

騎士団の一角にある面談室で、セルティスを待っていたヴィアは、破顔してセルティスを部屋に迎え入れた。

セルティスに会うのは、セルティスを騎士団に送り出して以来だった。こんなに長く別れ別れに過ごした事はなく、ヴィアはずっと弟の事が気にかかっていた。

「よく顔を見せて。三か月ぶり、いえ四か月ぶりになるのかしら」

騎士団では、里心をつかせないために入団後暫くは家族との面会が禁じられている。それで会いに来る事もできなかった。

「騎士団での生活は慣れた？」

そう聞けば、弟は元気よく「はい」と答える。同年代の準騎士らに囲まれて生活しているせいか、随分しっかりとしてきたようだ。

「いきなり生活ががらりと変わって、大変だったでしょう？」

宿舎は確か四人部屋だと聞いている。今まで宮に引きこもりきりだったセルティスに配慮して、同学年生一人と上級生二人を同室にしたと聞いているが、紫玉宮で隠れ住むように暮らしていた弟にとって、初めての集団生活はかなり気の張るものであるに違いない。

だがヴィアの心配をよそに、セルティスは楽しそうに笑った。

「確かに慣れない事は多いですけど、生活自体は楽しいですよ。こちらに来て、初めて友人もできましたし」

「……困った事はない？」

セルティスは笑って首を振り、それに、と言葉を続けた。

「兄上も二度、私を訪れてくれたんです」

「兄上……？　殿下が？」

ヴィアは驚いた。忙しい公務の合間を縫って、殿下はセルティスの様子を見に来てくれたという事だろうか。

「はい、剣の手合わせもしていただきました。兄上はさすがに強いですね」

セルティスは嬉しそうに答えた後、いたずらっぽく姉を見上げた。

「でも、目的は多分、姉上です」

「わたくし？」

「姉上の事をたくさん聞かれましたから。どのくらい猫を被っているのかとか、紫玉宮でどんな風に過ごしていたのかとか」

「あなたは何てお答えしたの？」

「勿論、ありのままです、姉上」

そしてセルティスは堪え切れなくなったように笑い出した。

「下町で買い食いしてお腹を壊した事とか、子猫を捕まえようと庭を走り回ってドレスを破いた事とか、砂糖と塩を間違えてとんでもなくまずい料理を作った事だとか」

「セルティス！」

　後ろで控えていたエベックが、思いっきり吹き出した。

「そんな事をなさっていたのですか？」

　自分の仕える妃殿下が少々お転婆らしいというのは、当然エベックも気付いている。お忍びの時は庶民が板についていて、これが本当に皇女殿下？　と目を白黒させられた。晩餐会で楚々として微笑んでいる姿の方が今ではちょっと嘘くさく見える程だ。

「いや、失礼致しました」

　涙を拭いながら謝られても、全く謝られた気はしない。

「いいじゃないですか。そんな型破りな姉上に兄上はぞっこんですよ。どう贔屓目(ひいきめ)に見ても、にやついているとしか思えない顔で、姉上の話ばかりされますし。騎士の方々も惚(ほ)れ込むような精悍で漢気(おとこぎ)のある皇子殿下だというのに、道を踏み誤ったとしか言いようがありませんね」

　言いたい放題である。

「もう、いいわ」

　何だか、力が抜けてしまった。てっきり寂しがっているとばかり思ったのに、自分の知らないところで弟は随分楽しんでいるようだ。

　そんな二人の姿を微笑ましく眺めていたエベックだが、姉弟の水入らずの語らいをいつまでも邪魔するのはと思い至り、ヴィアに退出の許可を願い出る。

「妃殿下、騎士団の中なら安全ですし、お二人で積もる話もおありでしょう。私は下がってもよろしいですか？」

「ええ、そうね」

横目でセルティスを軽く睨んだままそう答えたヴィアだが、ふと気付いてエベックを振り返った。

「貴方は何をするつもりなの？」

「久しぶりの騎士団です。仲間と槍の手合わせでもしようと思いまして」

その途端、顔色が変わるのがヴィアは自分でもわかった。

「止めて！」

「姉上？」

驚いたセルティスが、ヴィアの腕を摑む。

「槍の手合わせなんてしないで！　そんな事のために連れて来たのでは……」

水晶宮の中で、先ほど偶然見かけた男の姿が脳裏に蘇る。血塗られた剣をだらりと下げ、床に転がった人間を青ざめた顔で見下ろしている三十代くらいの痩せた騎士。

その光景と、エベックが血塗れで倒れる姿が脳裏で交錯する。

ヴィアは震える手をエベックに伸ばそうとして、不意に目の前が暗くなった。

「姉上！」

床に崩れ落ちようとするヴィアの体を、すんでのところでエベックが抱き留めた。

「妃殿下！」

額に脂汗が滲む。気持ちが悪い。抱き込まれるようにしてソファに座らされたが、そのまま体を支える事ができずにヴィアはずるずると倒れ込んだ。

「姉上、大丈夫ですか！」

冷たくなった手でセルティスの手を握り、振り絞るように大丈夫と囁いた。

「エベック。姉上のために何か飲み物を持ってきてくれ」


慌てた様子で回廊を小走りに進むエベックを、アモンが見かけたのは偶然だった。

「どうした、エベック。妃殿下がこちらに来られているのではないのか」

「アントーレ副官！」

両手が塞がっていたエベックは声の方を振り向き、会釈だけを返した。

「お話の最中、妃殿下のご気分が悪くなられたのです。何か飲むものをと言われたので、取り敢えず水をお持ちしようと」

なるほど、見れば手に水差しとグラスを持っている。

「気分が悪くなられた？」

アモンは首を傾げた。風にも折れそうな儚げな容姿をしておられるが、ヴィア妃が存外、丈夫な事はアモンもよく知っている。

「一体、何の話をしていたのだ」

「話というか……。弟君とお話が弾んでいましたので、場を遠慮した方がいいかと思い、仲間と槍の手合わせでもしてくるとお伝えしたのです。そしたら急に顔色を変えて、行ってはダメだと。そのまま眩暈を起こされて」

「……そういう事か」

アモンは呟くように言った。

「アントーレ副官？」

「私が持っていこう」

アモンはやや強引に、エベックから水差しとグラスを取り上げる。

「少しお話ししたい事があるので、お前は場を外してくれ。いいか、エベック。暫く槍は持つな。妃殿下が怖がられる。鍛錬をしたいなら、剣で十分だろう」

「わかりました」

「仲間と手合わせして来い。いいな。していいのは、剣の練習だけだ」

アモンが部屋に顔を出すと、ヴィア妃はぐったりとソファに臥し、瞳を閉じていた。

「アントーレ副官」

アモンに気付いたセルティスが、立ち上がって敬礼する。身分はセルティスの方が上だが、ここ騎士団の中ではアモンの方が序列が上だ。

アモンはそのままでいいと目配せし、ヴィア妃の傍らに跪いた。水差しから水をグラスに注ぎ、ヴィアの口元に持っていく。

「どうぞ」

背を支えられて、ヴィアはゆっくりと半身を起こし、口元に押し当てられたグラスの水を飲んだ。幾分ぬるめの液体が、喉を滑り落ちていく。

二口、三口と飲んだ後、ヴィアはグラスをそっと押しやった。しばらく横になっていたせいか、眩暈もおさまり、今はもう息苦しさもない。

「申し訳ありません。エベックが驚かせたようですね」

謝罪するアモンに、ヴィアは首を振った。

「エベックは何も知らないのですもの。仕方ありません」

その言葉に、姉がさっきの騎士に関わる夢を紡いだのだと、セルティスは悟る。同時にアモン副官が、姉についてある程度の事情を知っているという事も理解した。

「さっきの騎士が、槍で怪我をするのかな？」

姉が再び顔を曇らせるのを見て、セルティスは大丈夫と笑いかけた。

「槍さえ取り上げておけば、心配いらないでしょう」

姉上は昔から血が苦手だからと軽い口調で続けるセルティスは、ヴィアの顔色がだんだん戻ってきた事を確かめ、内心で安堵の吐息をついた。

「余程、血が苦手のようですね」

アモンの問いに、ヴィアは弱々しく微笑んだ。

「三つの時、目の前で人が殺されたのです。覚えている筈がありませんのに、その時の光景が頭にこびりついていて……。思い出したらもう駄目なのです。自分でも情けないですわ」

それから泣きそうな顔でセルティスを見つめ、その額に自分の額をつけてきた。

セルティスももう十二だ。上官の前でそんな事をされれば気恥ずかしさの方が先に立ったが、大人なので我慢した。こういう時の姉は、まるで幼子のように無力で、寂しがり屋だからだ。

暫くして、ようやくヴィアは落ち着いたようだった。

「そうだわ、セルティス。明後日の皇后陛下の内輪の宴の事だけど、水晶宮で身支度を整えてそのまま二人で顔を出すようにと皇后陛下に言われたの。だから、明後日はこちらから直接、水晶宮の方に来てくれる？　勿論、護衛はきちんとつけてね」

「そうします」

セルティスは頷き、アモンも横から言葉を添えた。

「アントーレ騎士団の中でも選りすぐりの者を護衛に回します。どうぞご安心下さい」

面会の時間が済んでセルティスが宿舎に帰った後、ヴィアはアモン副官にもう一度来てもらえないかと騎士の一人に伝言を頼んだ。アレク殿下に会える夕刻まで待とうと思っていたが、ここでアモンに話が聞けるならその方がいい。水晶宮ではあまりしたくない話だったからだ。

「私に何かお話が？」

問いかけてくるアモンに、ヴィアはええと頷いた。

「先ほど、わたくしの侍女頭のアメリ卿夫人の許を、三十代くらいの若い男が訪ねてきておりました。アメリ夫人の息子だとか」

「エイダムですね。確か、ステファン騎士団所属です」

皇宮の三大騎士団ではなく、地方に属する騎士団だとアモンは説明する。

「そのエイダムという者の事を、よくご存じなのですか？」

ヴィアの問いにどう答えようかとアモンは迷い、その前にと質問してきた。

「私やルイタスが、皇后陛下の推挙でアレク殿下の傍に侍るようになったのはご存じですか？」

ヴィアは頷いた。アレク殿下の口からそう聞いた事がある。

「私やルイタスはあくまで殿下の友人候補として、皇后陛下にお声をかけていただいただけでした。けれど、グルークは違います。グルークが殿下の友人となったのは、それが皇后の命であったからです」

「皇后の命……？」

「はい。元々グルークの母は皇后になられる前のトーラ様の侍女をしておりました。その後に嫁したモルガン家が没落し、生活に困窮していたところを皇后が声をかけてやったのです。幼少の頃からグルークの才は際立っていましたから、いずれ役に立つと皇后は思われたのでしょう。アントーレ騎士団に入団できるだけの資金を援助するのと引き換えに、皇后はグルークにアレク殿下の側近となるよう持ち掛けたと聞いています」

「そのような事が……」

「アメリ夫人も同じようなものです。元々はトーラ様の侍女でした」

「……そうだったのですね」

「アメリ夫人の夫はどうしようもない男だったそうです。裕福な家であったのが、賭博にはまり、身代を食い尽くしたとか。生活にも困る状態だと知った皇后がこちらに呼び戻し、侍女の末席に置いてやりました。今回、アレク殿下が側妃の件を頼みに行った時、皇帝への推挙をする代わりに側妃付きの侍女頭にはアメリ夫人を据えるよ

う、皇后は殿下にお命じになりました。アメリ夫人は皇后陛下に恩があります。何か

あれば、アレク殿下よりも皇后を優先するでしょう。殿下もそれをわかっておいでで

すが、今はアメリ夫人を排斥できません。妃殿下にも今暫く我慢していただかないと

ならないでしょう」

「……事情は心に留めておきますわ」

「先ほどの話に戻りますが、そういった意味でグルークは皇后に大きな恩がありまし

た。けれどアントーレでアレク殿下と共に時を過ごす内、グルークは皇后側ではなく

殿下のために生きたいと思うようになり、与えられた恩を返すべく、相当陰で動いた

と聞いています。ですからグルークは、今は皇后の子飼いではなく、アレク殿下の懐

刀です。けれど、アメリ夫人は違う。未だ皇后の息がかかった女性ですし、息子のエ

イダムもおそらくそうだと思います」

「……エイダムが、セゾン卿と繋がっている事は考えられませんか？」

「セゾン卿と？」

アモンは険しい表情で考え込み、首を横に振った。

「接点が見当たりません。それにそんな事になれば、エイダムは母親共々、皇后に消

されるでしょう」

皇后の冷酷さには、アモンもとうに気付いていた。

「何故、そのような事を聞かれるのです？　エイダムが何かしましたか？」

「わたくしの宮に皇帝陛下が訪れた晩に、夢の中でセルティスを殺したのはあの男です」

もし自分があのまま皇帝の手をとれば、セゾン卿は自分を敵とみなし、セルティスを殺しに来るのだとあの日ヴィアは思い知った。だから未来を変えようとアレク殿下に縋ったのだ。

だが、選び取った未来はそれで正しかったのだろうか。未来を変えた事で、殿下に危害が及ぶ事になりはしないだろうか。

「まさか」

アモンは顔色を変え、あり得ない……と呟いた。もしエイダムがセゾン卿と繋がっているとすれば、大変な事になる。

アモンの掌に嫌な汗が滲んだ。自分を落ち着かせるようにアモンはゆっくりと瞳を閉じ、一拍の呼吸を置いて立ち上がる。

「私はこれで失礼します。それが真なら、殿下のお命にも関わる事だ。エイダムやアメリ夫人の背後をできるだけ洗ってみます」

踵を返そうとする背に、ヴィアは思わず言葉を掛けた。

「わたくしにも経過を教えていただけませんか？　殿下の事が心配なのです」

「……わかりました」

アモンは深く一礼し、足早に部屋を出て行った。

「止めて！　その子を殺さないで！」

夕闇の中、母親の悲鳴が辺りに響き渡る。夫から流れる血で体を汚し、泣きながらその骸（むくろ）に縋り付いていた母親は、幼い娘に刃（やいば）を突き立てようとする男の姿に、死に物狂いで娘の上に身を投げかけた。

「娘を殺さないで！　何でもするわ！　どこでも望むところへ行く！」


「ヴィア！　ヴィアっ！」

肩を摑んで強く揺さぶられた。泣きながら逃げ出そうとしていたヴィアは、体を揺さぶられて、自分が夢を見ていた事に気付く。

「殿下……」

「どうした。また夢を見たのか？」

胸にしっかりと抱き寄せ、アレクはヴィアの髪を優しく撫でる。心配そうに顔を覗き込まれ、ヴィアは両眼から涙を溢れさせた。

「怖い……夢を見ていて」

アレクはヴィアの乱れた前髪を指で払い、そっと額に口づけた。落ち着かせようとするように片手で頭をかき抱き、もう一方の手でゆっくりと華奢な背中を撫でる。

「どんな夢だ」

また予知夢を見たのだろうと、アレクは思った。ヴィアは啜り泣きながら、アレクの胸に顔を埋めた。

「男の人が斬り殺されるのです。その妻が狂ったように泣き叫んで、遺体に取り縋っていました。髪を振り乱し、獣のように咆哮して……」

覚えている筈のない記憶なのに、脳裏から決して消える事がない。

「子どもは、いつも優しい母親の狂ったような姿に怯え、血だらけで横たわっている父親の姿を呆然と見つめていました。父親を殺した男は更に子どもを殺そうと、血の滴る剣を振り上げました」

殺されかけた事が怖かったのではない。子どもは、父親の惨い死にざまと母親の絶望に満ちた叫び声がただ怖かった。自分の信じていた世界が崩れ、それから暫くは喋る事も笑う事もできなくなった。

「子どもも殺されたのか？」

「いいえ」

ヴィアは力なく首を振った。

「母親が必死で命乞いして、子どもは助かりました」

「その男はどんな様相をしていた。場所でもよい。もしわかれば……」

ヴィアは首を振った。浮浪者崩れを装っていたが、そうでない事は母も自分も知っていた。あれは皇帝の近衛だ。自分達はそのまま皇帝の元に連れて行かれたのだから。

「何もわかりません。特定できるようなものは」

優しく背をさすってくれる皇子に、本当は皇帝が殺したのだと訴えたかった。あの男は、母とわたくしの目の前で父を殺し、娘の命と引き換えに母を無理やり自分のものにしたのだと。

皇帝の寵愛など、母は微塵も欲していなかった。娘を守るために夫を殺した男に抱かれ、それを寵愛などとありがたがらなければならなかった母の苦しみは、いかばかりであっただろう。

憎んではだめ、恨んではだめと母は繰り返し娘に言い聞かせた。今になって思えば、そうやって自分に言い聞かせなければ、母は生きていけなかったのだと思う。

「ヴィア」

再び涙を零し、しゃくりあげ始めたヴィアに驚き、アレクはヴィアの体を抱きしめる。

「ヴィア、どうした」

母はずっと耐えていた。娘の心を憎しみから救ってやろうと、一度もつらいと零さなかったのだ。そしてまた、皇帝を父に持つセルティスの事も守ろうとしていた。

亡くなる瞬間、母は声を振り絞るように亡き夫の名を呼んだ。そして息絶えた。壮絶な人生だった。

「ヴィア」

けれど、真実を殿下に言う事はできなかった。叫び出したいほど思いは膨れ上がるのに、それを口にする事は許されない。言えば、傷つけると分かっているからだ。

アレクは泣き咽(むせ)ぶヴィアの頭を抱き寄せ、守るように腕の中に囲い込んだ。落ち着かせようとするように頭を撫で、何度も低くヴィアの名を呼ぶ。抱きしめられた腕の中でヴィアは泣き続けた。声を上げ、子どものようにしゃくりあげた。

アレクは、理由を問う事は諦めたようだった。宥めるように、ヴィアの背中を軽く叩き、柔らかな口づけを髪に落としていく。

「大丈夫だ。ずっとお前の傍にいる」

ヴィアが何をそんなに悲しんでいるのかわからぬまま、アレクはそっと言葉を落とす。

「もう、一人で泣かなくていい」

アレクの指が優しくヴィアの髪を梳っている。ヴィアはようやくしゃくり上げるのを止め、ゆっくりとアレクの胸に濡れた頬を埋めた。髪を梳る指の動きをぼんやりと追いながら、ヴィアは静かに眠りに落ちて行った。

第二章　不穏な動き

Karisome Chouhi no Pride

その衣装を手に取った時、ヴィアは何かひどく嫌な予感がした。

「こちらが、セルティスのために皇后陛下が用意して下さった服なのね」

「アレク殿下と色違いの仕立てになっております。この趣向は、今日の内輪の宴に興を添えると伺っております」

今宵（こよい）は、皇后の甥であるリゾック・ディレンメルらを皇后宮に招いての内輪の晩餐会だった。

昨年、皇后の兄であるディレンメル家の当主が病没し、後を継いだのは二十歳をようやく超えたばかりの若輩のリゾックである。権力志向の強かった祖父や父に比べると、明らかに覇気に欠けるこの甥を何とか引き立ててやろうと、このところ皇后は必死だった。リゾックには元々、十歳年下の婚約者がいたのだが、父の死後、この相手では役不足だと皇后によって解消させられている。今日は今日で、皇族や自分の側近らとの縁を深くしてやろうと、リゾックのためにこの会を催した。

セルティスの衣装を皇后がわざわざ用意してくれたのは、そういった経緯があったからだろう。

　夫人から受け取った衣装をヴィアはじっと見た。生地や意匠も申し分なく、襟や袖ぐりの錦糸の刺繍（ししゅう）は緻密かつ豪奢（ごうしゃ）になされていて、言うまでもなく最高級の逸品だ。

「そのようね。皇后陛下にはくれぐれもよくお礼を申し上げて」

　そう答えた後、手持ち無沙汰に入り口付近に立っているセルティスを、ヴィアは手招きした。

「確かに見事ですね」

　護衛官から離れて近付いてきたセルティスは、明るい顔でそう言った。

「貴方の着替えのために、紫玉宮からセイラとルーナを呼んでいるのよ。懐かしいでしょう？」

　セルティスならもちろん一人で着替えられるが、何かと格式を重んじる水晶宮でそれをやったら、後で何を言われるかわからない。

「少し待ってね。そろそろ来る頃だと思うわ」

　だが、ヴィアの言葉を聞いたアメリ卿夫人は、細い眉を跳ね上げた。

「身元の不確かな者を、この水晶宮に近付ける訳には参りません」

　それは紫玉宮に対する侮辱ではないかと、ヴィアは一瞬むっとしたが、かろうじて顔には出さなかった。

「では、第二皇子の着替えは誰が手伝うのです」

「この者が致します」

前に進み出たのは、夫人の娘であるユリアだった。ユリアも側妃付きの侍女として立妃以来ヴィアに仕えてくれていた。

「まさか、この者一人で？」

ヴィアは微笑み、暗に人数が少ないと夫人に抗議した。今までアレクに忠実な侍女頭だと信頼していたが、一昨日、彼女の息子を水晶宮で見てからは気が許せない。

「もちろんわたくしも」

「侍女頭自らがセルティスの支度を手伝うなど、しきたりに反します」

ヴィアは穏やかな口調で夫人の提案を一蹴した。

「エイミ、貴女が手伝ってくれる？」

この水晶宮でふた月余りを過ごす内、この侍女ならば信頼がおけると感じていた。エイミが同じ場にいれば、ユリアも好きにはできないだろう。

苛立たしげな光が夫人の瞳に浮かんだが、側妃殿下の言葉に表立って反対もできなかったのだろう。一瞬の躊躇いの後、「かしこまりました」と頭を下げた。

セルティスと侍女二人を残して、ヴィアは部屋を出た。そして戸口を守るように控えているセルティスの護衛騎士に「セルティスを頼みます」と声をかける。

敬礼して見送る騎士を背に、ヴィアは居室へと足を速めた。セルティスが到着したと聞いて顔を出したが、実のところ、支度に時間がかかるのは自分の方なのだ。

角を曲がったところで、ヴィアは回廊を急ぐ一人の男を見咎めた。

「エイダム・アメリ」

気付けば、呼び止めていた。俯き加減に歩いていた痩せ型の男が、ぎくりとしたように歩みを止めてヴィアの方を見る。

「一体何の……」

不愉快そうに言い掛けて、その身なりからヴィアが誰であるか察したのだろう。足早に近づいてきて、ヴィアの前に深く膝を折った。

「妃殿下。お初にお目に掛かります」

何故、自分を呼び止めたのか、そもそも何故自分の名を知っているのかわからぬまま、エイダムは胸元に手を当て、最上級の礼をした。

「アメリ夫人のご子息と聞きました。今日は何故こちらへ」

「母に呼ばれました。内輪の宴の後、皇后陛下にご挨拶するよう言われまして」

エイダムの服装を見ると、確かにジャケットには褒章をつけ、襟から覗くレースにもきちんと宝玉が留められている。貴族の正装と言えるだろう。

「何か、ご用でしょうか？」

問い返されて、ヴィアは返答に詰まった。セゾン卿と何か繋がりがあるのかなど、真正面から聞けるものではない。

「何も。呼び止めて申し訳なかったわ」

　一礼し、遠ざかっていく男の後ろ姿をエベックが何とも言えない顔で見送った。

「あれがアメリ夫人の息子ですか。不幸を顔中に張り付けたような陰気な顔つきの男ですね」

「同感ですが、口を慎みなさい」

　歯に衣着せぬ物言いに、さすがにヴィアは辺りを憚る。

「否定はされないのですね」

　エベックは思わず喉の奥で笑った。

　実のところエベックは、ヴィア妃のそういうところが気に入っていた。公式の場では隙のない貴婦人を演じられているのに、素の顔はまるで違う。茶目っ気もあり、言葉の端々に確かな温もりが満ちて、傍にいるとこちらまで明るい気分になった。

　今までどんな女性にも興味を示さなかった皇子殿下が、この妃殿下にだけは執着を見せ、日を空けず寝所に呼んでいるというのも大いに頷ける気がした。

　因みにこの情報は、エベックの姉が侍女を通じて得たものだ。側妃付きの侍女らが毎朝、列をなして殿下の寝所に日参すれば、どうしても人目を引く。第一皇子が側妃を寵愛している事は、今や宮廷で密やかな噂となっていた。

「これから妃殿下は、鎧兜を身に纏われるのですね」

　エベックの軽口に、思わずヴィアは微笑んだ。

宝玉のちりばめられたティアラはずっしりと重く、ヴィアに言わせれば凶器でしかない。首にも負担がかかるし、胸元を飾るネックレスの重量もかなりのものだ。

「そうよ、エベック。これからわたくしは戦ですもの」

「でも、負けたりなさらないのでしょう？」

　これからヴィアは、慇懃で嫌みの隠された応酬の中で、隙あらば恥をかかせてやろうと待ち構えている貴族らを相手に、へりくだりもせず、傲慢に振舞う事もなく、側妃の存在を印象付けなければならない。

「大丈夫、常勝将軍になる予定だから」

　にっこりとヴィアは笑い、それでこそ妃殿下だと、エベックは楽しそうに笑った。

「それにしてもさっきの御仁は、悲壮とでも言っていい顔つきでしたね。皇后陛下にお会いする事で緊張しているのでしょうが」

　話を戻すエベックに、まるで今から人でも殺しに行くかのようとヴィアは冗談交じりに心の中で続け、ふっと何か大事な事が脳裏に横切った気がして歩を止めた。

「濃紺のジャケットに、星二褒章……？」

「どうかされました？」

　エベックの言葉も耳に入らない。自分が重大な見落としをしている事に、今になって気付いたのだ。

　セルティスの衣装を見た時、どうして不吉を覚えたのか、あの時もっと深く考えていれば……！　見覚えがあるのも当然だった。あの忌まわしい夢の中で、セルティスが身に着けていたのはあの衣装だったのだから。

回避された運命だと思い込んでいた。警戒する事を忘れていた自分にヴィアは歯噛みする。何も変わってはいなかった。あの衣装を着たエイダムに、これからセルティスは殺される！

「セルティス！」

ヴィアはヒールの高い靴をその場で脱ぎ捨てた。

「妃殿下？」

返事をする間も惜しかった。ドレスを両手でたくし上げ、ヴィアは身を翻す。

戸口には護衛がいるが、あの部屋は庭に面しているのだ。誰かがバルコニーに繋がるガラス扉の鍵を開けたら、簡単に外から侵入されてしまう。

殺されてしまう、セルティスが……。青いジャケットを着たエイダムに、剣で胸を一突きされ……。

「扉を開けて！」

血相を変えて駆け付けたヴィアに、護衛二人は呆気に取られて立ち竦む。一体何を言われているかわからないのだ。

「どいて！」

止めようとする二人を押しのけるように、ヴィアは扉を押し開いた。その時、主室に続く扉の向こうで、エイミの細い悲鳴が聞こえた気がした。

「妃殿下！」

その時になって、ようやく追いついたエベックが、ヴィアの肩に触れようとしたが、ヴィアはそれを躱し、控えの間を走り抜けて主室へと飛び込んだ。

「セルティス！」

立ち竦むセルティスに、男の剣が振りかぶられていた。ヴィアは悲鳴を上げ、咄嗟に二人の間に体を差し入れる。凄まじい熱さを脇腹に感じた気がした。

「何をしている！」

次の瞬間、エベックの怒号が響き、血塗られた剣を握りしめたままのエイダムは、そのまま蹴り飛ばされた。剣が跳ね上がり、抜き身の剣が床に叩きつけられる。

「セルティス殿下！」

続いて駆け込んできた護衛二人がセルティスに駆け寄り、庇うように前に立ちはだかった。エベックは体重をかけてエイダムを床に押さえつけ、背中に乗り上げて両腕を拘束する。

「兄様っ」

もう一人の侍女ユリアがエイダムに駆け寄ろうとするのを、護衛の一人がとびかかるようにして手を捩じり上げた。

「お前がこの男を引き入れたのか！」

腹に響く声で怒鳴りつけられ、ユリアは痛みに顔を歪ませたまま身を震わせる。

エイミがヴィア妃に駆け寄った。

「妃殿下、ああ、何て事……。しっかりなさって下さいませ！」

ドレスの脇腹が血に染まっている。エイミは咄嗟に自分のドレスの裾を引き裂き、ぐったりと倒れたヴィアの傷口に押し当てた。細い呻き声がヴィアの喉から漏れる。

護衛の手を振り切って、セルティスが姉の許に駆け寄った。

「人を呼んで！　早く！」

悲鳴のようなセルティスの叫び声に護衛の一人が駈け出そうとしたが、それを見たエイダムが、駄目だ！　と声を割り込ませた。

「止せ！　私を突き出したら、アレク殿下は身の破滅だぞ！」

場がしんと静まった。

信じがたい言葉に、エベックも護衛二人も大きく目を見開いてエイダムを見つめる。

「馬鹿な事を言うな！」

我に返り、唸るように怒鳴りつけたのはエベックだった。

「妃殿下を害したばかりか、アレク殿下まで侮辱する気か」

だが、護衛に拘束されている侍女のユリアまでもが、兄の言葉を必死に肯定する。

「扉を閉めて、妃殿下のために侍医だけを呼んで下さいませ。どうかお信じ下さい。これが公になれば、困ったお立場に立たされるのは他ならぬ皇子殿下であらせられます！」


エベックは努めて平静な顔で、王宮の廊下を小走りに歩いていた。

この一件に皇子殿下が何らかの形で関わっているかもしれないと知ったエベックは、すぐに扉を二重に閉め、エイミに命じて侍医を呼びに行かせた。

水晶宮付きの医師だ。彼なら何があっても、秘密を守ろうとするだろう。

突然、皇子の執務室を訪れたエベックに、殿下は不審そうな顔を向けた。

「一体何事だ？」

傍らにはルイタス・ラダスも控えていて、やはり驚いたようにエベックを見つめている。エベックは震える手で慎重に扉を閉め、他に人がいないのを確認した。

「侍女頭の息子がセルティス殿下を剣で襲いました。庇ったヴィア側妃殿下が傷を負われ、意識がありません」

「何だと！」

アレクは顔色を変えて、エベックに詰め寄ってきた。

「どういう事だ！　ヴィアは大丈夫なのか！」

声音に混じる驚愕と焦燥は、好きな女を心底案じるものだ。だから余計にエベックには解せなかった。

「その前にお教え下さい」

エベックは昂ぶる感情を抑えるように、大きく息をついた。

「今回の一件を公にされて困るのはアレク殿下だと、その男が言いました。人に知られれば、殿下の身の破滅だと」

アレクもルイタスもその場に凍り付いた。

混乱を隠せぬまま、アレクは呆然と首を振った。

「どういう意味だ……？」

報せを受けた側近のグルークが皇子の許に駆け付けた時、皇子は肩で息をするように卓子に両手をついていた。傍らでは、ルイタスが難しい顔で腕を組み、床を見つめている。

「殿下……」

小さく呼ぶと、アレクは蒼白な顔をゆっくりとグルークに向けた。

「エイダム・アメリがヴィア妃殿下を刺したと聞きました」

「ああ」

「誰の命令ですか？　エイダムやアメリ夫人の背後を探っていましたが、疚しい繋がりは見えてきませんでした」

打ちのめされたようなアレクの暗い眼差しが、一瞬揺れた気がした。

「セルティスを殺そうとしたのは、皇后陛下だ」

「皇后……陛下？」

グルークは言葉を失った。まさか……という思いと、半面、それならすべての辻褄が合うと冷静に分析している自分がいる。

「動機はツィティー妃に対する憎しみでしたか……」

疲れた声でグルークは呟いた。

アレクは、ヴィアのお披露目の会で母后が見せた、暗く底光りするような眼差しを今更のように思い起こしていた。

母が心に溜めている恨みや憎しみを、軽く見ているつもりはなかった。が、冷徹な政治家でもある母ならばこの程度は流せると、どこかで高を括っていたように思う。けれど、降り積もった憎悪はアレクが思う以上に深刻で、それを更に煽ったのはアレク自身の思慮の足りない行動だった。

皇后が誰よりも憎んでいたかつての寵妃、ツィティー。多情な夫、パレシス帝の心をとらえ、子をなした後も皇帝の夜を独占し、皇后としての、女性としての母の面子をこれ以上ないほどに踏み躙った。

ツィティーが死んだ事でようやく留飲を下げたのも束の間、その憎いツィティーに生き写しの娘が再び皇帝の関心を引き、更に父帝から奪う形で側妃に迎え入れた息子までもが、その娘に夢中になった。

それだけでも許し難いのに、皇族の一員でもあるエリス殿下までもがその目障りな女を褒めそやし、皇后の忍耐は焼き切れてしまったに違いない。

一番邪魔なのは、ツィティーの息子だった。この皇子さえ死ねば、皇位継承権を持つ厄介な存在もいなくなり、更に息子を虜にした女を悲しみに突き落とす事ができる。

皇后にとって、これ以上ない復讐はなかっただろう。

「アモンは今、エイダムや侍女頭を尋問している。詳しい事はこれからだ」

ルイタスの言葉に小さく頷き、グルークはアレク皇子に向き直った。

「妃殿下の具合は？」

「一度意識が戻った。このまま高熱が続かなければ、助かる可能性もあると……」

「妃殿下は丈夫な方です、きっと大丈夫です」

グルークは力強い口調で言い切った。

「……どうしたらいい」

アレクは、自分を嘲笑（あざわら）うように唇を歪めた。

「表沙汰にはできない。皇后が第二皇子を殺そうとした事が公になれば、私は無事では済まない」

「おっしゃる通りです。表沙汰にはできません。皇后陛下は腹心のアメリ夫人の息子を使いました。あの二人が口を割る事はないでしょう」

「では、なかった事にすると?」

確認するようにルイタスが聞いた。グルークは頷き、主に向き直る。

「皇后陛下と話をつけておく必要があるでしょう。ただし、皇后主催の晩餐の後で」

アレクはぴくりと体を震わせ、信じられないというような目でグルークを見た。

「あの女と何事もなかったように笑って話して来いと言うつもりか」

「そうなさるべきです」

グルークの言葉に躊躇いはなかった。

「妃殿下が急な病に倒れられ、セルティス殿下は姉君に付き添っていらっしゃると、先ずは皇后宮に使いを出すべきでしょう。その後、殿下は何食わぬ顔で宴に出席され、皇后とご自身の間に一切の溝がない事を、周囲に見せつけて来て下さい。妃殿下の急な病について変な噂が流れたとしても、一切の疑いを払拭できるように」

「ヴィアは生死を彷徨っているのに、そのヴィアを殺そうとした女と笑って話して来いとお前は言うんだな」

口惜しさに、体中の血が沸騰しそうだった。

「このくらいの猿芝居、ヴィア妃殿下なら訳なくなさいますよ」

主の怒りは百も承知で、グルークは素っ気なく言い捨てた。

「その上で、二度と妃殿下やセルティス皇子が害されぬよう、皇后と協定を結ぶべきです」

どうせ碌でもない事だと、聞かずともわかる。アレクは歯噛みした。

「何をしろと言うんだ」

「二度とヴィア妃殿下を伽に呼ばないと、お約束なさって来て下さい」

「おい、グルーク！」

さすがに黙っていられなかったのか、ルイタスがグルークの腕を引いた。

「今、そこまで踏み込む必要はない。妃殿下の容態も安定していないのに」

ヴィア妃は、華やかな孤独の中に生きていた皇子が、唯一安らぎを覚え、執着を露にした女性だ。それを知るルイタスは主の心を慮ってグルークを止めようとしたが、グルークは譲らなかった。

「一刻も早く手を打つべきです。お二人を守りたいと殿下が心底望まれるなら。アメリ夫人は排斥できても、まだどこに、皇后の息のかかった侍女が残っていないとも限りません。皇后陛下は貴方にだけは手を出さない。貴方の寵がヴィア妃から逸れたと思えば、皇后は満足されます。あるいは、貴方の心が妃殿下の許にあると薄々感付かれても、伽に呼ばない事で妃殿下の面子が潰せるなら、皇后は二度と過激な行動には走られないでしょう」

アレクは感情を抑えるように瞳を閉じた。

「私に選択肢はないんだな」

抑揚のない声でそう低く問いかける。

「今は我慢なさって下さい。妃殿下を守れるのは殿下だけです」


光を落とした部屋で、ヴィアは昏々と眠っていた。

枕元ではセルティスが放心したように座り込み、その後ろには、エイミとセイラとルーナの三人が、沈痛な面持ちで控えていた。

皇后の息のかかった侍女が特定できていない以上、迂闊に水晶宮の侍女をヴィアの傍に配置する訳にはいかない。事の顛末を知った侍従長は、ちょうど紫玉宮から訪れていたセイラとルーナを、急遽、妃殿下の枕辺に付き添わせる事にした。すでに事情を知っているエイミとこの二人ならば、妃殿下を任せられると思ったのだ。

「セルティス」

アレクが名を呼ぶと、十二の少年は肩を震わせ、静かにアレクを振り仰いだ。その目は赤く、今も必死で嗚咽を噛み殺している。

「大丈夫か？」

兄の優しい言葉に、我慢できなくなったのだろう。セルティスは大粒の涙を零した。

「姉上が目を覚ましてくれません。このまま姉上に何かあったら……」

それ以上言葉にできずに、セルティスは俯いた。細い肩が震えているのを見て、アレクはその頭を自分の胸の中に抱き込んだ。

「大丈夫だ。ヴィアは必ず助かる」

自分に言い聞かせるようにアレクは声を絞り出した。

「一人で泣かなくていい。私がお前を守ってやる」

肉親の温もりに触れて、セルティスは今度こそ、声を殺して泣き始めた。まだ大人になり切れていない小さな手が、アレクのジャケットを必死で握りしめている。

「済まない」

セルティスの体を両腕で抱きしめたまま、アレクは謝罪の言葉を低く落とした。

自分に力がない事がこれほど悔しく感じられた事はなかった。好きな女一人守れず、あまつさえ、その原因となったのは自分の浅はかな行動だ。

嫉妬に狂った自分の母がこの弟を殺そうとし、庇った姉を刺した。それを知っていながら、自分は母を断罪できない。この一件はこのまま闇に葬られるのだ。

「すべて私のせいだ」

アレクは俯けていた顔を上げ、寝台のヴィアを見た。蠟のように白いヴィアの顔を見れば、後悔に心が引き千切られそうな気がした。

セルティスがふと泣き濡れた顔を上げ、兄上、と小さく呼んだ。

「兄上がつけてくれた護衛とエベックがいなければ、姉も私もあのまま殺されていました。兄上が謝られるような事は何もありません」

床に押さえつけられたエイダムが漏らしたあの一言で、セルティスには全てがわかってしまった。この一件が公になると、アレク兄上が苦境に立たされる相手。皇后以外にあり得なかった。

あの女ならばやりかねないとセルティスは思う。母は皇后に憎まれていた。母が望んだ事ではなかったが、母は皇帝の寵を永遠に皇后から奪ったのだから。

アレクは乱れる心を抑え、セルティスと視線を合わせた。

聡明な子だとアレクは思う。詳しい事情は教えていないのに、何が起こったかを察している。このまま事がうやむやにされてしまう事も、おそらく気付いているだろう。

「もう二度と、こんな事はさせない。お前にも、お前の姉にも二度と手は出させない」

そう告げれば、セルティスは「はい」と小さく頷いた。

アレクは再び、寝台のヴィアに目を向けた。皇后に対して手が打てるのは、息子である自分だけだ。そして今、木偶のようにここに突っ立っていても、自分がしてやれる事は何もない。

「ヴィアの……、彼女の傍にいてやってくれ」

立ち去ろうとするアレクをゆっくりと目で追い、セルティスは声を掛ける。

「皇后陛下主催の晩餐に行かれるのでしょう？」

セルティスは頬をつたう涙を拳（こぶし）で拭い、僅かながら笑みを見せようとした。

「笑って来て下さい。姉と私を守るために」

アレクは小さく頷いた。

「ここで私を待っていてくれ」


「陛下のなされる事が私には理解できない」

皇后を前に、アレクはゆったりと足を組んだ。気の遠くなるような長い宴の後、ようやく皇后と二人きりで話をする機会を得たアレクである。

「セゾンは今、三大騎士団の一つを手に入れるために、嫡男とレイアトー卿の三女との婚姻話を進めようとしています。足場を固めるべきこの時期に、私の庇護下にあるセルティスを傷つけて一体何の得があると言うのです」

「エイダムは失敗したようですね。本当に役に立たない」

アレクの問いには答えず、皇后は嘲るように呟いた。自分の思い通りに駒が動かなかった事が、余程不快なのだろう。

「何故、失敗したのです？　直前になって怖じ気づいたのかしら」

　事件が起きた部屋はすぐに閉め切られ、新たに入室した者は侍医と侍従長くらいだ。だから皇后は、あの部屋で起きた顛末を把握できていない。わかっているのは、側妃とその弟が何らかの事情で宴を欠席せざるを得なかったという事実だけだ。

「セルティスに用があって引き返したヴィアが、丁度その場に居合わせたのです」

　嘘と真実を織り混ぜて、適当に話を作っておく。

「結果的にヴィアが怪我を負いました」

「まあ」

　その瞬間、愉悦の色を浮かべた皇后を、アレクは心底嫌悪した。

「侍女頭を含め、アメリ一族は貴女にお返しします。私の弟を害そうとした人間を傍においてはおけませんので」

　今、アモンは身内以外にこの計画を知る者がいなかったかどうか、エイダムらを尋問している。関わっているのがあの三人だけであるなら、今回の一件が外に漏れる可能性は極めて少ない。

「容態はどうなの？　生きてはいるようね」

　つまらなそうに皇后は聞いてきた。

「その前にお答えください。何故、あのような事を」

「ツィティーの息子を殺して何が悪いのです」

　アレクの言葉を遮るように、冷ややかに皇后は吐き捨てた。

「あの女のせいでわたくしは面目を失いました。その上、あの女の面影を色濃く引いた娘が、今はお前の側妃となって我が物顔で宮廷を歩いているのですよ！　あの女を側妃にしてやったのは、セゾン卿と手を組むと厄介だからです。それを弁えずにお前はあの娘にのめり込み、何と情けない事か！　お前に代わり、皇位継承権を持つ邪魔な皇子を始末してやろうとした母に、何の文句があると言うのです！」

　グルークから同じ事を言われていなければ、自分は今頃、感情が制御できなかっただろうとアレクは思う。予想していた答えでも、腸（はらわた）が煮えくり返りそうだった。

「私とセルティスの間に不協和音が生じればセゾン卿に付け込まれます。ヴィアを大事にしていたのは、それが一番有益な方法だったからです」

　第一皇子としてごく当然の事だとアレクは反論する。だが、皇后は納得しなかった。

「皇帝がツィティーの体に溺れ込んだように、お前も籠絡されていないと何故信じられます」

　皇后の瞳に浮かぶ憎悪は、この後もアレクが側妃を寵愛するなら黙っていないと暗に告げていた。この女ならばやるだろうと、アレクは思った。次はセルティスでなく、ヴィア本人を手に掛けようとするかもしれない。

「あなたがそれでも不快だとおっしゃるなら、もう二度とヴィアを伽には呼ばない」

　皇后は疑わし気にアレクを見た。

「その言葉を信じて良いのかしら」

「勿論です」

アレクは頷いた。大事なのは、ヴィアの安全だ。皇后の敵意からヴィアを守るためならば自分は何でもするだろう。だがそれは自分が確固たる権力を手中にするまでだとアレクは思う。いつまでも皇后の操り人形でいるつもりはない。

「体が良くなれば、今まで通り公式の場には同席させます。必要があれば、部屋を訪れる事もあるでしょう。だが、伽に呼ぶ事はしない。お約束いたします」


ヴィアの容態は、その後少しずつ回復の兆しを見せた。幸いな事にひどい感染症も起こらず、翌日には意識の混濁も治まった。

姉が持ち直したのを確かめてセルティスはアントーレの宿舎へと帰り、今は広々とした病室にはヴィア一人きりだ。身動ぎするだけで激痛が走り、今は寝返りすらも打てないが、それもだんだんと良くなっていくのだろう。医師からは時間が薬になると言われているし、実際、日一日と自分が回復している事をヴィアは実感した。

アレクがヴィアの許を訪れたのは、ちょうどそんな頃だった。

背中に薄いクッションを当て、僅かだが身を起こしているヴィアを見て、アレクは良かった、と一言呟いた。そのまま両手でヴィアの手を握り、祈るように自分の唇に押し当てたまま、アレクは暫く何も言わなかった。

「お前が死ぬかと思った」

目の下にうっすら浮いた隈に、ヴィアは自分がひどく殿下を心配させた事を知る。まるで何日も寝ていないように、顔色も悪かった。

自分は大丈夫だと伝えたかったが、熱を持った喉は塞がれて、掠れた声しか出せない。それでも懸命に喋ろうとしたら、無理をするなと額に口づけを落とされた。

「元気になってくれ。それだけでいい」


ヴィアの病状は、その後も一進一退を繰り返し、日中は熱を出して眠っている事も多かった。それもあってか、アレクとはなかなか会えない。目が覚めてから、先ほどお見えになったのですがと伝えられ、もどかしい思いをする事もしばしばだった。

体調が戻ってくれれば、何故こんな事が起こったのか詳しい事情を知りたくなるのが人情だが、薄々事情を知る三人の侍女は、迂闊な事は申せませんと困ったように首を振るばかりだ。エベックを呼んで事情を問い質した事もあったのだが、真相は知っているが自分の口からは言えないと、こちらも歯切れ悪く答えてくる。

半月ぶりに顔を見せたセルティスにそれを訴えると、セルティスは苦笑いした。ヴィアの顔を見て安心したのか、その表情は思っていたよりも明るい。

姉上に死なれかけて、アレク兄上は余程堪えたようですねと続けるセルティスの声は、いつの間にか少年の声ではなくなっていて、ヴィアはそちらの方に驚いた。背も心なしか伸びた気がする。

小っちゃくて可愛い私のセルティスが……と思わず嘆くと、大人になったのだからそこは喜んで下さいとむくれたように返された。

エイダムは誰と繋がっていたのか、何故、セルティスが殺されかけたのか、重傷を負って寝込んでいたヴィアはすっかり蚊帳の外だ。あなたは答えてくれるわよねとセルティスを睨んでやると、あっさりとセルティスは答えを教えてくれた。

「要は皇后の嫉妬です」

傍迷惑な女ですよね、とセルティスは鼻の上に皺を寄せる。

「夫を奪ったツィティー妃への憎悪と、息子の心を虜にしたその娘への嫉妬で、まともな考えができなくなったのでしょう。私を部屋で殺しても、事の真相を知れば兄上は公にできない筈だと踏んで、強引に始末しようとしたみたいです」

苦笑交じりにさらりとそう答えてくるが、それで弟を殺されそうになったヴィアはとても笑う気になどなれない。

「私と姉上を守るために、アレク兄上は必死ですよ。皇后陛下の妬心を煽らぬよう、余りこちらにも来られないのではありませんか？」

元々勘の良い、聡明な弟だ。色々な事が見えているのだろう。

秀麗な面立ちと、やや人見知りのある性格のせいで、セルティスの事を大人しいと思っている人間は多いようだが、母に似て楽天的で大らかな性格の弟は、ヴィアを前にすると饒舌だ。いや、そろそろ、騎士団の方でも化けの皮が剝がれ始めているのかもしれないが。

それにしても、殿下が滅多にこちらに来られないのはそういう理由があったのかと、ヴィアは内心大きく頷いた。

「アメリ卿夫人と息子のエイダム、それと娘の……、確かユリアという名だったかな。陰謀に加担したのはこの三人です。拘束はしたものの、勝手に処分すれば皇后の猜疑を煽りそうだし、かと言って手元に置く気にもなれないし、兄上はそのまま三人を皇后陛下に献呈したそうですよ。皇后との間でどんな話し合いがされたかはわかりませんが、二度と姉上を伽に呼ばない事は約束されたと、アモン副官から聞きました」

ヴィアは目を見張った。それは何というか、想定外だ。そんな事をされれば、側妃としてのヴィアの面子は大きく潰れ、皇后陛下も大きく溜飲が下がるだろう。

「すごいわ、そんな手を思いつくなんて」

ヴィアは素直に感心したが、セルティスの思いはどうも別のようだった。

「同じ男としては、兄上にちょっと同情しますけれど」

複雑な表情で、セルティスは呟く。どう見ても、アレク兄上はこの姉にべた惚れだ。自分の好きな女に一切手が出せなくなるのだから、兄にとっては苦渋の決断だっただろう。

「まあこれで、ある程度の安全は保障されます。皇后は恐ろしい女ですよ、姉上。兄上が献呈した例の三人ですがね、二日後に郊外の川で浮いていたそうです。物取りの仕業という事で片付けられたようですけれど」

「何て事を」

　ヴィアは痛ましそうに眉根を寄せた。侍女頭は決して悪い人間ではなかった。きびきびと立ち動き、側妃として慣れぬヴィアを何かと気遣ってくれていた。あの陰謀に加担したのは、皇后によってそうせざるを得ない立場に追い込まれたからだろう。

「姉上は取り敢えず、早く体を治される事です」

　最後にセルティスはそう言って立ち上がった。

「兄上がなかなか来られなくて寂しいかもしれませんが、まあ、こういう事情ですから責めないで差し上げて下さいね」


　セルティスの言葉通り、ヴィアの容態がある程度回復しても、アレクがヴィアを訪れる事は暫くなかった。容態も安定したから、わざわざ来る必要がなくなったと言えばそれまでだが、ヴィアを取り巻く環境だけが、アレクの指示で変わっていった。

　まず、以前、妃殿下付として仕えてくれていた水晶宮の侍女達が、ヴィアの許に帰ってきた。セイラとルーナは、今暫くヴィアの許に留まる事になり、次席侍女だったレナル卿夫人が侍女頭に繰り上がった。レナル卿夫人は皇后の推薦ではなく、アレクが心を許す侍従長が推してきた人間だ。彼女ならば信頼できるだろう。

着替えや侍医の診察時は、事情を知るエイミら三人の侍女が同席し、他の侍女は下げられる。ヴィアは病気で寝ついていたという話になっているのだから、当然だ。

護衛のエベックは相変わらず水晶宮にずっと詰めており、退屈なヴィアはエベックを時々、部屋に招くようになった。

ヴィアの命が今あるのは、エベックと、セルティス付きの護衛二人が、エイダムをすぐに取り押さえてくれたからだ。労をねぎらうと、結局は守り切れなかったのですからと、エベックは苦い口調でそう返してきた。

高貴な方の事情に踏み込むべきではないとじっと我慢していたエベックだが、何回目かに呼ばれた後、とうとう意を決したように、ヴィアに当時の事を聞いてきた。

「何故、妃殿下はあの時、セルティス殿下が危ないと思われたのですか？」

エベックはあの事件の際、ヴィアがたまたまセルティスに用があって部屋を訪れたのではなく、あの惨事を予期して駆け戻ったという事を知る、唯一の人間だ。

「あの後、真夜中にこっそり靴を回収しに行ったのは私なのですが、それに免じて教えていただく訳にはいきませんか？」

言われてヴィアは、回廊に脱ぎ捨てた靴の事をようやく思い出した。

「誰にも見つからなかった？　というか、誰にも言ってない？」

表沙汰になると、あれはちょっとまずい。心配そうにエベックを見つめると、大丈夫です、と妙に得意そうに返された。そして、返答を期待するようにヴィアを仰ぐ。

　何だかご褒美を待っているワンちゃんみたいね、とヴィアは思った。しっぽがあるなら、きっとぶんぶん振っているだろう。

「仕方ないわね」

　エベックにはいろいろまずい事を知られているのだ。いっそある程度話しておいた方が、ヴィアの貴婦人らしからぬ行動にこれからも目を瞑ってくれる事だろう。

「わたくしね、時々変な夢を見るの」

「変な夢とは？」

「わたくしは変わっているのよ。四、五か月先の事が、まるで体験した事のように夢の中に現れる事が時々あるの」

　ヴィアは軽く肩を竦めた。

「普段はとても、くだらない夢よ。若い男の子が道を歩いていたら、水溜まりの水を馬車に引っ掛けられただとか、太った中年の女性がリンゴの袋を抱えて歩いていたら、袋が破けてそこら中に散らばっただとか……。見も知らぬ人が夢の中に現れて気の毒な目に遭って、ご愁傷さまだとは思うけど、ただそれだけ。でもたまに、ほうっておけない夢を見ることがあるのよ」

　荒唐無稽な話だと自分でも思うから、口調は自然早口になる。

「少し前に、セルティスが殺される夢を見たの。そういう時は普通の夢と違って、細かい部分まではっきり覚えているわ。まるで自分が、その場で体験しているみたいに。その時セルティスがどんな服を着ていたか、相手の男がどんな顔をしていたか、男が着ていた服だとか。その夢を見た後、アレク殿下の側妃になったの。殿下の庇護を得たから、セルティスはもう大丈夫だと信じ込んでいた。それで夢の事も忘れかけていたのだけど、あの時夢で見たのと同じ男が、夢と同じ服装でセルティスのいる方へ向かっていた。だから、慌てて引き返したのよ」

それから、目を丸くして自分を見ているエベックに気付くと、困ったように笑った。

「信じて欲しい訳じゃないの。このまま笑って忘れてくれていいわ。でも、わたくしにとっての真実を貴方に教えたのだから、これ以上は聞いては駄目よ」

エベックは、あの日のヴィア妃の言葉をはっきりと覚えていた。

濃紺のジャケットに、星二褒章………。ヴィア妃はそう呟いてから、何かに気付いたように顔を強張らせた。靴を脱ぎ捨て、必死に回廊を駆け戻り、躊躇いもなく弟のいる部屋に飛び込んだのだ。

「他にどんな夢を?」

聞くと、「たわいもない夢よ、言ったでしょう」と、ヴィアは笑った。

「でも、いいこと。決して誰にも喋らないでね。こういうのが噂になれば、殺されるような気がするの」

「喋りません」

慌ててエベックは言った。

「というか、私にも話すべきではなかったでしょう。人に喋っては駄目ですよ！　危険すぎます！」

「そうね」とヴィアは柔らかな笑みを浮かべた。

「アレク殿下からもこの能力については絶対に口外するなと言われているわ。わたくしもそうするべきだと思う。こういう力を欲しがる人間は多いから。でもね、本当は余り人の役に立つような力ではないの。見たい未来が見える訳でもないし、心が不安定な時に現れるだけで、大半はくだらない内容だし」

　母ツィティーからは先祖返りだと驚かれていた。遥か昔、亡国テルマにそういう力を持った巫女がいたという話は昔語りとして伝え聞いていたが、まさか幼い我が子にそのような力が宿るとは思ってもいなかったようだ。

　力を発露させる原因となったのは、幼いヴィアに訪れたあの惨劇だろう。何も喋れなくなるほどの激しい衝撃が、血の中に眠る太古の力をヴィアに目覚めさせた。

　ただ、理由はどうであれ、いずれ枯れていく力だ。二十を超えた辺りから衰え始め、三十になっても巫女でいた人間はいなかったと母からはそう聞いていた。

「アンシェーゼでこの力の事を知っているのは、アレク殿下と三人の側近の方だけ。これ以上人に言う気はなかったけれど、エベックには言ってもいいかなと思ったの」

　ヴィアは言葉を切り、真っ直ぐにエベックを見た。

「エベックは殿下に忠節を誓っているから。あの事件の全容をすべて知って、殿下のために口を噤んでいる。だから信じられるわ」

エベックは神妙な面持ちでヴィアを見つめ、そして頷いた。

エベックはあの晩、エイダムの拷問にも立ち会い、全ての事情を知った数少ない人間の一人だった。拷問をしたのは、セルティスの護衛についていたあの二人であり、そして得られた事実は全てアントーレ副官によって握り潰された。

他に真相を知っているのは、殿下の側近のグルーク・モルガンとルイタス・ラダス、そして水晶宮の侍従長くらいではないだろうか。

「お辛くはないのですか？」

ふと、声を落としてエベックは聞いた。

「勿論、今回の事件は公にすべきではありません。けれど……」

弟を殺されかけた事も、命に係わる重傷を負わされた事も全てなかった事にされ、並行するように皇子の訪れも遠ざかった。妃殿下を守るためには、おそらくそれが一番いい方法だろうとエベックも思ったが、皇子の寵愛が側妃から遠のいた事は、すでに周知の事実として水晶宮で囁かれ始めている。仕えている者達にそんな目で見られ、ヴィア妃が快い筈がない。

「わたくしやセルティスが今無事でいるのも、殿下が庇護して下さっているからよ」

ヴィアは真っ直ぐにエベックを見つめ、きっぱりと言った。

これ以上皇后の憎しみを煽る訳にはいかない。ヴィアは己の立場をわかっていたし、殿下の想いもきちんと受け取っていた。

「それにね、エベック。今、一番辛い思いをしているのは、多分わたくしではないわ」

その日は気分が良かったので、四阿（あずまや）にあるテラス席までエベックに連れて行ってもらった。

短い時間であれば、外の風に吹かれてもいいと侍医の許しが出たので、こうしてぼんやりと庭園の花々を眺めている。少し一人になりたいと言えば、侍女は少し離れたところで待機してくれた。

辛くないかと聞いてきたエベックの言葉が蘇る。その時は笑って否定できたのに、時間が経つにつれ、だんだんと澱（おり）のようなものが溜まっていき、胸が塞がれるような気分になってきた。

仕方のない事だと、ヴィアは心に呟く。皇后のした事は許しがたいが、そうした行為に走った心情はヴィアにも理解できるからだ。

ただ、愚かだとは思う。自分だけが一方的な被害者で、ツィティー妃こそが不幸の元凶なのだと未だ信じ込んでいる浅はかさには笑えてしまう。憎むならば、夫である皇帝を憎むべきだ。すべての原因はあの男が作ったというのに。

どうしようもない運命への憤りや口惜しさが、胸の内から噴き出てくる。幼い頃、母に諭されて以来なかった事だ。

恨みを心に溜めそうになり、必死に母の言葉を思い出そうとした。

憎んではだめよ、ヴィア。憎しみは何も生み出さない。どうか幸せになって。幸せになる事が、父と母の願いなのだから。

どうやって幸せになるのだっただろう。ヴィアはふと心に呟き、そう考えた途端、涙が止まらなくなった。

いつも楽しい事を見つけて笑っていた筈なのに、何故今は、こんなに切ないのだろう。何かが満たされなくて、苦しくて、辛くて、哀しくて、心が悲鳴を上げている。

今でも十分に幸せな筈だ。多くの侍女にかしずかれ、何不自由なく生活できて……。

「ヴィア」

覚えのある優しい声が、不意にヴィアの耳朶(じだ)を打った。

「どうした。何があった」

焦りの滲む声に引き寄せられるように、ヴィアは声の方を振り向いた。

殿下だった。皇宮で国賓と会っていたのか、正装に身を包んだアレクが足早に近づいてくる。

「どこか痛むのか？」

躊躇うように指が伸ばされ、形の良い指がヴィアの涙をゆっくりと拭う。柔らかな風がアレクの前髪を乱し、琥珀の瞳が心配そうに細められていた。

久しぶりに見るその精悍な姿に、孤独に苛まれていた胸が震えた。何故、こんなに長い間自分を放っておいたのだと、不意に声を荒らげて詰りたくなった。

けれど、言ってはいけない言葉だともわかっていた。そういう立ち位置にはいないし、殿下の立場も理解している。

「ヴィア」

何もかもが思い通りにいかない。堪え切れずに、喉の奥が鳴った。見る間に視界がぼやけ、ヴィアはしゃくりあげるように肩を震わせる。

「体に障るから、泣くな。頼むから」

ヴィアの体に負担を掛けないよう細心の注意を払いながら、アレクの手がヴィアの体を抱き寄せる。正装用の衣装が汚れるのも構わず、石畳に片膝をつき、アレクは壊れ物を抱くように両腕の中に囲い込んだ。広い胸にヴィアの頭を抱き、子どもをあやすように髪を優しく梳いていく。流れ落ちる涙が、アレクのジャケットを濡らした。

瞳を閉じて体を預けると、服越しに殿下の力強い胸の鼓動が聞こえる。父を殺された日の夢を見て魘された日も、こうやって胸に抱き込んでくれた。ヴィアの心に寄り添い、ヴィアが眠りにつくまでずっと髪を撫でてくれた。

先ほどまでの訳のわからない苛立ちや心を蝕む憤りが、嘘のように引いていくのをヴィアは感じた。冷え切った心に血が通い始め、いつもの穏やかさが心に満ちてくる。

ヴィアが泣き止んだ事が分かったのか、ほっとしたようにアレクが体の力を抜いた。そっと体を離し、その顔を覗きこんでくる。

「何があった。体が辛いのではないか」

案じるように言葉を落とされて、ヴィアはいいえと首を振った。

「何もかもが急に辛くなって……。申し訳ありません、殿下。ここのところずっと寝ついていましたから、気分が塞いでいたのかもしれません」

思ったより明るい声が出せて、ヴィアはほっとした。それでもまだアレクは安心できないのか、ヴィアの肩に手を添えたまま、心配そうに表情を追っている。

「よろしければ、お座りになりませんか？　時間があれば、ですけど」

傍らの椅子を手で指すとアレクは素直に腰を下ろし、またヴィアの手を握ってきた。アレクの手はひんやりと冷たかった。眼差しはヴィアから逸れる事はなく、どこかひどく辛そうに見えた。

「済まない」

何の脈絡もなく謝られて、ヴィアは戸惑う。

「何を謝られるのです？」

「セルティスが殺されかけ、お前が傷を負った件だ。皇后が、私の母が全て画策した」

「知っています」

ヴィアは柔らかく微笑んだ。

「私が事実を握り潰した。自分の保身のために、皇后の罪を暴かなかった」

今、一番辛い思いをしているのは、多分わたくしではない。

エベックに言った言葉が、今度は確かな思いとしてヴィアの心に満ちる。ヴィアはしっかりとアレクの手を握り返した。

「当たり前でしょう？　もし殿下が失脚なさったら、誰がわたくし達姉弟を守って下さるのです」

「お前が生死の境を彷徨っていた時に、傍にいてやる事もできず、お前の弟を殺そうとした相手の宴に招かれて笑っていた」

顔を歪ませてアレクは吐き捨てる。

ああ、そうか、とヴィアは今更ながらに思い出した。そう言えば、わたくし達は皇后の宴に招かれていたのだ。

わたくしとセルティスは欠席できても、殿下の立場で宴に出ない訳にはいかない。怒りに押し潰されそうになりながら、この方は意味のない話に興味深そうに相槌を打ち、楽しそうに笑っていたのだ。それがどれ程の忍耐を必要とするものであるか、母の姿を間近で見てきたヴィアにはよくわかる。

だから、わざと明るく言葉を返した。

「そこは自慢なさってもよろしいのですよ」

虚を衝かれたように顔を上げたアレクに、ヴィアは微笑み掛ける。

「苦しい時に平気なふりをして笑っているのは、とても辛い事ですもの。わたくしの傍にずっとついていたセルティスより、おそらく殿下の方がよほど苦しかった筈です。わたくし達を守るためにして下さった事です。むしろ、お礼を申し上げなければなりません」

「ヴィア」

アレクは言葉を続けようとしたが、何も言えずに唇を震わせた。切なそうにヴィアを見つめ、迷うようにその頬に手を伸ばす。以前のアレクにはなかった躊躇いだった。

「口づけてもいいか」

急にそんな事を聞かれ、ヴィアは不思議そうに首を傾げた。

「何故そのような事を聞かれるのですか？」

怪我をするまでは、当たり前のように毎日寝所に呼ばれていた。今更確認される意味が分からない。

「私の母がお前の弟を殺そうとし、お前も危うく死ぬところだった。私を恨んで当然だろう」

ヴィアは眉宇を顰めた。躊躇いの意味がようやく分かった。殿下は、罪悪感に押し潰されそうになっているのだ。

「恨まれているのが怖いから、口づけはしないと？」

「違う！」

アレクは思わず声を荒らげた。

「お前が嫌なら、しない。お前が大切だから、お前が嫌がる事は一切したくないんだ」

そして、激情を垣間見せた事を恥じるように、そっと瞳を伏せた。

「どうしたらいい……。お前を愛している。けれど、お前を殺しかけた皇后と決裂できるだけの力は、今の私にはない。私はお前に何もしてやれない。誰よりも大切にしてやりたいのに、お前を愛した分だけお前を傷つけてしまう」

ヴィアは言葉もなく、ただ呆然とアレクを見つめた。

愛情を吐露されたのは、これが初めてだった。殿下の夜を独占し、寵妃だと周囲から騒がれても、一度も愛を囁かれた事はなかった。

そして自分は、その事にどこか安堵もしていた。いつか去る身だとわかっていたから、お互いの感情に名をつけず、ただ温もりだけを分かち合っていればそれで良かったのだ。

そうしてヴィアは不意に思い出す。自分の母親が犯した罪について、殿下は深い葛藤に苛まれている。けれど、隠された真実はもっと惨いものだ。

殿下はいつか知るだろう。自分の父親がどんな恐ろしい罪を犯したのか。そしてその罪の深さに慚愧する時、おそらく自分は殿下の傍にはいない。

「殿下。わたくしの知る殿下は、とても孤独な方でした。わたくしには母や弟がいたけれど、殿下には父も母もおられなかった。あの二人はただ自分可愛さに生きているだけで、殿下は愛される事なく一人で生きてこられた」

だから、伝えておきたい言葉は、今言っておかなければならない。道が分かたれる事をヴィアは知っていたし、そしてそれはおそらく遠い未来ではない。

「皇后のなさった事で自分を恨んでいるかと、貴方はお尋ねになりました。ですからはっきりと申し上げます。貴方の親が何をしたとしても、例えばもしわたくしの家族を死に追いやったとしても、それは貴方の罪ではありません。わたくしが殿下を恨む事は決してありません」

「恨んでいないから、私がお前を欲しても許せるか？」

苦しそうにそう質された。愛される事を諦めるような寂しげな眼差しが、ヴィアの心を衝いた。

「さっきわたくしがどうして泣いていたのか、まだお分かりになりませんか？」

寂しさのあまり、心の闇に呑みこまれそうになっていた。この方が傍にいなかったからだ。それほどに殿下を欲していた。

「あなたが来て下さらなかったからです。殿下にお会いしたかったのに、顔も見せて下さらない。会いたくて会いたくて、心が千切れそうだった。わたくしはとても寂しかった」

アレクは瞠目し、ヴィア、と一言囁いた。

我慢できなくなったのだろう。そのまま覆い被さるように体を傾け、ゆっくりと唇を合わせてきた。唇を啄むように二度、三度。ヴィアの体を気遣い、深い口づけは仕掛けてこない。

そのまま両手で頬を包み込み、祈るように額を合わせた。触れそうで触れない唇に、焦らされてそっと目を上げれば、最後にもう一度優しい口づけを落とされた。

優しい触れ合いであったのに、弱っていた体には感情の昂ぶりすら負担となってしまったようだ。頭の奥が急に白くかすみ、ヴィアは堪らずアレクの胸に顔を埋める。

崩れかけたヴィアの体を、アレクが焦ったように抱き留めた。

「ヴィア」

心配そうに顔を覗き込んだアレクは、ヴィアの顔の白さに驚き、そのままヴィアの体を抱き上げた。

「妃殿下！」

気付いた侍女がわらわらと寄ってくる。アレクはヴィアを抱き上げたまま、寝所へと急ぎ、侍女が整えた寝台の上に、慎重な手つきでヴィアを横たえた。

眩しそうに瞳を眇めたヴィアに気付いたか、侍女が日の光を遮るためにカーテンの方へと向かう。その隙に、ヴィアはそっとアレクに囁いた。

「大丈夫ですから、もう行ってください」

ヴィアから言わないとアレクは立ち去り難いだろう。念の為、言葉をつけ足した。

「しばらくこちらへ渡ってはなりませんよ」

言われたアレクは眉をへの字にし、何とも情けない顔でヴィアを見た。

「会いたいといったのは、嘘か？」

何だかかわいらしくて、溜息が出た。一生懸命ヴィアの言葉を待っている姿は、とても大国の皇子とは思えない。

「なかなかお会いできなくても、わたくしは我慢をしますから」

そして躊躇った末、大切な言葉をそっと唇に乗せた。

「わたくしもあなたを愛していますわ」

「何でそんなに上機嫌なんですか？」

今にも鼻歌でも歌い出しそうな皇子殿下の様子に、薄気味悪そうにルイタスが尋ねた。

山のような書類を前に、ルイタスとグルークが注釈や情報を加えたものを、アレクが目を通して署名していく。公務が一通り片付いた後の、夕刻の見慣れた光景だ。

「そう言えば、今日久しぶりに側妃殿下を訪問なさったらしいですね。お元気でいらっしゃったのですか？」

妃殿下の顔を見ただけでそこまで舞い上がるとはグルークも思わないが、他に原因も思い当たらず、一応、主に聞いてみる。

「外で風に当たっていたら気分が悪くなったので、寝所に運んだ」

アレクが答えると、ですよね、とルイタスが呟く。そこまでの報告は受けている。

「それはそうと、いよいよリゾック殿が婚約されることになりそうですよ」

昼間に馴染みの騎士から聞いた情報を思い出し、ルイタスはそう付け加えた。

アレクは驚いたように瞠目した。母方の従兄弟であるリゾックとは公の場や皇后宮で時折顔を合わせるが、リゾックの口からそのような話を聞いた事がなかった。

「相手はどこの令嬢だ？」

こういう縁組は、皇后がおそらく取り仕切っている筈だ。

アレクは忙しく頭を巡らせた。内務を取り仕切る重臣の中から選ぶか、アンシェーゼを取り巻く列国の重臣から選ぶか、あるいは……。

「ロフマン卿の姪に当たる方です」

アレクは一瞬、息を止めた。

「軍部に手をつけたか……」

アレクは唇を歪めるように笑い、それにしても……と感慨深げに首を振った。

「よりによってロフマン騎士団が、ディレンメル家と縁を繋ごうとするとはな」

俄には信じがたい話だが、ルイタスが断定するのだから間違いはないのだろう。

三大騎士団の一つであるロフマンと、皇后の生家ディレンメル家は、いわゆる因縁の仲だ。端的に言えば、二十二年前の皇位簒奪事件の被害者と加害者である。

そもそも、アンシェーゼで皇位を巡って国が割れる時、アンシェーゼの三つの騎士団は、必ずと言っていいほど歴史に名を刻んでいた。

アントーレとロフマン、レイアトー。建国当初からあるこの三つの騎士団は、アンシェーゼの始祖アリンゲル皇帝によって作られたものだ。

始祖帝は、皇位継承権を持つ皇子たちが武力を持つ事を禁じ、その代案として、建国に大いに尽力した三人の家臣に騎士団という形で武力を与え、皇家の警護に当たらせたのである。

この三つの騎士団は世襲であり、存続が法令にも明記され、唯一の禁忌は皇族との婚姻だった。これは、騎士団と皇族との癒着を防ぐために始祖帝が定めたもので、始祖帝が没するまでは、この機能は確かにきちんと機能していた。

だが、個々の軍隊を持つ事を許されない皇子たちは、武力を持つ騎士団の庇護をどうしても必要とし、十二でいずれかの騎士団に属すると、皇子達は当然のごとく、その騎士団との繋がりを密にした。

過去の歴史を紐解いても、この三つの騎士団は様々な形で皇位争いに関わっている。

もし戴く主が後継争いに敗れたとしても、この三つの騎士団がアンシェーゼから消滅する事は決してない。陰謀に加担した当主が廃された後、一族筋から新たな当主が選ばれて、その名を引き継いでいくだけだ。

そうした騎士団絡みの血塗られた皇家の歴史を激しく疎んだのが、前皇帝であるタルカスだった。

自身も激しい後継者争いを経て帝位に着いたタルカス帝は、第一皇子ヨルムを生後三か月で皇太子に指名すると、盤石の治世を敷いて、政争に騎士団の付け入る隙を与えまいとした。

その目論見は一見、成功したように見えたが、タルカス帝の死と同時に、その不満が一気に芽吹いた。不遇を託っていた第二皇子のパレシスが宰相ディレンメルと結託し、アントーレ騎士団の力を借りて、即位を目前にしたヨルム皇太子を殺害したのだ。

即位前というのが、この事件の鍵だった。

アンシェーゼには、近衛と呼ばれる皇帝直属の暗部組織が存在し、近衛に守られた皇帝の暗殺は事実上不可能だ。だからこそパレシスは、ヨルムが近衛を手にする前に兄皇子を葬った。

そうしてヨルムは僅か二十五歳で無念の死を遂げ、ヨルム皇太子を擁立していたロフマン騎士団だけが無傷で残された。敬愛する皇太子を守り切れなかった当時のロフマン卿は、パレシス帝と宰相ディレンメルを深く恨み、憤怒と絶望のうちに騎士団から身を引いた。

「今のロフマンの当主は、父親の無念を間近で見ていますからね。代が変わったとはいえ、あの家はディレンメル家に対し、かなり思うところがあったと思うのですが」

ロフマンがセゾン卿に近付く事はあっても、ディレンメル家と婚姻を結ぼうとするなど、さすがのグルークにも読めなかった。

セゾン卿がまずレイアトーと手を組んだのも、ロフマンは何もせずとも自分達の敵にはなり得ないと、半ば確信していたからではないだろうか。

「もう二十年以上も前の話だし、当代は、過去の怨みを温めるより、未来を見据える事にしたんだろう。とは言っても、これはロフマン側から敢えて持ち掛ける話でもない。トーラ皇后が強い熱意で動かれたのは事実だと思う」

ルイタスの言葉に、

「相変わらず胆力があるというか、流れを読むのに長けたお方だな」

手放しで褒める気にはなれないのか、グルークはやや苦い笑みを浮かべた。

一方のアレクは、今の話の流れでヨルム皇太子の事を久々に思い出し、何とも言えない顔で黙り込んだ。

皇帝である父と母方の祖父のディレンメルが正当な皇位継承者を殺して帝位を奪い、更にその子ども達全てを殺したと知った時の衝撃と絶望を、アレクは今も覚えている。

自分の体に流れる、父と母の血が疎ましかった。自分の存在自体にも嫌悪を覚え、自暴自棄になりかけていたが、そんなアレクを支えたのはアントーレで出会った三人の友だった。

　人の感情の機微に聡いルイタスは、アレクを立ち直らせようと必死に言葉を尽くしたし、グルークは、皇位を継ぐ事は皇后の長子として生まれた者の義務だと、辛抱強くアレクを説得し続けた。皇位を巡って内乱が起きれば、国は疲弊し、民は苦しむ事となる。それを一番に恐れたのだろう。

　もう一人のアモンは、互いが倒れるまで剣の稽古に付き合ってくれた。あの卑怯な簒奪劇に肉親が関与していたのはアモンも一緒であり、それだけにアレクの絶望と嫌悪がアモンには手に取るように分かったようだ。

　結局、アレクが自身の葛藤を乗り越え、帝位を見据えて歩み始めるまで、この三人は常にアレクの傍らにいてくれた。そして今もなお、修羅の道を進むアレクを支え続けてくれている。

「皇后陛下はどんな手を使ったんだ？　何かロフマン卿の弱みでも握ったとか」

　首を捻って問い掛けるグルークに、ルイタスは違うと苦笑した。

「ロフマンは別に皇后についた訳じゃない」

　そう答えた後、ルイタスはちらりとアレクに目をやった。

「ディレンメル家との縁組を承諾した理由は殿下だ」

「……私は何もしていないぞ」

思いがけないところで名前を出されたアレクは当惑する。

「つまりですね」

ルイタスは、ちょっと誇らしげに唇の端を上げた。

「セゾンがレイアトーと手を組めば、アントーレに後見される殿下は武力面では五分五分。その均衡を壊し、殿下優位とするために、ロフマンは忌み嫌っていたディレンメルに、姪を嫁がせる事にしたんですよ」

「つまり、次代の皇帝はアレク殿下がふさわしいと？」

そう結論付けたグルークに、ルイタスは頷いた。

「内政をあまり顧みない皇帝陛下と違って、アレク殿下は持てる権限を可能な限り使って、様々な改革を行ってきたでしょう？」

「ああ」

それは掛け値なしの事実だった。グルークの進言により、アレクが決断し、実施に向けて尽力した。

「地方まではまだ手が回りませんが、首都ミダスに関しては、細かい法令を改定し、貧民や流れ者を保護し、河川や下水などの整備も着実に行いました。そうした実績に目を向ける貴族は多くありませんが、見ている者はきちんといる訳です。だからロフマン卿は、今回動いた。これはつまり、そういう事です」

愛想が良く、いかにも温厚な雰囲気を漂わせているせいで、ルイタスは警戒されずに人の噂話をいろいろ拾ってくる。多少の誇張はあるのかもしれないが、ロフマンがこちら側についたという事は信じていいのだろうとアレクは安堵した。

「これで騎士団の二つは手に入ったか」

「とはいえ、決定権を持つのは結局皇帝陛下ですからね。陛下自身のお心をこちらに向けない事には何とも……」

「そう言えば陛下は、今度は十五の侍女だかに夢中だと聞いたぞ」

話しながら、アレクはいい加減、父親の節操のなさに嫌気がさしてきた。

「十四です、殿下」

ルイタスがすさかず訂正した。

「身分が低いので、男児を生まない限りこの侍女が側妃に上がる事はないですね」

マイアールの事だけでも頭が痛いのに、これ以上弟妹が増えるなど冗談ではない。

アレクは嫌そうに口元を歪めた。

「側妃と言えば、ヴィア妃殿下と皇后陛下の不仲もちらほら噂されていますね。皇后陛下主催の宴を欠席された事が原因なのですけれど」

「体調が落ち着かれたら、ご一緒に皇后の元へ出向かれたらよろしいでしょう。お一人で行かせるのは危険ですので、その辺りは徹底された方がよろしいかと思います」

グルークの言葉に、わかったとアレクは頷いた。多少の嫌がらせなら、ヴィアは難なく乗り切ってくれるだろうが、あの皇后は何を仕掛けてくるかわからない。

父親があれで母親がこれかと思うと、アレクは思わず自分に溜息をつきたくなった。つくづく肉親には恵まれないと心に呟いたが、ふと、異母弟のセルティスを思い出し、弟を作ってくれた事だけは感謝してもいいかなと思い直した。

マイアール妃のお腹は日増しにせり出していき、それに伴い、ピリピリとした空気が宮廷全体に広がっていた。皇帝の関心は既にマイアール妃から離れていたが、皇后を煙たく思う皇帝は、宮廷内におけるセゾン卿の面子を保ってやるために、時折、マイアール妃と夕食を共にしているようだった。

皇帝の関心を引いていた十四の侍女は、子を身ごもってほどなく流産した。セゾン卿に毒を盛られたという噂もあるが、確かな事はわからない。ただアレク自身は、噂を流したのはおそらく皇后あたりだろうとあたりをつけていた。

ヴィアの体は一日、一日と回復し、ほぼ普通通りの生活を送れるようになってきた。公的の場にも再び顔を見せるようになり、皇子との仲睦まじさを周囲には見せているが、アレクがヴィアを伽に呼ばない事は、水晶宮では周知の事実だった。

この日もアレクに手を取られて内輪の晩餐会に出席したヴィアは、紹介された人々の中に、三大騎士団の一つを統括するロフマン卿を初めて目にした。

ロフマン卿の姪と、ディレンメル家の当主リゾックが婚約した事はすでに宮廷中の噂になっており、その縁で来られたのだろうとヴィアは推測した。

二十二年前の事件については、ヴィアは噂で知る程度しか把握していなかったが、初めて見るロフマン卿は五十代半ばの、ちょっとくせのありそうな御仁で、けれどヴィアには一目で好感の持てる人物だった。セルティスをロフマン騎士団に入れようかと悩んだ時期もあったヴィアは、特別な感慨を持ってロフマン卿と対峙する。

「お人柄はよく耳にしておりました。お会いできて嬉しく思います」

その口調に、親愛の響きを感じ取ったのだろう。ロフマン卿はおやっという風に目を見開き、慇懃にその手を取って甲に口づけた。

「こちらこそ、拝謁できました事は望外の喜びです」

そして、片眉を跳ね上げると、いかにも心外と言った口調で付け加えた。

「セルティス殿下が我が騎士団に来られなかった事が、返す返すも残念でなりません」

ヴィアは思わず笑い出した。何となく波長の合う人間というものはお互いに分かるもので、ヴィアはこの短い挨拶の間に、すっかりこの中年の騎士団長が気に入ってしまった。

「行きたくても行けなかったのですわ」

ヴィアはそう返し、別の貴婦人と話をしているアレクの姿をそっと目で追った。

「もし、殿下とのご縁がなければ、あのままセルティスはどこの騎士団にも所属せず、紫玉宮で日々を過ごしていたように思います」

率直に言葉を返すと、さすがにロフマン卿は驚いた様子だった。

「どこにも？　騎士の叙任を受けなければ、一人前の皇族として認められないでしょうに」

皇族の末端に名を連ねるどころか、アンシェーゼの貴族としての未来も閉ざされる。

「ええ。けれど、その方が良いと思われませんか？　余計な災いを引き寄せずに済みますから」

少し声を潜めてそう言うと、ロフマン卿はなるほど……と苦笑を返した。確かに騎士の叙任も受けていない皇子を、次代の皇帝に担ぎ出そうとする酔狂な貴族はいない。

そう言えばセルティス皇子は、病弱という触れ込みで全く公の場に姿を見せず、お陰で皇子を担ぎ出そうとしていた連中もどうにも手が出せない状態だったとロフマン卿は思い出した。

今思えば、皇位継承争いから身を引くために、故意にそのようにしていたのだろう。それはアントーレ騎士団に入団したセルティス皇子が、今は心身ともに健やかで、騎士団の訓練にもきちんとついていっているらしいという噂からも窺える。

異母兄のアレク殿下の絶対的な庇護と監視下に置かれ、隠れ暮らす必要のなくなったセルティス皇子は、つい先日、回廊ですれ違った時も闊達な様子で笑っていた。

アレク殿下がヴィア側妃を見初めたのは、セルティス殿下にとって何よりの僥倖だったとロフマン卿は思う。もし、ヴィア皇女がアレク殿下の側妃とならず、弟をロフマンかレイアトーに入れていれば、今頃セルティス殿下は皇位継承争いの真っただ中に身を置いていた事だろう。

「確かに妃殿下のおっしゃるとおりかもしれませんな」

頷くロフマン卿に、ヴィアは改めて祝福の言葉を贈る。

「先日、シシア様とディレンメル卿とのご婚約が整ったと伺いました。心よりご祝福申し上げます」

先代のロフマン卿の無念については口にしない。過去の確執を今更取り上げても仕方ないからだ。

「我々は皇室の血筋と交わる事は許されておりません。ですがこの度の婚約によって、ロフマンは晴れて殿下の縁戚に名を連ねる事となりました。今後ともよろしくお導き下さい」

「殿下はこの度の婚約を大変喜んでおられました。わたくしもロフマン卿が殿下の縁戚になられると聞いて、本当に心強く、嬉しく感じております」

すっと心に染み込んでくる柔らかな物言いだった。人によってはいくらでも気難しくなれるロフマン卿だったが、ヴィアのこの言葉は素直に信じられて、有難いお言葉ですと礼を述べた。

「ところで先ほど私の人柄を聞いたとおっしゃいましたが」

ロフマン卿はその褐色の瞳にいたずらっぽい光を浮かべた。

「差し支えなければどのような噂だったか教えていただけませんか？」

「実は、水晶宮に迎え入れられてからは、あまり噂はお聞きしなかったのです」

ヴィアも楽しそうに微笑んだ。

「ただ、紫玉宮に住んでいた頃、侍女がよくミダスの街の噂を拾って参りました」

実際にはヴィア本人がお忍びをしていた訳だが、まさかこの場でそれを言う訳にはいかない。

「ミダスの街の噂とは？」

「まだ街道の整備がされておりませんでした頃、盗賊に襲われかけていた旅の一座を、たまたま通りかかったロフマン卿が救って下さったと聞きました」

襲われていたのは、テルマの旅一座だった。偶然、騎士を連れて通りかかったロフマン卿は、多勢に無勢であるにも拘らず、剣を振るって一座を助けてくれたのだ。

「随分昔の話ですな。私も忘れかけておりました」

宮中でその話を知る者がいるとは思ってもいなかったロフマン卿は、面映ゆそうに苦笑し、ふと気付いたようにヴィアに問い掛けてくる。

「それにしても、皇宮で暮らされていた姫君が、ミダスの街道の整備まで知っておられたとは……。私にはその方が驚きです」

「わたくしは母が庶民の出でしたから、市井で暮らす民の事がどうしても気になるのです」

　高貴な血筋でない事を、ヴィアは恥じていない。言う必要のない者には言わないが、ロフマン卿なら気にしないだろうとヴィアは思った。

「民は為政者をよく見ております。五年前、ミダスに初めて救護院が作られた時、民は本当に喜んでおりました。街道についても、昔は狭くて薄暗い道を、旅の者は怯えながら行き来しておりましたでしょう？　三年の歳月をかけて、広くて安全な街道に作り替えられて、ほっとした民は多かったと聞いております」

「その施策を行ったのはどなたか、ご存じですか？」

「恩恵を受けた民が知らないとお思いですか？」

　楽しそうにそう返せば、ロフマン卿は笑い出した。

「民から噂を仕入れられたのなら、知らない筈がありませんでしたな」

　施策を行ったのは、アレク殿下だ。宮廷ではほとんど話題にも上っていないが、着実に民のための為政を敷いていた事は、ヴィアも知っていた。

「貴女のように、市井の民の暮らしに目を向けられる妃殿下はとても珍しい」

　ロフマン卿の言葉に、ヴィアは笑った。

「わたくしも、殿下の側近以外の方で、市井の暮らしに興味を覚えて下さる方とは初めてお会いしましたわ」

そして、笑みを消して正面からロフマン卿を見た。

「実は貴方が助けて下さった旅の一座は、ツィティー妃に縁のある者達でしたの」

母はその事を知って、ロフマン卿にとても感謝していた。ロフマン卿はなかなか社交の場に出てこられないので、礼を言う事は叶わなかったようだが。

「ですから、卿には本当に感謝しております。心よりお礼申し上げますわ」

「随分ロフマン卿と親しくなったようだが」

時間を惜しむようにヴィアの体を抱きしめたまま、ふと思い出したように、アレクは腕の中のヴィアに問い掛けた。長い指が優しくヴィアの髪を梳き、その感触にうっとりと瞳を閉じたまま、ヴィアは含み笑いする。

「わたくし達が何の話題で盛り上がっていたか、ご存じないのですか？」

「ロフマン卿とお前との繋がりが見えない」

ヴィアの髪に顔を埋めたアレクは、少しくぐもった声でそう答えた。

「殿下の話をしていたのですわ。ロフマン卿は殿下とは疎遠なお方だと思っておりましたのに、思わぬところで信奉者を持っていらしたのですね」

「信奉者……？　まさか、ミダスの改革の事か？」

「ええ」

アレクの香に包まれて、幸せそうにヴィアは吐息をついた。瞬く間に過ぎていくこの時間が、ただ口惜しい。

こうしてアレクがヴィアを部屋に訪れるのは、月に一度か二度の事だった。公務の僅かな合間を縫ってアレクはヴィアの元を訪れ、この時間だけは護衛の騎士や侍女らを遠ざけて、二人きりで過ごす。

侍女達が退室して扉が閉まるのを待ちかねたように、アレクがヴィアの体を抱き寄せるのはいつもの事で、ヴィアを腕に閉じ込めたまま、アレクは貪るようにヴィアの唇を奪う。

「会いたかった……」

何日もの飢えを満たそうとするように、アレクはヴィアを強くかき抱く。角度を変え、繰り返される口づけにヴィアは身をのけぞらせ、ただアレクの激しさに翻弄されるしかない。ようやく口づけから解放されても、アレクは片時も離すまいとするようにヴィアの腰を抱いたままだ。

許された時はほんのひと時だ。

水晶宮の中で自分がどんな風に噂されようと、ヴィアは皇子の心が自分の許にある事を知っていた。毎晩のように寝所に呼ばれていた頃より、肌を合わせなくなった今の方が、更に飢餓が募り、執着が増しているようにも感じられる。

それとも殿下は、毎日自分が傍に侍る日が続いても、変わらぬ寵愛と執着を自分に向けるのだろうか。母ツィティーに狂った、あの皇帝のように。

ふとそう考えて、ヴィアは笑い出したくなった。いつまでも傍にいる訳にはいかないとわかっていて、こんな事を考えるのは愚かな事だ。セルティスの立ち位置が安定するまでだと、最初から決めていた。母が望んだように、いずれ自分は市井に下りるのだ。

そっとアレクの胸を押すと、体を離されたアレクは不満そうにヴィアを見下ろした。

その襟元に、ヴィアはほっそりとした白い手を伸ばす。襟元の釦を外されたアレクが訝し気にヴィアの名を呼んだ時、ヴィアは爪先立って露になったアレクの喉元に唇を押し付けた。

「……ッ！」

我知らず、アレクの体が強張る。そのまま体を密着させてきたヴィアに、唸るようにアレクは呟いた。

「私が手を出せないと分かっていて、私を挑発するか？」

苦しげな声にぞくりとする。もっと自分に酔わせて、惑わせてみたいとヴィアは思った。

「夜は娼婦のように振舞えとおっしゃいました。殿下が全て教えて下さったのですわ」

「すべて私のせいだと？」

「ええ」

ヴィアは微笑んだ。

「もう、日が落ちますもの。夜だと言っても構いませんでしょう？」

アレクが低く笑った気がした。

再びきつく抱きしめられ、広い腕の中でヴィアがうっとりと瞳を閉じた時、しめやかなノックの音が部屋に響いた。

アレクが苛立だしげに舌打ちし、渋々といった様子でヴィアの体を解放する。ヴィアは手を伸ばし、アレクの襟を丁寧に直した。

「入れ」

ヴィアを見つめたまま、アレクが扉の外に向かって答える。入室した侍女は、気まずそうに立ち尽くす二人を見て、いたたまれないように瞳を伏せた。

「また来る」

顔を上げたヴィアに、アレクは約束するように小さく頷いてみせる。

無意識なのか、先ほどヴィアが口づけた辺りにふと手をやったアレクに、ヴィアは僅かに唇の端を上げた。毎晩寝所で休む時は自分を思い出して欲しいと、ヴィアはただそれだけを希(こいねが)う。

「お待ちしておりますわ」

踵を返すアレクの背に、ヴィアは床に目を落としたまま小さくそう呟いた。

「殿下の立場を盤石なものとするために、皇后陛下が正妃様を探しておいでです」

唐突なルイタスの言葉に、アレクは一瞬息を呑んだ。卓子の上の杯を持ち上げようとしていた手が止まり、視線だけが僅かに揺れる。

「お相手は？」

代わりに尋ねたのは、隣に座すアモンだった。無言で瞳を伏せる皇子を一瞥し、やや厳しい声でルイタスに向き直る。

「まだ、絞られてはいない。西方のペルジェ国の第一王女と、ガランティア王国の第三王女の名が挙がっている。あるいは、皇国内の貴族の令嬢を選ぶか……」

「皇国内？」

「円卓に名を連ねる重臣のいずれかだろうと聞いているが」

いずれにせよ、正妃が決まれば、ヴィア側妃はしばらく水晶宮を離れないとならなくなる。第一皇子の立場を盤石とするために嫁いでくる正妃には、相応の誠意と配慮を示していく事が必要だからだ。

「アンシェーゼに戦を仕掛けてくる可能性のある列国への牽制を重視するか、確実にアンシェーゼの覇権を狙うか。相変わらず皇后のなさる事に隙はないな」

　アレクは何も答えない。感情を抑えるように僅かに俯き、膝の上の拳をただきつく握りしめるだけだ。

　端（はな）から自分に選択肢などなかった。大国の第一皇子として生まれた以上、政略結婚は避けられない。帝位をこの手に摑みたいなら、最も政治的に利用価値の高い相手を正妃に迎えるしかないのだ。

　半年前の自分なら、候補に挙がっているのはどんな姫だと笑って聞いていた。

　今も、そうするべきだった。出自を聞き、誰と手を結べば政治的に優位か話し合い、国外の姫ならば持参金は如何ほどかと笑い合う。

　だが今は、舌が凍り付いたように言葉が出てこなかった。重く痺（しび）れたような頭の中で考えるのは、もうじき自分がヴィアを失うだろうという事だけだ。

　好きな女を手元に置き、守りたいというただそれだけの事が、自分には叶わない。政略的な結婚を拒否すれば、自分を信じてついて来てくれている者への裏切りとなるからだ。

「嫌だと言ってもいいんですよ」

　気付けば、間近に来ていたルイタスに顔を覗き込まれていた。

「だからと言って、何をして差し上げる事もできませんけど。でも、愚痴くらい言って下さい。一人で抱え込まれたら、どうしようもできないじゃないですか」

「お前は全く、昔と変わらないな」

アレクは笑おうとして失敗し、溜息のような息を吐いた。

父と祖父の犯した罪に悩んでいた時も、ルイタスはそうやって慰めようとしてくれた。アレクの立ち位置をきちんと知り、支えようと必死に手を伸ばしてくれた。

「まだ、時間はありますよ」

ぼそりと口を挟んだのは、グルークだ。

「列国から選ぶか、アンシェーゼの貴族から選ぶか、今、決めるのは早すぎます。皇后が先走っても、しばらく止める事は可能です」

つまり、時間の猶予はあるから、あまり落ち込むなと言いたいらしい。

「お前の慰め方は分かりにくい」

アレクは思わず苦笑した。アンシェーゼの第一皇子として生まれ落ちた事実を嘆いても何も変わらない。荷を背負ったまま進むしかないのだと、まだ少年のグルークに言い諭されていた事まで思い出してしまった。

「私は一生、女を好きになる事はないと思っていたんだ」

ぽつんと呟くように言ったアレクに、「ですよね」と妙に感慨深く同意してきたのはルイタスだ。

「何せ殿下は、女嫌いでしたから」

「どこがだ」

それまで黙って聞いていた寡黙なアモンが、その言葉には納得できないとばかりに憮然と口を挟んだ。

「今までの所業を思い出してみろ。女好きの間違いだろう」

思わず目を剝くアレクには、お構いなしだ。

ルイタスは、わかっていないな、と指を小さく振った。

「そこそこ遊んでいるというだけで、女を信用しない、執着しない、大切にもしない。自分に群がってくるのは、肩書に釣られた馬鹿ばかりだと思い込んでいる殿下は、政略で嫁いできた女性を取り敢えず正妃に据え、どの女性にも心を開く事なく、一人ぼっちで老いていくだろうと、私は最初から見切っていましたよ」

「そこまで言うか！」

余りの言われようにアレクは啞然とする。持つべき者は友だと密かに感動していた自分が馬鹿みたいだ。

「ちょっと待て。そういうお前はどうなんだ」

「私ですか？　私は殿下と違って、ちゃんと女性は好きですけど」

「十歳以上も年上の女のどこがいいんだ」

真剣な話をしていたのに、いつの間にか互いの暴露話となっていた。

下らない事を言い合いながら、鬱屈した思いを紛らわせるように卓子に置かれた酒を空ける。四人が四人とも酒豪なので、少々の酒で酔い潰れる事はない。

と、不意に扉の外が騒がしくなった。

アレク付きの騎士が声高に何かを言い合い、すぐに扉が叩かれる。三人が剣を握り直し、アレクを守るように立ち位置を変えた。

「入れ」

入った騎士は僅かに青ざめていた。

「何があった」

アモンが厳しい声で問いかける。騎士はアレクを仰ぎ、苦渋の声で報告した。

「マイアール妃が、先ほど皇子殿下を出産されました」

翌日、皇帝の口から発せられたのは、アレク達にとって思いもかけない宣布だった。

「皇位継承権を持つ男児が皇家に生まれたのは、十三年ぶりの慶事だ。国を挙げての祝祭をひと月後に執り行う」

皇子誕生から時を置かず、セゾン卿が進言し、皇帝が了承したらしい。皇后が口を挟む間もなかった。

「こちらが動く前に手を打ってきたか」

執務室に戻ったアレクは、もはや溜息しか出ない。おそらく皇子が生まれる前から、セゾン卿は手を打っていたのだろう。

今の勢力図では、マイアール腹の皇子は明らかに不利だ。国の行事に長年携わり、列国との繋がりが深い皇后の力は大きく、更にその皇后が生んだ唯一の皇子で、すでに成人皇族として務めを果たし始めている第一皇子を差し置いて、生まれたばかりの赤子を皇太子に据えたいと願うような中立派の貴族は、ほとんどいないからだ。

ディレンメル家とロフマン卿の姪との婚約も、その流れに輪をかけた。

だが、同時に皇帝の力は絶対的なものだ。皇帝が第三皇子を皇太子に据えたいという意思を鮮明にすれば、貴族らは表立って反対はできない。

「たかだか側妃が生んだ第三皇子を、皇后腹の第一皇子と同列の皇位継承者であると、国中に広めるつもりか！」

怒り心頭といった様子で吐き捨てるアモンに、ルイタスもまたうんざりとした口調で付け加えた。

「ついでに十日後には、列国の大使らを招き、三日三晩宴を開かれるそうですよ」

「本当なのか？」

アレクの問いにルイタスは苦い顔で頷き、お手上げとばかりにグルークが首を振った。

「こちらの事情に疎い列国の大使なら、第三皇子が皇位継承者に選ばれたと勘違いするかもしれませんね」

少なくとも第二皇子セルティスが生まれた時は、祝賀の類は一切行われていない。ツィティー妃が頑なに嫌がったからだ。そして歴代の皇帝の皇子誕生の例を紐解いても、皇后にすでに皇子がいる場合、側妃腹の皇子の誕生をここまで大仰に祝った事は未だなかった。

「皇帝は余程、私を皇太子に据えたくないようだな」

自嘲とも皮肉ともつかぬ口調で、アレクが呟く。

「そういう事です。あの方は皇国に、第二の勢力は不要と考えておいでですから」

「マイアール腹の皇子を皇太子にする気もないと？」

アモンが問い掛けると、グルークははっきりと頷いた。

「マイアール腹の皇子を皇太子に定めれば、今度はセゾン卿が権力を握っていく。皇帝はそこまでをセゾン卿に許す気はありません。ただ……」

「ただ、何だ」

「このまま生殺しのまま大人しくしているセゾン卿でもないでしょう。権力を盤石なものとするために、あらゆる機会を使って、皇后やアレク殿下の権威の失墜を図ってくる筈です。それ自体も、勿論注視していかなければなりませんが……」

グルークはそこで言葉を切り、アレクを正面から見た。

「殿下。我々が一番警戒しなければならないのは、時が動いた時です」

「時が動く？」

「二十二年前、人望も厚く、皇太子として過不足なかったヨルム皇子を弑したのは、パレシス陛下でした。つまり、セゾン卿にも同じ事ができる訳です。レイアトーを背後に従え、正当な皇位継承権を持つ皇子も手に入れた。皇帝陛下がお元気なうちは、セゾンも身を弁えているでしょう。けれど、皇帝陛下に何かあれば、アンシェーゼの宮廷は一時的に無法状態となります。つまり、王冠と錫杖を手に入れて即位の宣言さえ済ませてしまえば、後は何とでもなるのです」

三人は息を呑んだ。

「……もしかして、皇帝はそれを望んでいるという事かな？」

一番早く立ち直ったルイタスが、世間話でもするような口調でそう続けた。

「つまり、自分が生きている間は全ての実権を自分が握り、餌をちらつかせて臣下を振り回し、死んだ後なら国を二分する皇位継承争いが起こっても全く構わないと……」

「帝位欲しさに実の兄を殺した男が、いかにも考えつきそうな事だ」

アレクが吐き捨てれば、アモンが一応窘めるように、「殿下！」と口を挟んだ。

どこまであの男にうんざりさせられなければならないのだろうとアレクは唇を噛みしめる。民の命と生活を負うべき王冠の重みを、あの男は何故理解しようとしないのか。

「内乱が起これば、国は疲弊する。それだけはしたくない」

アレクの言葉に三人が頷いた。

「取り敢えず、貴族らの反応は見ておかなければなりませんね。それと宴に出席する列国の大使らには、アレク殿下の血筋の正当性と優位性を、しっかりと理解していただく事が肝要です」

どこから手をつけますかねと呟きながら、グルークは親指と人差し指で顎をさすった。考え込む時のこの男の癖だ。

「面倒なのは、ミダスで行われる国を挙げての祝祭も一緒でしょう」

勘違いする民も出てくるかもしれませんからと、呟くようにアモンがそう言った。


アレクらのこの懸念に対し、「大丈夫なのではありませんか？」とあっけらかんと答えてきたのは、弟のセルティスだった。

このところの鬱屈を晴らすようにアレクがアントーレで汗を流した後、セルティスを訪れると、姉に似てやや楽天的なこの弟皇子は、殊の外明るい声でそう進言した。

「何がどう、大丈夫なのです？」

アモンが眉宇を寄せると、セルティスは、「姉上がそう言っていましたから」と妙な自信を滲ませて言い切った。

つまり、月に一度、弟の顔を見にアントーレを訪れているヴィアは、国の祝祭行事を心配するセルティスに、下らない悩みだと一刀両断したらしい。

「姉上がおっしゃるには、皇都ミダスの街ではセゾン卿は大層不人気なのだそうです。あの御仁の領地チェリトはミダスに比較的近いのですが、ここ数年、チェリトで食いはぐれた民がミダスに多く流れ込んでいるのだとか。官吏が物を横流ししたり、賄賂が公然と行われていたりと、セゾンの欲深さがそのまま末端まで染み込んでいる感じらしいです。元々人望がないところへ、ミダスの祝賀ムード如何によっては、皇位継承戦争が起きるかもしれないと噂を流したら、民がセゾン卿ゆかりの皇子の誕生を祝福する筈がないと姉は言っていました」

二人は思わず唸った。宮中の流ればかり追っていたアレクらには思いもつかぬ発想だったが、確かに面白い視点かもしれない。

「皇都ミダスが戦場になる事を歓迎する民はいませんからね。思いっきり不穏な噂を流しておけばいいじゃないですか。そういうの、得意な人はいないのですか？」

「グルーク辺りが適任かもしれませんね」

笑いを堪えるように、アモンが答える。

実際、グルークなら張り切ってやってくれそうだ。民の間で祝賀ムードが尻すぼみになれば、セゾン卿の求心力も一気に落ちる。喜々として噂をばらまくだろう。

「父上も妙な欲は出さずに、早いところ兄上を皇太子に決めて下さればいいのに」

幾分うんざりとした口調でセルティスは続けた。

「どうせ、マイアール側妃の生んだ皇子を皇太子に据える気もないのだから、時間を引き延ばされても迷惑ですよね」

「殿下も、時間の引き延ばしだと考えておられるのですか?」

「母が生きていた頃からそうでしたから」

セルティスはそう言って、小さく溜息をついた。

「兄上が皇太子になってくれれば、私に対する風当たりも弱くなるし、そうしたら姉を市井に逃がしてやろうと母は考えていたのです。だから何度も父上に勧めていたらしいのに、父上はお聞き届けにならなくて。かと言って、私を皇太子に据えたいという感じでもなかったでしょう? だから、皇太子を決めたくないのだと」

あれほど寵愛していたツィティー妃の子を皇太子に据える気がなかったのなら、マイアール妃の皇子も当然そうだという事だ。

「踊らされているセゾンが気の毒ですか?」

そう言えば、「まさか」と、セルティスは即答した。

「あの御仁は、後々アンシェーゼの禍根となりますよ」

この温和な弟には珍しく、口調は辛辣だ。

「領地チェリトの支配を見れば一目瞭然です。あの欲深い男は本当に何も気付いていない。帝位は民の上に君臨して贅を貪るための椅子ではないというのに。あの庶民二人でもわかっていましたよ。だから、皇都ミダスの治安や貧民の救済に真摯に向き合われていた兄上の事を、すごく褒めていましたし」

「庶民二人？」

アレクが首を捻ると「母と姉です」と、セルティスは殊勝な顔で言い換えた。

「姉はよくミダスで噂を拾って来ましたからね。そう言えば、兄上の作られた救護院にも何度か行った事があると言っていましたが、お聞きになっておられませんか？」

「いや」

ただ、思い当たる節はあった。あの日、ミダスの下町を一緒に歩いた時、ヴィアは残っていたお金を救護院に寄付するよう、当たり前のようにエベックに頼んでいた。今思えば、それまでお忍びの度に寄付をしてくれていたのかもしれない。

「アレク兄上が皇太子になって、誰とでもいいから男の子を二、三人作ってくれたら、お前は安泰よって、あの頃は二人によく言われていましたね」

懐かしそうにセルティスは瞳を眇める。

「私もいい加減病弱なふりは飽きていましたし、あのままではどこの騎士団にも所属できずに皇宮に飼い殺しになるところでしたから、少しばかり焦っていました」

自分達が知り合う前からヴィアが自分を評価してくれていたという話には元気が出たが、誰とでもいいからといった下りでアレクは微妙にへこんだ。

広い肩を心なしか落としたアレクを横目で見ながら、アモンは「大変参考になる意見でした」と締めくくる。正妃選びを思い出して憂鬱になる皇子の気持ちが手に取るように分かり、出そうになる溜息をすんでのところで飲み下した。

その二刻ほど前、セルティスの言う庶民はひどく憂鬱そうな顔で、お稽古の時間を待っていた。

「妃殿下、よろしいでしょうか」

「ああ、乗馬服が届いたのね」

エイミが持ってきた衣装に目を留め、ヴィアは溜息交じりに笑う。

「エベックはもうすぐ迎えに来るのよね」

問うと、エイミは「はい」とにっこり笑った。

これからヴィアは初めての乗馬の練習である。何といっても病弱な皇女という設定であったため、ヴィアは乗馬だけはしていなかった。

セルティスもアントーレに入って初めて乗馬を習ったようだが、元々運動神経は良かったらしく、今は難なく馬を乗りこなしている。

「わたくしに乗馬の才能はあると思う？」

エイミに聞くと、困ったように、さあと首を傾げられた。

乗馬は貴婦人の嗜みではあるが、今更この年で練習する気にもなれず、ヴィアは放置していたのだが、よりによって皇后から遠乗りに誘われる羽目になってしまった。皇后の趣味が乗馬だとは聞いていたが、付き合わされる身には堪らない。……それともこれは、手を変えた嫌がらせなのだろうか。

「落ちたら痛そうだわ」と呟くと、「危ないので落ちないで下さいね」と真剣な顔で返された。それは自分ではなく、馬の方に言ってもらいたいものだとヴィアは思う。

　乗馬の訓練は、アントーレ騎士団の馬場を貸してもらえる事になっていた。

　定刻通り迎えに現れたエベックは、その後、付きっきりでヴィアに乗馬を教えてくれたが、思ったより馬の背は高く、手綱をしっかり引いてもらっていても、ヴィアにはただ怖いとしか感じなかった。

　聞くところによると、皇后はとても優美に馬を乗りこなされるそうだ。乗馬服にも拘り、様々な意匠の乗馬服を作らせて、乗馬を楽しんでいると人の噂に聞いた。

「妃殿下も乗馬服がとてもお似合いですよ」とまずは見掛けからエベックに称賛してもらったが、全くやる気は出なかった。

　半刻ほど練習し、上達の気配がほとんど見られないヴィアは、心底嫌になってしまった。エベックに訓練を中断させ、木陰に置かれたベンチに座り込んでしまう。

「何か、飲むものをもらって来ましょう」

　気遣ったエベックがそう言ってくれたので、ヴィアは大人しく待っている事にした。考える事はたくさんあるのに、よりによって、こんな時に乗馬に誘ってきた皇后がつくづく恨めしい。

結局、マイアール妃が産み落とした皇子は、ロマリスと名付けられた。

宮中での祝賀行事は三日三晩続き、ヴィアもアレクと共に祝賀の宴に出席したが、決して気分のいいものではなかった。

皇后は気分不良を理由に全ての祝賀を欠席したが、アレクは第一皇子として場に姿を見せ、ヴィアもまた華やかに着飾ってすべての行事に従った。

美しさは武器になるというのは、母からよく聞かされた言葉だ。清楚だが、気品を感じさせるヴィアの美しさに列国の貴族らは群がってきて、ヴィアは気の利いたやり取りで場を盛り上げ、請われれば微笑んでその手を取り、軽やかにダンスに興じた。

権力のあるところには、様々な人間の欲が渦巻く。

母ツィティーは政治から一歩身を引いていたので、貴族らが欲に翻弄される姿を他人事として面白がっていたようだが、ヴィアは違う。宮廷全体が第一皇子派と第三皇子派、そして中立派に分かれて対立を深めていく様相はヴィアにはただ恐ろしく、ひたすらアレクの身が案じられた。

一番苛立たしいのが、その対立をわざと煽っている皇帝だ。一応義父なので挨拶には赴いたが、「ヴィアトーラ」と猫なで声で名を呼ばれた時には、思わず鳥肌が立った。

母ツィティーはどのような思いで、あの男に身を任せていたのだろうか。自分やセルティスを守るために耐え抜いた母の無念を思うと、今更ながらに胸の蓋がれる思いがする。

母は、侍女やセルティスにも、決してヴィアの事を「ヴィアトーラ」と呼ばせなかった。せめてもの抵抗であったのだろう。

「ヴィア」

突然覚えのある声がヴィアを呼び、物思いにとらわれていたヴィアは驚いて顔を上げた。この場で聞く筈もない声だったからだ。

宿舎のある南の方へ視線を向けると、騎士に囲まれた一人の青年が足早にこちらに歩み寄ってくる。

「殿下？　一体どうなさったのです？」

「それはこちらのセリフだ。何故こんな所にいる」

アレクの後ろを見ると、同じように驚いた様子でこちらを見つめるセルティスとアモンの姿があった。

「乗馬の稽古です」

「乗馬？　まさか乗れないのか？」

半刻以上も必死で練習して、ほとんど上達の見られなかったヴィアは、呆気にとられたようなその言葉に、何だかものすごくむっときた。

「馬なんて人の乗るものではありませんわ！」

ヴィアが癇癪（かんしゃく）を起こす姿など見た事がないアレクは、びっくりしたように瞠目したが、すぐに余程下手なんだと思い当たったらしい。面白そうにその瞳が細められた。

「人間以外の何が乗るんだ？」

「存じません！」

少なくともヴィアにとっては、人間の乗るものではなかった。乗り慣れない馬に乗り続けていたせいで、お尻も赤くなっている気がする。伽に呼ばれない身で良かったと、ヴィアは変なところで安堵した。

「馬は賢い生き物だ。怖がるから向こうも怯える」

アレクはそう言うや、いきなりヴィアの手を摑んで歩き出した。

「何をなさるのです」

騒ぐと人目を引くので、引っ張られながら小声で尋ねかけるしかない。いいからついて来いと問答無用で引っ張られ、ヴィアは思わず後ろのセルティスを振り返った。

セルティスは何故か楽しそうに唇の端を上げていた。目が合うと、「頑張って下さい」と唇の動きだけで伝え、小さく手を振ってきた。

アレクは自分の愛馬に鞍（くら）をつけ、自分の前にヴィアを乗せた。ヴィアの体を抱く形で手綱を取り、ゆっくりと並足をさせる。

「怖いなら私に凭れていろ」と言われたが、ヴィアは首を振った。背中にアレクの温もりがあるから今は怖くない。怖いどころか、馬上から見る景色が楽しく思えてくるから不思議なものだ。

一方のアレクはこの状況を楽しんでいるのか、妙に機嫌が良かった。

「馬にも乗れないなんて、貴方の側妃失格ですわね」と言えば、「お陰で堂々とお前を抱いて馬に乗れるから悪くない。それにこれなら、二人きりで話もできるしな」と言われて、最近は二人で会話らしい会話もしていなかったとヴィアは気が付いた。

公の場で顔を合わせる事はあるが、私的な語らいなどとてもできなかったからだ。

「こうしてのんびりお話しするのも久しぶりですわね」

アレクが部屋を訪れた時は、問答無用で抱きしめられて口づけされているので話どころではない。まあ、その原因の半分は自分にあるので（ヴィアもアレクを挑発しているという自覚は多分にあった）、ヴィアは賢明にその事については触れなかった。

「これでは早駆けなんてとても無理だろう。私から皇后に言ってやろうか？」

「最初の四回までは自分でお断りしますから、どうぞご心配なく」

「四回？　理由は？」

「一回目は頭痛。二回目は眩暈。三回目は腹痛。四回目は単なる気分不良」

「それでいいのか？」

聞かれてヴィアは肩を竦めた。

「多分わたくしが乗馬をできない事は、もうご存じだと思いますのよ。どちらにせよ、断りの返事が続けば、気付かれるでしょうし。なのに貴方に庇われでもしたら、余計皇后陛下のご機嫌が悪くなりそうですわ」

こうやって地道に練習していれば、そのうち上達しますわとヴィアは笑った。余りに下手すぎて、気のいいエベックにまで可哀相な目で見られた事については黙っておこう。

「そうだ」

ふと思い出したように、アレクがヴィアを見下ろした。

「面白い事をセルティスに言っていたようだな。お前が言うように、民の間に種を蒔いておこう。皇都ミダスの祝賀ムード如何によってセゾン卿が野心を抱き、ミダスが戦場になるかもしれないと、な」

「芽は出ますでしょうか?」

「ああいう陰険なのは、グルークの得意分野だ」

その言葉に、ヴィアは笑った。ならば民の方は問題ない。

「アンシェーゼに内乱が起きると、列国がこの機に乗じて戦を仕掛けてくるという噂がありますが、本当ですの?」

「ないとは言えない」

だが、させるつもりもないとアレクは言い切った。

「ルイタスが列国の情報を集めている。いくつかの弱みを握って、今暫く動けないようにしておけばいいだけだ。あるいは、騒乱の芽を植え付けておくという手もある」

策についてはいくつか考えてあるとアレクは続けた。

「今のパレシス帝が政権をとった時、皇帝が代替わりしてもすぐに国が機能するように根回しをされたのは、故ディレンメル宰相と聞きました。外交と内政と軍事力。この三つの舵取りができていれば、取り敢えず国は立ちゆくのだと」

「誰がそんな事を？」

「ディレンメル家の現当主、リゾック様ですわ」

皇后はツィティー妃とその娘ヴィアを敵視しているが、当代の当主リゾックにはヴィアに対する蟠りはない。老獪な政治家であった祖父や父親のような賢しさはなかったが、穏やかな誠実さに溢れていた。

「それを聞いた時、思いましたの。皇后陛下はそうやって、殿下の友となる側近を選ばれたのだと。外交面は、人当たりがよく、機微を見るのに長けたルイタス様、内政面は知略に優れたグルーク様、そして軍事力を有する、誠実で信頼のおけるアモン様。そう気付いた時、皇后陛下は恐ろしい方だと思いましたわ。皇帝がツィティー妃に現を抜かしている間に、着実に覇権への手を打っていらした」

「セルティスの事を案じているのか？」

「いいえ。今はセルティスの事など、皇后陛下の眼中にはないでしょうから」

今の皇后の関心は、ロマリス皇子とセゾン卿だ。

何か事が起こった時、あの皇后なら時を逃さず、どんな残忍な手を使ってでも、このアンシェーゼを手中にしようとするだろう。それが心強くもあり、怖くもある。その最終的なツケを支払わせられるのは、アレク殿下なのだから。

「わたくしが、いつか殿下から離れると言った言葉を覚えておいでですか?」

「その話は聞きたくない」

アレクは不機嫌そうに遮った。が、ヴィアは譲らなかった。

「殿下。殿下にはしっかりとした正妃様が必要です」

考えたくなくて、ずっと目を逸らしてきた。だが、マイアール妃が男児を生んだ今、足踏みしている時間はない。

「皇后陛下以外にも殿下をお支えする立場の方が、殿下には必要です」

「聞きたくないと言った筈だ!」

アレクは思わず声を荒らげた。正妃を迎えれば、ヴィアは去っていくだろう。わかっていて口にするヴィアに、アレクは怒りすら覚えた。

ヴィアを失う事は耐えられない。伽に呼ぶ事ができなくても、その姿を見て声を聞き、こうして僅かでも時を重ねられるなら、アレクにはそれで満足だった。

「……わたくしは紫玉宮で泣いた事はないのです」

ふっと声を和らげて、ヴィアはそうアレクに語りかけた。

「泣いてはいけなかったのです。一番辛いのは母でしたし、セルティスもまた、暗殺を恐れてずっと紫玉宮に閉じ込められていましたから。自由にさせてもらったのは、わたくしだけ。だから、あの二人の前で泣く事はできませんでした」

「……お前は、私の前ではよく泣いた」

「初めて伽に呼ばれた時、それまで自分がとても寂しかった事に気が付いたのです。殿下の腕の中は温かくとても心地が好くて、ずっとこのまま守られていたいと思いました。けれど半面、殿下の庇護を受けるために体を売ったのだと思っていましたから、自分がひどく醜く思えて、わたくしはとても混乱しました」

「ヴィア……」

あの晩の事をアレクも静かに思い出していた。涙を零すヴィアに戸惑い、泣いているのなら宥めてやればいいと、おそらくその程度の気持ちでヴィアを腕に抱いていた。けれど今ならば、ヴィアの気持ちが少しはわかる気がした。ヴィアは本当に、どうしていいかわからなかったのだろう。

「夢に魘されて泣く日があっても、一人で布団を被って泣いていたから、誰にも気づかれる事はなかったのです。泣き止むまであやしてもらったのも、初めてでした。わたくしが怪我をして殿下としばらく会えなかった時、仕方がないと分かっていたのに、寂しくて堪りませんでした。楽しい事を考えようとしても楽しい事が心に浮かばず、何もかも辛くなって泣いていたら、殿下が来て下さったのです。殿下に抱きしめてもらっていたら、寂しい事も辛い事もいつの間にか消え去って、笑う事ができました」

ヴィアは腰に回されたアレクの腕に、そっと自分の手を重ねた。

「殿下。わたくしは貴方を失う事が怖いのです。殿下を取り巻く環境は余りに過酷で、殿下にもしもの事があったらと思うと、わたくしは怖くて堪りません」

「私は殺されるつもりはない」

アレクの言葉に、けれどヴィアは首を振った。

「わたくしの命を守るために殿下がわたくしを遠ざけられたように、殿下のお命が保障されるなら、貴方が正妃を迎え入れてもわたくしは耐えられます」

「苦しめているのは、結局、私だな」

アレクは溜息を零した。

「お前には何もしてやれない。泣かせるばかりだ」

ヴィアは小さく微笑んだ。

「貴方が生きていて下さるなら、どんな事でも我慢できますわ」

第三章　政治が動く時

Karisome Chouhi no Pride

その夢を見たのは、それから五日後の事だった。見事な黒馬に横乗りし、優雅に乗馬を楽しんでいた皇后が、突然足を乱した馬に大きくバランスを崩し、悲鳴を上げた。身に着けておられるのは、タフタリボンのついた濃紺の乗馬服だ。驚愕に目を見開き、恐怖の表情を浮かべた皇后が空に放り出されていく。

それは恐ろしい光景だった。地面に頭から叩きつけられた皇后の体は一度大きく跳ね、どさりと地面に落ちていく。首を変な風に曲げたまま、皇后はもうピクリとも動かなかった。

悲鳴を上げて寝台から飛び起きたヴィアは、両腕で自分の体を抱くようにして、荒い息を繰り返した。背中にはびっしょりと汗をかいている。縋るように寝衣を摑んだ指は細かく震えていた。

我に返り、とっさに案じられたのは殿下の身の上だった。今、皇后陛下を失えば、アレク殿下の足元が完全に揺らいでしまう。

まだ、猶予はある。ヴィアは、自分を落ち着かせるようにそう心に呟いた。朝になればすぐにこの夢を殿下の元に伝えよう。殿下はすぐに手を打って下さる筈だ。

今日はもう眠れそうもないと、諦めて寝台から足を下ろそうとしたヴィアの耳に、遠くから喧噪が聞こえてきた。こんな真夜中にと思うが、確かに宮殿全体がざわめいている。

「妃殿下、起きておいででしょうか？」

やがて遠慮がちにかけられた侍女の声に、ヴィアは「ええ」と答える。乱れた髪を手で撫でつけ、扉に歩み寄った。

「入って。何があったの？」

侍女の顔は真っ青だった。扉の向こうでは、混乱して泣き咽ぶような声や怒号のような声さえ聞こえてくる。

「大変でございます。陛下が……」

「陛下が？」

水晶宮が襲撃されたのかと一瞬覚悟した。皇帝陛下はともかく、セゾン卿なら名を騙って、殿下を襲うくらいの事はやりかねない。

「急に胸を押さえてお苦しみになり、先ほど身罷られたと」

「……………！」

思い掛けない報らせに、ヴィアは言葉も出なかった。信じられないという思いばかりが頭の中を回っている。五十間際とはいえ、子をもうけたばかりの皇帝だ。持病があったという噂も耳にしていない。

「……死因は？」

掠れた声で、侍女を質した。侍女は動揺を隠せぬまま小さく首を振った。

「今、調べがなされているそうです。夕刻にマイアール妃と食事を共にされ、今宵は一人でお休みになっていたと」

では、毒殺も疑われているのだ。ヴィアは忙しく頭を巡らせた。

おそらく、マイアール妃は陛下を毒殺などしていない。皇都ミダスで行われる祝祭行事の日取りさえまだ決まっていないのだ。今、皇帝を殺しても、マイアール妃には何の利もないだろう。

それでも、マイアール妃が最後の食事を共にとったという事実は、この先、あの側妃に重くのしかかっていく。智謀に優れたあの皇后がこの好機を見逃すとはとても思えないからだ。

「神よ」

思わず言葉が口をついて出た。祈るのは、テルマの民が信仰する神だ。

これから政局は一気に動くだろう。あの抜け目ないセゾン卿がこの不利な状況に甘んじている筈がない。暫定的に権力を振るう皇后から身を守るために、あの男は何をするだろうか。

寝衣の上にガウンだけを羽織り、ヴィアは侍従長の許に急ぎ案内させた。とにかく情報が欲しかった。

「殿下は今、どこに？」

ヴィアを出迎えた侍従長は、真夜中だというのに身だしなみを整え、襟元まできっちりと釦を留めていた。その表情は落ち着いており、一切の動揺をヴィアに悟らせない。

「護衛騎士を七人ほど連れて、そのまま皇帝宮へと向かわれました」

「皇帝宮……。皇帝宮には何があるのです？」

ヴィアには、アレクがただ父親の死を悼むためだけに、皇帝宮に足を運んだとはとても思えなかった。

「皇帝の寝所には、皇家の宝物庫の鍵が保管されております」

「宝物庫に何が……。あ……」

尋ねようとして、ヴィアはすぐにその答えに辿り着いた。

「戴冠に必要なものがある、そういう事なのですね」

「はい」

侍従長は頷いた。

「宝物庫には皇冠と錫杖がしまわれております。そしてこの鍵は、たとえ皇族であっても、勝手に持ち出す事は許されません。七人の儀典官が揃って初めて、持ち出しが許されるものですから」

「では即位するためには、皇帝の寝所を押さえておかなければならないと？」

「その通りです」

ヴィアは唇を噛みしめた。アレクが瞬時に、皇帝宮を押さえるために動いたように、セゾン卿もまた同じ事を考えついた筈だ。

「七人……。七人の護衛騎士しか、今、殿下の傍にいないのですね」

恐怖に崩れそうになる体を、ヴィアは必死に支えた。

「アモン様に連絡は？」

「護衛騎士の一人がアントーレ騎士団へ向かいました」

「そう」

ヴィアは瞳を閉じ、大きく息を吐いた。

間に合いますように……。ヴィアにはもう祈る事しかできなかった。セゾン卿がレイアトー騎士団を動かす前にアントーレの軍が集結できれば、殿下の身は守られる。

「エベックをすぐに呼んで下さい。後、この事をロフマン騎士団に知らせましたか？」

ヴィアが問うと、侍従長ははっとしたように顔を上げた。

「いいえ。まだ知らせておりません」

「水晶宮の守りをお願いしようと思います。侍従長はどう思われますか？」

「それがよろしいかと。すぐに手配いたします」

ヴィアは小さく頷いた。

「それから、アントーレに使いを。アレク殿下の指示があるまで、決してアントーレを動かないようにと、セルティスに伝えて欲しいのです」

「わかりました」

第二皇子として父親の亡骸に会いに行くのは、政情が落ち着いてからでいい。今、皇帝宮に行ってもセルティスには何もできないし、下手をすればそのまま殺されてしまうだろう。

侍従長が前を下がると、ヴィアは一つ息をつき、付き従っていた侍女を振り返った。

「着替えます。わたくしを手伝って」


その頃ルイタスは、端整な顔を強張らせ、供一人を連れて夜の回廊を駆けていた。

皇帝崩御の知らせがもたらされたのが、ちょうど半刻前。あと四半刻もすれば夜も白み始めるのだが、この時間帯はまだ深い闇に覆われて、回廊に等間隔に置かれた燭台の灯(あか)りがどこか不気味に揺れ動いていた。

報せを受けた時、ルイタスは最初冗談にしか思えなかった。ルイタスの知る限り、皇帝に持病はなく、体の不調も訴えていなかった。

　アレク殿下は直接、皇帝宮に向かわれた筈だとルイタスは当たりをつけたが、その読み通り、ルイタスが皇帝宮に着いた時、皇帝の寝所は既にアレク殿下によって封鎖されていた。護衛の騎士を連れて駆け付けたアレク殿下が寝所に入り、その場で侍医団を拘束したのだと言う。

　宮殿の中は異様な雰囲気に包まれていた。皇帝崩御という恐ろしい事態に仕える者達は完全に浮足立ち、怯えたように侍女達がすすり泣く声が、闇に浮かぶ皇帝宮を更におどろおどろしくさせている。

　他の貴族達の姿はまだなかった。皇帝崩御の知らせは、複雑な手順を踏んで身分の高い順から知らされていく。今はようやく、皇帝宮の侍従長から皇后陛下の許へ奏上された頃だろうか。

　ただ、正式な使者が皇后宮を訪れる前に、すでに皇后陛下はこの情報を摑んでいると思われた。アレク殿下が時を置かず皇帝の死を知ったように、皇后もまた、自分の息のかかった者を皇帝宮に送り込んでいる筈だった。

　皇帝の寝所に近付くと、扉の前で警護していた馴染みの護衛騎士が、すぐにルイタスを中に通してくれた。

　広々とした控えの間に入ると、侍医団が床に座り込み、それを二人の騎士が見張っている。こちらも皇子の護衛騎士で、ルイタスを見ると敬礼してきた。

「グルークは？」と聞くと、護衛騎士は「おいでです」と答える。

どうやら自分は、グルークに後れを取ったようだ。

「遅くなりました」

寝所に入ると、皇子は今後どう動くべきかグルークと詰めているところだった。ルイタスの姿を認めると、ほっとしたように軽く頷いてくる。

真夜中とはいえ、皇子はきちんと身だしなみを整え、正装に近いジャケットをすっきりと着こなしていた。ただ、やはり慌てていたのだろう。殿下には珍しく、シャツの襟元の飾り釦が二つ外れていた。

「外はどうだ？」

聞かれて、「まだ他の貴族は誰も姿を見せておりません」と答える。

そしてルイタスはどうにも殿下の襟元が気になったので、手を伸ばしてシャツの釦を嵌めた。皇子はルイタスにされるがままだったが、面倒くさそうに顔は顰められた。

これからの数刻で、生き残れるかどうかが決するだろう。こうした非常時にも拘わらず、平静さを失う事なく前を見据えている皇子の姿に、ルイタスは取り敢えずほっとした。

「セゾンも直に駆け付ける筈だ。どちらが先に軍を動かせるか……、賭けだな」

「そうですね」

ここから先は運になる。皇帝の寝所はひとまず第一皇子が押さえたが、セゾン卿もすでに動き出している筈だった。到着が遅れているという事は、レイアトーの軍が到着するのを待っているのかもしれない。

アントーレとレイアトー。早く軍を動かせた方がアンシェーゼの覇権を手にする事ができる。

「アモンが来るまで、何としても持ちこたえなければなりませんね」

寝所にいるのは、皇子とグルークと自分だけだ。後は控えの間に二名と扉の外に五名。いずれも腕に自信のある騎士だが、たった十名でどこまで粘れるかわからない。あとは内側から鍵を掛けて時間稼ぎをするしかないが、扉ごと押し破られてしまえばおしまいだ。

こんな風に漫然と待っている時間が一番堪えがたかった。ルイタスは手にした長剣を握り直し、自身を落ち着けるようにゆっくりと息を吐き出した。

ふと隣の皇子を見ると、こと切れている皇帝を無表情に眺め下ろしていた。ルイタスはふと思いついて聞いてみた。

「どのようなご最期だったのですか？」

あれだけ権勢を振るっていた男が、今は土気色の塊となって寝台に転がっている。それがルイタスにはひどく滑稽に思えた。

「夜中に突然、胸の辺りを押さえて苦しみ出したらしい。駆け付けた侍医団が手当てする間もなかったようだ」

何の感慨もなく言い捨て、「呆気ないものだ」とアレクは端的な感想を漏らす。

「こちらにとって幸運だったのが、昨晩たまたま夕食を共にしたのが、マイアール妃だという事です」

そう言葉を足したグルークは、ちらりと控えの間に続く扉を見やった。そこには、診察した侍医団が拘束されている。

「しかも夕食を共にするよう陛下に頼み込んだのがセゾン卿だ。陛下の寵愛を周囲に見せつけようとした事が見事に裏目に出たな」

アレクが皮肉げに唇を歪めた時、不意に扉が激しく叩かれた。グルークが扉を開けると、顔を強張らせた護衛騎士が駆け込んできて、皇子に敬礼した。

「申し上げます！　マイアール側妃殿下とセゾン卿が、ただ今お越しになりました！」

室内の三人は、すっと表情を硬くした。皇子が鋭く問い質す。

「護衛はどのくらい連れて来ている」

「三十名近いかと」

「まずいな」

ルイタスは思わず呟いた。火急の時にも拘らず、セゾン卿はよく人数を集めたものだ。逆に言えば、それだけの人数を揃えていたから、動きが鈍かったのだとも言えるのだが。

「寝所には絶対に入らせるな」

アレクが厳しい声で命じ、騎士がはっと敬礼して出ていく。

「私が足止めをしてきます」

ルイタスはさらりとそうアレクに告げ、剣を片手に戸口へと向かった。アモンが騎士を引き連れて来るまで、何としても時間稼ぎをしないといけない。


「私がセゾン卿と知った上での狼藉か？」

扉の外は大騒ぎになっていた。侍女や侍従達の前で入室を断られたセゾン卿は、阻んだ護衛騎士達に怒り狂い、今にも自分の騎士をけしかけようとするところだった。

「何事です」

廊下に出て来たルイタスは、後ろ手にしっかりと扉を閉めると、何食わぬ顔でセゾン卿と対峙した。

かちりと背後で小さい音がした。控えの間にいる騎士が、鍵を閉めたのだろう。

ルイタスは、扉の前に仁王立ちする護衛騎士らを宥めるように彼らの正面に立った。今にも剣の柄に手を掛けようとしていた双方の騎士達の空気が、ふっと緩む。

「皇帝陛下が崩御されたばかりなのに、このように騒がれるとは」

　セゾン卿の騎士らを目で牽制しつつ、ルイタスは穏やかな口調で言葉を紡ぐ。

「アレク殿下は今、父君と最後のお別れをなさっております。一臣下に過ぎぬ者がその中に立ち入れるとお思いですか？」

　相手が悪いと、セゾン卿は歯噛みした。円卓会議でも上席を占めるラダス卿の嫡男で、アレク皇子の側近として名高いルイタス・ラダスだ。護衛騎士らは、側妃の威光で何とかなっても、ラダスは動かせない。分け入るならば、剣を抜く覚悟がいる。

　だが、セゾン卿にとっても、これが最後の機会だった。このまま寝所を第一皇子に占拠されれば、ロマリス皇子に未来はない。

「陛下の寵愛を受けておられたマイアール側妃殿下には、その権利がある。ご寵愛も深く、先日、皇子殿下を出産されたばかりだ！」

　周囲に響き渡るような大声でセゾン卿は言い放ち、護衛騎士の後ろに隠れるように立っていたマイアール妃を無理やり前に押し出した。

　寝ていたところを叩き起こし、そのまま連れて来たのだろう。簡素なドレスに髪を結っただけのマイアール妃は、人目を避けるように扇で顔を隠し、いつもの高慢さの欠片もなかった。

「これは妃殿下。お越し頂いて、陛下もさぞお喜びになられるでしょう。ただし、ご入室はまだお控え下さい。直に皇后陛下が来られます。皇后陛下より先にお通しする訳には参りませんので」

慇懃な口調で正論を述べるルイタスに、セゾン卿は声を張り上げた。

「マイアール側妃殿下は、皇位継承権を持つ皇子殿下を生み参らせた身ぞ！　臣下の分際で、妃殿下をお止めする権利があると思うか！」

セゾン卿の後ろに控える騎士らも、口々にそうだ！　と叫んでくる。この場で一番位が高いのはマイアール妃だ。その威光で押し通そうというのだろう。

「申し訳ございません。皇后陛下より先に側妃殿下をお通しする事は礼に反します」

ルイタスは笑みを湛えたまま、同じ言葉を繰り返した。

両者の空気は瞬く間に剣呑になってゆき、おろおろと様子を窺っていた侍従達がそろそろと後ずさる。

「陛下は、心底マイアール妃を愛しておられた！　そのマイアール妃を通さぬと言われるのなら、こちらにも覚悟がございますぞ！」

ルイタスを睨みつけるセゾン卿の目に、狂気にも似た苛烈な光が浮かんだ。

突破する気だとルイタスは思った。中に押し入って第一皇子を殺し、皇帝の寝所を占拠する。ここで退けば自分に未来がない事を、セゾン卿も知っているのだ。

「皇帝は、ロマリス皇子殿下こそが、次代の皇帝にふさわしいと私におっしゃった！」

大音声でそう叫び、セゾン卿は剣を引き抜いた。

それが合図だった。セゾン卿の背後に控えていたレイアトーの騎士達が、一斉に剣をきらめかせる。

　侍女達の悲鳴が上がる中、ルイタス達も剣を抜いた。こちらの手勢は僅か六名だ。嬲（なぶ）り殺しにされるのはわかっていたが、一人でも多くの騎士を倒しておかなければならなかった。

「第一皇子殿下に剣を向ける気か！」

　ルイタスの怒号は、部屋の中に聞こえている筈だ。控えの間にいる騎士達が、調度でも何でも動かして、障壁を築いてくれる事をルイタスは願った。ここにいる騎士のすべてが殺されたとしても、アレク殿下さえ生き残ってくれれば、希望は繋げる！

　両者が今にも斬り結ぼうとしていた時、地響きのような足音が回廊の向こうから聞こえてきた。どちらの軍服か見極めようと、双方は抜き身の剣を振りかぶったまま、目を凝らす。

　ルイタスの口から、期せずして安堵の息が漏れた。

　近付いてくるのは、濃紺の軍服の集団だった。アモンが間に合ったのだ！

　武装した一個小隊が場に駆けてくるのを見て取ったセゾン卿は、己の敗北を悟って、呻き声を上げた。思い描いていたすべての未来図が霧散していった瞬間だった。

　一刻の猶予もならなかった。セゾン卿は「退け！」と叫ぶや、マイアール妃の腕を引（ひ）き摺（ず）るようにして遁走（とんそう）していく。レイアトーの騎士らも、ルイタスらを威嚇（いかく）しながらも一人、二人と踵を返し、セゾン卿の後を追って逃げて行った。

ルイタスの側にも、追いかけるまでの余力はない。一番に友の許に走り寄ってきたアモンに、ルイタスは「助かった」と囁き、肩の辺りを軽く小突いた。

アントーレ騎士団の到着はすぐに室内に知らされ、歓声とともに扉が開かれた。数名の騎士が皇子の護衛のために控えの間へ入っていく。

アモンは中に入らず、そのまま扉の入り口を守った。もしセゾン卿が兵を率いて引き返してくれば、ここは戦場となる。指揮官であるアモンが場を離れる訳にはいかなかった。

回廊には、噂を伝え聞いた廷臣らが少しずつ集まり始めていた。皇帝崩御の報せに取り急ぎ駆けつけてきた高位の貴族らは、場を埋めるアントーレの軍勢に第一皇子の優位を感じ取り、互いに顔を近づけるようにして何事かを言い合っている。悲しんでいる者はいなかった。皇帝の死去という余りにも大きな非日常に興奮を覚えるのか、誰も彼もが奇妙な昂揚感に押し包まれていた。

その様子をルイタスはじっと眺めていた。万が一にもセゾン卿の方に流れを誘導しようとする者がいれば、すぐにでも割って入る気でいたが、今のところその心配はなさそうだ。セゾン卿と親しかった者たちは一様に諦め顔で、大人しく口を噤んでいる。

いつの間にか外はすっかり明るくなっていた。

やがて回廊の向こうからざわめきが波のように近付いてきて、それに気付いた者達が、誰からともなく道を開けていった。人垣が割れて作られた一本の道を、臣下を従えた一人の女性が威風堂々と歩み寄ってくる。

　皇后トーラだった。

　ルイタスは感嘆とも苦笑ともつかぬ笑みを口元に浮かべた。これほどの身支度をしていたなら遅れるのも道理だと心に呟くが、その威厳ある姿に圧されたか、居並ぶ廷臣らが一人また一人と跪いていく姿は壮観だった。

　皇帝の寝所の扉を取り囲むアントーレ騎士団の面々を満足そうに眺めやった皇后は、礼を取るアモン・アントーレに小さく頷き、その横で平伏する皇帝の侍従長の前でゆったりと立ち止まった。息を呑んで見守る廷臣らの前で、皇后は既に答えを知っている問いを改めて口に乗せた。

「陛下は昨晩、どなたと寝所を共にされていたのか」と。

「どなたもご一緒ではございません。昨晩は一人でお休みでした」

「では、夕食は誰かと共にしましたか？」

　侍従長は、落ち着きなく視線を彷徨わせた。皇后が自分に何を言わせようとしているのか、そして誰を選ばせようとしているのかが、分かったからだろう。

「隠さなければならないような者か？」

　皇后の口調がきつくなる。

「滅相もございません」

　侍従長は平伏した。皇后の怒りを感じ取り、望まれる言葉を言うしかない。

「マイアール妃殿下にございます」

マイアール妃を拘束せよという命令が皇后の口から放たれたのは、その直後だった。陛下の死に大きく関わっている可能性がある。すぐに身を確保して取り調べよ、と。

皇帝が崩御し、皇太子すらも定まっていないアンシェーゼで、今、権力の頂点にいるのは皇后だった。皇后の命を受け、伝令がすぐさま、アントーレ騎士団の本陣へと向かっていく。

そして皇后は、おもむろに寝所の中へと入ってゆき（皇后が皇帝の寝所に入ったのは、二十年ぶりではないかと後に散々揶揄されたものだが）、皇后派の貴族らが、我が物顔で寝所の扉に近い場所を陣取った。この後は、暫定的に皇后が皇国を動かし、順当にアレク殿下が即位する事になるだろう。

二十二年前と同じ流れになるなとルイタスはふとそう思った。

皇帝が亡くなったばかりの混乱の中、皇太子までが命を落とし、その間隙を縫って、予め根回しを済ませていた宰相ディレンメルが形ばかりの選定会議を開いた。あの時、ディレンメル卿が皇子パレシスを皇帝に押し上げたように、今度は皇后が会議を主導する。

アントーレ騎士団は、マイアール妃を拘束できるだろうかと考え、時間的に厳しい筈だとルイタスは結論付けた。マイアール妃とロマリス殿下は、セゾン卿にとって最後の命綱だ。おそらく今頃は二人を連れて、レイアトー騎士団の要塞に逃げ込んでいるのではないだろうか。

一方、列国の動きもルイタスには気になった。今日明日中には、パレシス皇帝の死が列国に知れ渡るだろう。弔問に訪れる者達は、皇太子の定まっていないアンシェーゼが荒れる事を半ば想定して、様子を窺ってくる筈だ。グルークの言っていた策が、うまく機能するとよいのだが。

と、ほどなく小さなざわめきが回廊の間に広がり、皇帝の第五皇女マイラが母セクトゥール妃に連れられて姿を現した。皇帝宮が落ち着いたと聞き、皇帝陛下に最後の挨拶をしにやって来たのだろう。

ルイタスが重大な事を見落としていたと気付いたのは、その瞬間だった。

「セルティス殿下は？」

動揺のあまり、口調から感情がすっぽりと抜け落ちた。アモンは何を分かり切った事をといった目で友を見た。

「アントーレで保護している」

当たり前の事だ。アンシェーゼの覇権を取るために、一刻も早く皇帝の寝所に駆け付けなければならなかったアレク皇子と違い、セルティス皇子にはそれ程の必然性はない。むしろ、御身の安全を考えて、アントーレの奥深くに囲い込んでいる筈だ。

ならば、水晶宮はどうなっている？

今更ながらに、背筋が凍り付く思いがした。あの場で皇帝宮から追い払われたセゾン卿が、報復に水晶宮を襲ったとしたら？

僅かな警備兵しかいない水晶宮なら、先ほどセゾン卿が連れていた手勢でも襲撃は十分可能だ。皇子が愛情を傾けるヴィア妃共々、宮殿中の人間が皆殺しにされたとしたら、たとえ帝位を手に掴んだとしても皇子の受ける傷は計り知れない。

ルイタスはアントーレの手勢を少し分けてもらい、水晶宮に急ぐ事にした。アレク殿下に話を通すべきかと迷ったが、今は皇后陛下と話を詰めておられる真っ最中だ。水晶宮の様子を確認した上で、指示を仰いだ方がいい。

そうして、急ぎ水晶宮に向かったルイタスだが、行った先には思いがけない光景が広がっていた。深碧の軍服を纏ったロフマン騎士団の騎士達がそこらじゅうを闊歩していたからだ。

アレク殿下は、ロフマン騎士団の事を一切口にしていなかった。皇帝宮の占拠と、その後の即位に意識が向き、ロフマンどころではなかったのだろう。独自の判断でロフマンを呼び寄せたのは、殿下が信頼を寄せる侍従長か、それともヴィア妃か……。

とにかく助かったと、ルイタスは肩で息を吐いた。

自分はすっかり余裕をなくしていたものらしい。皇家の三大騎士団の一つであるロフマンの存在を失念するなど愚かしいにもほどがあった。

アントーレはアレク皇子の要請を受け、レイアトーもまた、時を同じくしてセゾン卿に武力を請われた。そんな中、第一皇子側についたとされるロフマンがこの大事に声すら掛けられず放っておかれたとしたら、ロフマン騎士団はそれを侮辱と受け取り、最悪寝返ってしまう可能性もあった。

　声を掛けられた事で、ロフマンはきちんと面目を保ったのだ。


　警護をしていたロフマンの騎士がようやくルイタスらに気付き、駆け寄ってきた。どうなりましたかと尋ねられ、アレク皇子殿下が皇帝宮を制したと伝えれば、途端に大きな歓声が沸き起った。歓喜の雄叫(おたけ)びはそのまま連鎖して、宮殿中に広がっていく。

　伝え聞いた水晶宮の人間らが、涙を流して皇子殿下の無事を喜び合う中、ルイタスは侍従長の姿を認めて、何気ない顔で近寄った。ロフマンに声を掛けたのはお前の判断かと耳元に問い掛けると、側妃殿下ですと侍従長は低く答えてくる。ルイタスは小さく頷き、先導されるままに歓談の間へ向かった。

　部屋に入ると、ヴィア妃の傍らにはエベックが控え、ロフマン卿とその補佐官が、揃ってルイタスを迎え入れた。

「ご心配をおかけ致しました。アレク皇子殿下が無事、皇帝宮を制しました」

　礼を交わした後、まずはルイタス自身の口から状況を報告する。

「ご無事でほっと致しました。怪我をした者などいませんか？」

ヴィアが心配そうにそう問い掛けるのへ、ルイタスは笑って頷いた。

「衝突しそうになりましたが、アントーレが間に合いました」

そしてルイタスは、改めてロフマン卿に向き直る。これほどの軍勢を動かして駆け付けてくれた事を感謝し、心から深く頭を下げた。

「こちらに駆け付けて下さって感謝いたします。アレク殿下に代わり、お礼申し上げます」

ロフマンの存在を失念していた事など、おくびにも出さない。一方のロフマン卿も、ルイタスが皇子の名を出した事で、今回の要請が皇子によるものだったと、何の疑いもなく信じた様子だった。

「殿下のお役に立てて光栄です」

ロフマン卿は嬉しそうに顔を綻ばせた。

「それで今、状況はどうなっているのです？」

待ちきれない様子でヴィアが口を挟み、ルイタスは表情を改めてヴィアに向き直った。

「真っ先に到着された殿下が、皇帝の寝所を封鎖されました。その後、セゾン卿が手持ちの騎士を引き連れて寝所を突破しようとしましたが、アントーレ騎士団が間に合い、セゾン卿は兵を退きました。今は、皇后陛下とアレク殿下のみが、皇帝陛下のお傍におられます」

予想通りだったのだろう。ロフマン卿が小さく頷いた。

「皇帝陛下を診察した侍医団ですが、こちらは別室にて拘束されています。また昨日、陛下と最後の夕食を摂られたマイアール側妃殿下にも、皇后陛下から拘束の命令が出されました」

さすがにこの報告には、場にいた者達が一様に息を呑んだ。

「では、マイアール側妃殿下は捕らえられたのか？」

ロフマン卿の問いに、いいえ、とルイタスは首を振る。

「アントーレ騎士団が駆けつけた時点で、セゾン卿共々、皇帝宮から退散されました。おそらくは、一旦紅玉宮に立ち寄ってロマリス皇子殿下の身を確保し、レイアトー騎士団に逃げ込まれたのではないかと」

皇帝を看取った侍医団は、アレク殿下と皇后が拘束した。すなわち、侍医団の証言はいくらでも歪められるという事だ。罪を免れたい侍医団は、夕食を共にしたマイアール妃が皇帝に毒を盛った恐れがあると皇后に進言するだろう。それ以外の言葉を、皇后が欲していないからだ。

「セゾン卿は抵抗するでしょうな」

ロフマンの言葉に、ルイタスは「ええ」と呟いた。マイアール妃を差し出せば最後、側妃共々自分が断罪される事をセゾン卿は知っている。アレク殿下に剣を向けたという事実がある以上、セゾン卿にはすでに後がないのだ。

「ただ、ひとまずはレイアトー騎士団に退却したとして、この先どう動くつもりなのか。策がないとも思えないのですが……」

ルイタスは、既に明るくなった窓の外へと目を向けた。薄く雲のたなびく青い空がどこまでも遠く広がっている。

そろそろ侍医団が、マイアール側妃の罪を暴露している頃だろうか。

ロマリス皇子が生まれなければ、セゾン卿は皇位を簒奪する大義も野望も持ち得なかった。帝位は順当に第一皇子へと引き継がれ、ここまでの対立は生まれなかっただろう。

奇しくもマイアール妃が男児を生んだ事が、セゾン卿の運命を決してしまったとも言えた。そしてここまで事が動いた以上、後はもう行き着くところまで行くしかない。

ルイタスは端整な面に凄絶な笑みを浮かべた。

「長い一日が始まりそうです」

水晶宮の安全を確認したルイタスはすぐに皇帝宮へと引き返し、その姿を見送ってヴィアは再びソファに腰を下ろす。すぐ脇にエベックが控え、ロフマン卿と補佐官のケイ・アルネルも腰を下ろした。

アレク殿下の無事がわかったため、取り敢えず全員の表情は明るい。ヴィアはこの機に、分からなかった事をロフマン卿に尋ねておく事にした。

「マイアール妃拘束の命令が出たと聞きましたが、皇后陛下のご命令はどこまでの権限を持つのでしょう」

今後どのように政治が動いていくのか、ヴィアも知っておかなければならない。

「皇室典範では、皇帝亡き後、皇位継承者が決まるまで一時的に皇后に権力が移譲されると明記されています。ですから皇后陛下の拘束命令は、皇帝陛下と同じ力を持ってマイアール妃を縛ります」

「セゾン卿は、マイアール妃とロマリス殿下を連れてレイアトーに向かうだろうとルイタス様が言っておられましたわね。何故わざわざ騎士団に？　紅玉宮の方が、皇子殿下の面目が保てるのではありませんか？」

ロフマン卿の代わりに答えたのは、補佐官のアルネルだった。いかにも武人といった体つきの男で、顔も四角張って厳しいが、笑むと存外可愛らしい。

「こちらの宮殿同様、短時間なら守り切る事はできますが、宮殿は戦を想定して建てられたものではありません。城壁もなく、堀もない。本格的な戦となったら、あの宮殿は捨てるしかありません」

「なるほど」

ヴィアは何度か訪れたアントーレ騎士団の建物を思い出した。そう言えば、あそこは殿舎というよりむしろ要塞のようで、初めて訪れた時、ひどく驚いたのを覚えている。

改めて説明を付け加えたのは、ロフマン卿だった。

「この王宮において、城塞として機能するのは四か所です。東のロフマン、南のアントーレ、西のレイアトー、そして北は皇宮警備騎士団の詰め所です。この四つの城塞が皇宮を取り囲む城壁に組み込まれる形で配置されていて、敵からの襲撃を退ける防衛拠点となっています」

「いずれも騎士団の宿営地ですから、堅固なだけで面白みのない造りですが、どれも難攻不落の要塞ですよ」

アルネルがそう付け足すと、面白みのないは余計だ、とロフマン卿が隣で苦笑した。

「けれど、レイアトーに逃げ込んだとて、その先はどうするつもりなんでしょうな」

アルネルが首を捻りながらそう続ける。

「何か、問題でも？」

「ええ。籠城という意味では、レイアトーが最適です。しかし籠城というものは、援軍が来ると分かっていて初めて成立するもの。セゾンの領地チェリトが皇都ミダスに近い事は確かですが、さほどの軍力はありませんし、皇后陛下の権限で城門封鎖を行えばどちらにせよ軍勢は足止めされる。それに、アレク殿下はすぐにでも即位なさるでしょう。そうなればセゾンは逆賊だし、いくらセゾンに近しい貴族と言えど、加担する事はないと思うのですが」

場に座す者達は黙り込んだ。セゾン卿の思惑が見えない。ここ数年の間にみるみる力を伸ばし、帝位にあと一歩という所まで来ていた男だ。何の策もなく、このような事をするとは考えにくいのだが。

と、扉が激しく叩かれた。エベックがすっとヴィアの傍らに立ち、ロフマンの騎士らもヴィアを守るように立ち位置を変えて、扉の方を向いた。

「アレク殿下からの伝令が来ました」

護衛の返答に、四人はほっと息を吐いた。

扉が開くと、息を乱したアントーレの騎士が入室してきた。ロフマン卿に軽く目礼し、ヴィアの前に膝をつく。

「報告致します。倉院にレイアトーの騎士が押し入り、中を占拠されました」

苦渋の声で告げた騎士に、それまでの和やかな空気が霧散していく。

「倉院だと!」

ロフマン卿が、伝令の騎士の喉元を摑みかねない勢いで詰め寄った。

「何故、倉院に押し入られた! あそこは警備が厳重な筈だぞ!」

「鍵がしまわれていた詰め所に、一個小隊が押し入って鍵を奪っていったのです。警備の兵士らすべてが殺され、レイアトーの騎士が中に立て籠もりました」

信じ難い報告に誰もが言葉を失った。

「……では、皇冠と錫杖が手に入らなくなったという事ですね」

ヴィアは震える声を抑え、努めて平静な口調で確認した。

倉院には、皇室の書庫と宝物庫が入っている。いずれも国にとって重要な書物や宝物が保管されていて、火事や水害に強いよう、石造りの堅固な建築となっていた。

「立て籠もられたら、外からは手が出せないような造りなのですか？」

傍らのロフマン卿に問い掛けると、卿は厳しい顔で頷いた。

「外壁は石造りで、出入り口は重い鉄の扉の一か所です。明かり取りの窓はいくつかありますが、こちらは外からの侵入を防ぐために鉄格子がはまっています。宝物庫の鍵はアレク殿下が持っておられるので、皇冠などを盗まれる心配はありませんが、倉院を占拠されては、我々も手の出しようがありません」

「立て籠もると言っても、水や食料がなくて困るのは中の騎士達なのでは？」

思いついて、ヴィアはそう聞いてみる。

「外側を取り巻いて彼らの補給路を断てば、簡単に投降してくるように思えますが」

「倉院には、井戸があるのです」

苦々しい口調で、ロフマン卿が答えた。

「文官達が灯り(あか)をつけて古文書を読んだりしますから、いざという時に火が消せるよう、わざわざ井戸を掘ったとも聞いています。むろん食料などはありませんが、占拠する事を考えた時点で、携帯食を持ち込んでいないとは考えられませんし……」

「……では、彼らの食糧が尽きるまでは、打つ手がないと？」

事の重大さに、ヴィアの声は震えた。このままでは殿下は即位できず、皇帝空位の状態が無為に続いてしまう。

「近衛は？　近衛は皇后の命で動かせませんか？　彼らならあるいは……！」

一縷の望みに縋って聞いてみたが、ロフマン卿は、残念ですがと苦しそうに首を振った。

「近衛に命令できるのは、皇帝陛下のみです」

つまり、打つ手はないという事だ。

「くそっ！　あくまで即位を阻止するつもりか……！」

ヴィアが唇を噛んで項垂れる中、アルネルが口惜しそうに拳を卓子に打ちつけた。エベックは拳を握り締め、難しい顔のまま黙りこくっている。

ヴィアは心を落ち着けるように、大きく息を吐いた。

皇宮警備騎士団は、皇帝代理である皇后の命に従うだろう。ロフマン、アントーレ両騎士団と数を合わせれば、相当の軍勢になる筈だが、要塞に籠もったレイアトーを制圧するには、相当の時間がかかる筈だ。

皇帝という絶対的権力者を失ったまま政治は機能せず、有事の際に暗躍する近衛も動かせない。不安定な状況が長引けば、セゾン卿に味方しようとする勢力が出てきてもおかしくなかった。

ヴィアは必死に考えを巡らせた。

では、自分はどう動くべきなのだろうか。ヴィアには何の力もない。ただ、守られるだけだ。権限を持ってアレク殿下を支える皇后と違って、後ろ盾を持たない皇子の側妃など足手纏いにしかならないだろう。

考えたのは、僅かな時間だった。

「殿下にお伝えして」

ヴィアはしっかりと顎を上げ、伝令に向き直った。

「ロフマンかアントーレか、殿下の願うところに参りますと。レイアトー騎士団を落とさなければならないのなら、水晶宮の警備に割くような余分な兵力はないでしょう。どうか、殿下のお考えを聞いてきて」

水晶宮は慌ただしさに包まれた。ヴィア妃が、場所を移る準備をするよう、水晶宮に働く者達に命じたからだ。

「もし殿下の指示が出れば、わたくしに従うのは侍女数人でいい。後の者は侍従長の指示に従うように。それから騎士団の方々に食事の用意を。わたくしたちも簡単に済ませておきましょう」

てきぱきと侍女に命じ、ロフマン卿らに向き直る。

「大したおもてなしはできませんけれど、食事を摂っておきましょう。いつ、何が起こるかわかりませんから」

ヴィアのこうした思い切りの良さと行動力に慣れているエベックは、そうですねと言われるままに席に着いたが、ロフマン騎士団の二人は顔を見合わせ、逡巡した後に通された席に着く。

簡素な食事が用意されると、ヴィアはまるでそこが晩餐の席でもあるように、にっこりと微笑んで皆に食事を勧めた。すっと背筋を伸ばし、柔らかな笑みを浮かべてグラスに手を伸ばす。

因みにヴィアが手に取るそれは、キール産の発泡酒だ。アルコール分はほとんどなく、酒とは名ばかり、単なる発泡水ともいえる。

「それにしても、あの場で近衛の事を口にされるとは。妃殿下は、近衛について何かご存じなのですか？」

こうなったら、行けるところまで行くしかないと腹を括ったか、酒の入った杯を手に取ったアルネルが、軽く杯を持ち上げてから、ゆっくりと一口喉に流し込む。

ヴィアは微妙な顔で微笑んだ。アルネルが何を聞きたいのか分からなかったからだ。

「近衛と呼ばれているのは表向きで、実際は恐ろしい存在であるという事くらいしか、わたくしは知りません。公にできない、何か後ろ暗い任務を行う者達かと思っておりましたが」

側妃殿下は何もご存じないだろうという前提で、軽く問い掛けたアルネルは、思いがけない切り返しに息を呑んだ。それ以上に驚いたのがエベックで、この発言を笑い飛ばすどころか、明らかに顔色を変えたロフマン卿らを見て、お待ち下さいと声を上げる。

「近衛は、皇帝の身辺警護騎士ではなかったのですか？」

金の縁取りのある黒い軍服を着て、常に皇帝の傍らに侍る近衛は、アンシェーゼでは花形であると同時に、ひどく特異な存在だった。

何故なら彼らは、どの騎士団出身でもないからだ。彼らの剣技は群を抜き、その有能さを疑う者は誰もいない。が、一方で他者と慣れ合う事を嫌うため、その実態は謎に包まれたままだった。一説には世襲と言われていて、エベックもそれを信じていた。

「……彼らは皇室の闇の部分を担っている者達だ」

ややあって、渋々と言った口調でロフマン卿が口を開いた。

「だが、誰にも言うな。この事は秘匿されるべき事柄だ」

ここにいるアルネルとて、騎士団の幹部となって初めて知らされた事実だ。

近衛は、諜報(ちょうほう)、誘拐、粛清(しゅくせい)、暗殺といった闇の部分を請け負っていて、国の中枢近くにいる者にすら、正確な人数は明らかにされていない。噂では、闇で売られていた子どもを買い取って訓練を施し、その中で生き残った者だけがその役職名を名乗る事が許されるとも聞いている。

「誰が妃殿下に近衛の事を？」

探るように問い掛けてきたロフマン卿に、ヴィアは一瞬言い淀んだ。

ヴィアは、近衛の任務が秘匿されるべきものだという事を知らなかった。知っていれば、あんなに馬鹿正直に言わなかっただろう。どうやってごまかそうかと考え、けれどすぐにそれは無理だと思い直した。下手に隠せばロフマン卿の信頼を失う。挙句に、殿下が閨で側妃に漏らしたと勘繰られれば、殿下の信用も失墜しかねない。

「聞いた……というより、わたくしは幼い頃、見た事があるのですわ」

ヴィアは覚悟を決め、ある程度の真実を告げる事にした。何でもない事のように平静を装い、皿からライ麦のパンを取り、口に入る大きさに小さく千切った。

「それは、皇宮に入られる前という事ですか？」

まさかといった口調でロフマン卿が問いかけてきた。たとえ相手が子どもであろうと、近衛が正体を知られて、相手を生かしておくなど考えられなかったからだ。

「わたくしの目の前で、その者は人を殺しましたの。ついでに三つのわたくしも手に掛けようとしたので、母が必死で命乞いをしたのですわ。何でも言う通りにするから、子どもを殺さないでくれと。近衛は母を皇帝の許に連れて行く命を受けていましたから、わたくしには手を出さないでいてくれました」

ロフマン卿らは、初めて明らかにされた事実に、暫くは言葉も出なかった。

「……それは本当のお話なのでしょうか」

おそるおそるそう聞いてきたのはアルネルだった。

大国の皇帝に見初められて後宮に入り、寵を極めた幸せな女性だと、誰もがツィティー妃の事をそんな風に思っていた。子どもの命を人質に取られ、無理やり閨に侍らされたなど、どうして信じられるだろう。

「真実ですわ」

ヴィアは静かに微笑んだ。

「けれど、殿下のお耳には入れたくありませんの。ほら、余り楽しい話でもありませんから」

ヴィアがそう言って、席の皆を見渡すと、ロフマン卿らは頷いた。元より前皇帝の恥に繋がる事だ。迂闊に口にできる事ではなかった。

「パレシス陛下には、本当に困りましたのよ」

その経緯についてこれ以上突かれたくなかったため、ヴィアはさりげなく別の話題に皆を誘導する。

「虫けらのように殺すつもりだったその子どもが大きくなって母親そっくりになったら、陛下はその子を死んだ女の代わりにさせようとしましたの」

その意味は明白で、さすがにロフマン卿は苦い顔をした。

「まさか、そのような」

「……わたくしは母に似ていますものね」

ヴィアは呟くようにそう言った。

「母に対するパレシス陛下の執着を思えば、無理からぬ話です」

「けれど、妃殿下は、その……皇帝の許には行かれませんでしたよね」

微妙に言葉を濁して尋ねるアルネルに、ええ、とヴィアは頷いた。

「幸いな事に、アレク殿下の側妃にしていただけましたから」

どうぞ皆様、お食事をお続けになってとすっかり手の止まったロフマン卿らに、ヴィアはにっこり微笑んだ。素直なエベックがすぐに肉を頬張り、残り二人もつられるように食事を再開した。

そう言えばこちらも言っておかなければとヴィアは再び口を開いた。

「実はあの時、皇帝の妾(めかけ)にならなくて済むよう、アレク殿下に直接交渉しましたの。殿下がわたくしを見初めたというのは、単なる方便なのですわ」

エベックは思わず肉を噴き出しそうになり、噎せてごほごほと咳き込んだ。

「まあ、エベック、大丈夫？」

「だ、だいじょ、ゲホッゴホッ…」

しばらく悪戦苦闘した挙句、何とか肉を飲み下したエベックは、涙目でヴィアを見た。

「嘘ですよね。あんなに仲睦まじくていらっしゃるのに」

否定して欲しいと訴えるように妃殿下を仰ぐが、

「あら、紫玉宮に閉じこもっていたわたくしを、殿下が見初めるのは不可能だと思うわ」

ばっさりとヴィアは切り捨てた。

「殿下にとっても悪い話ではなかったのでしょう。だってほら、わたくしが皇帝の愛妾となった挙句、セゾン卿と手を組んで、セルティスの後見を頼んだりしたら厄介でしたもの」

笑みを含んだ声でヴィアは続け、だから、と軽く皆を見渡した。

「そういう事情で、殿下はわたくしを側妃に迎えられたのです。ですからもし、わたくしについて聞かれる事があったら、いかにもこれは秘密ですが……って顔をして、他の方に教えて差し上げて下さいね」

「……もし聞かれる事があったらって、一体何の事でしょうか」

アルネルは、自分だけが理解できていないのだろうかという劣等感に苛まれつつ、そう正直に質問した。だが、残る二人も全く話についていけてないようで、困ったように互いを見つめ合っている。

ヴィアは小さく切り分けた肉を口に入れた。音を立てずに飲み込んだ後、優雅な仕草で口元をナプキンで拭う。

「殿下はいずれ正妃をお迎えになるわ。いえ、皇帝になられるから、皇后かしら。その方はきっと、自分が嫁ぐ前に殿下に側妃がいたと知れば、不安や不快を覚えられる事でしょう。だから、その時に言って差し上げて欲しいのです。政治的な配慮で側妃を迎えただけで、気になさる事はないと」

三人の騎士らは、ここに至ってようやく話を理解した。

側妃殿下は、この非常時にのんびりと会話を楽しんでおられたのではなかった。アレク殿下がこの戦を制し、皇帝になった先の事を見越して、種を蒔いていた。

「けれど、そのような噂が流れれば、妃殿下は……」

エベックは苦しそうに唇を引き結んだ。噂が宮廷に流れれば、ヴィア妃は大勢の者から軽んじられるようになるだろう。エベックはそんな姿は見たくなかった。

ヴィアは柔らかな笑みでエベックを見た。今までこのエベックには、何度となく助けられてきた。会えなくなると思うと寂しいと感じる程度には、絆を繋いできたと思う。だからもう、伝えておいてもいいかと思った。

「これは、この場だけの話にして欲しいのですけれど」

ヴィアは、ロフマン卿ら二人にそう断った上で、エベックに真っ直ぐに向き直った。

アレク殿下のためにできる事は何かと、ヴィアはずっと考えていた。そして、その答えもとうに知っていた。

側妃である自分が、殿下の許から消える事。

もう少し猶予はあるかと思っていたけれど、皇帝が急死して、事情がすべて変わってしまった。

アレク殿下は近いうちに皇帝になるだろう。そしてその傍らに側妃は必要ない。いや、必要ないどころか、害にしかならない存在だった。

温かくて居心地のいいこの場所にいつまでもいたかったけれど、夢はそろそろ終わりにしなければならない。覚悟を決めるべき時が、本当にきたのだ。

「わたくしは元々、市井に下りる気でいたの。母もそれを望んでいたわ。ただ余りにも早く母が亡くなり、セルティスを残して出ていく訳にはいかなかったから、この宮殿に留まっていただけ」

それだけの事だ。幸せな結婚をするようにと、それが母の唯一の願いだった。

「セルティスはもう心配ないわ。アントーレに入って、あの子はよく笑うようになったもの。わたくしはあの子を紫玉宮に閉じ込めて殺されないようにするのが精いっぱいだったけれど、今はアレク殿下が傍にいて下さるわ。もうあの子にはわたくしは必要ないでしょう」

ロフマン卿らは、妃殿下と護衛騎士との会話を黙って聞いていた。驚くべき事実ばかりだったが、妃殿下の言葉はきちんと理に適っていて、聞き入る二人の胸にもすとんと落ちてきた。

エベックもまた、頭ではヴィアの言葉を理解していた。けれど、感情がついていかなかった。

「セルティス殿下は悲しまれるでしょう。アレク殿下だって……」

「エベック」

貴方も気付いているでしょう、とヴィアは笑った。

「殿下はご自分の立場を安定させるために、後ろ盾のしっかりした正妃をお迎えにならないといけないの。殿下もその事はわかっていらっしゃるわ」

そして、笑った。

「そんな悲壮な顔はしないで。お忍びの時、わたくしがどんなに生き生きとしていたか、あなたはもう忘れたの？」


その後、アレク殿下からの伝令が来て、ヴィアはロフマン騎士団の城塞に移る事となった。

ロフマンの城塞では、皇族を迎え入れるための準備が慌ただしく行われ、昼過ぎに護衛のエベックと侍女数人を連れたヴィア側妃が、護衛の騎士らに周囲を守られて到着した。

　時を同じくして、皇帝宮に詰めていたセクトゥール側妃が、幼いマイラ皇女を抱いてロフマンの城塞に移ってきた。めまぐるしく状況が動く中、警備の薄い碧玉宮に戻す訳にもいかず、困惑していたところにヴィアからの伝言が届き、アレクが決断したらしい。

　セルティスはそのままアントーレ騎士団に留め置かれた。

　アレクの身に何かあった時、セゾン卿が有するロマリス皇子しか皇統が残されないという状況では、アントーレやロフマンは戦うべき大義を失ってしまう。皇帝の血を引くセルティスは、無傷のまま残しておかなければならなかった。

　レイアトー騎士団との戦に備え、宮廷全体が極限の緊張状態にあった。城門は固く閉ざされ、セゾン卿の配下やレイアトーの騎士が出入りせぬよう、皇后の命を受けた皇宮警備騎士団が警戒に当たっている。

　倉院には、依然十数名の騎士が立て籠もっていたが、アレクは早々に踏み込む事を諦め、持久戦へと切り替えた。

　井戸水だけは汲み上げることができた筈だが、食料は自分達が持参してきた戦時用の携帯食だけだ。外からの補給を断てばいずれ餓える事は確実で、投降するのを気長に待つか、最悪の場合、動けなくなった頃合いを見計らって建物を壊すかだ。

　セゾン卿はロマリス皇子とマイアール妃を連れてレイアトーの城塞に籠もり、しぶとく反撃の機会を窺っていた。

ロフマンとアントーレに周囲を包囲されていると言っても、レイアトーは元々、戦を想定した城塞だ。城壁は高く、様々なところに仕掛けもあり、堀も二重に張り巡らされていて、四、五倍の兵力をもってしてもこの城を落とすのは至難の業だった。

独自の隠し通路も持っているため、城塞の外部の人間とも今なお連絡を取り合っている様子だった。夜に紛れて、倉院近くまでレイアトーの騎士らが近付き、乾物を括りつけた矢を放とうとした事もあったのだが、気付いた兵士らが応戦し、食料の補給は許さなかった。

時々小競り合いが起こり、鎮圧される。警備の兵士は更に増員され、城内は物々しい雰囲気に包まれていたが、それでもこの奇妙な膠着(こうちゃく)状態は、束の間の平穏を皇宮にもたらせ始めていた。

政治もまた、皇帝代理である皇后の名の下に第一皇子のアレクが執務を取り始め、国としての態(てい)をなし始めている。政がきちんと動いているせいか、付け入る隙を狙っている列国がちょっかいを出してくる気配もなかった。


「アレク殿下が、何か手を打ったようですな」

そうヴィアに告げてきたのは、ここ最近、すっかり顔馴染みになったロフマン卿だ。

ヴィアはこちらに移って以来、午後のお茶の時間にはエベックやロフマン騎士団の幹部らを必ず自室に招くようになっていた。お茶会と称した情報交換だ。

最初は、ロフマン騎士団の中で一人居心地悪そうにしていたエベックも、今やすっかりお茶会の常連さんになっている。ロフマン騎士団にもすっかり溶け込み、時折、ロフマンの訓練場にふらりと現れては、鍛錬もしている様子だった。

「何か手を打ったとは？」

「アンシェーゼの北に位置する二つの国の間でどうやら揉め事が起こっているようなのです。以前から交易が盛んで多くの船が出入りしていた訳ですが、最近になって急に片方が港の使用権を主張し始めたとか。根拠は港について書かれていた古文書らしいのですが、見つかったのは数年前だと聞いていますし、今になってそれを声高に主張し始めたというのもおかしな話です」

「それに殿下が関わられていると思われますの？」

「ええ。タイミングが良すぎますから」

ロフマン卿は確信をもってそう答え、斜向かいに座るエベックも同意するように大きく頷いた。

「そう言えば南に広がるセクルト連邦も、今は足並みを乱していますね」

エベックがそう続け、セクルト……とヴィアは口の中で呟いた。

「確か十二ほどある公国の集合体だったわね。連邦全体を治める国王を置かぬ代わりに、筆頭大公を定めているのではなかった?」

カナ神を信仰するセクルトは、アンシェーゼとは異なる文化と信仰を有する連邦国である。国の有り様も独特だった。

ヴィアの言葉に答えたのはロフマン卿だった。

「その通りです。その筆頭大公は高齢になってきているのですが、誰がたきつけたか、次の筆頭大公の座を狙って他の大公達が騒ぎ始めたようなのです」

「セクルトはこのまま暫くごたつきそうな気配がしますな。アンシェーゼにちょっかいを出すどころではないでしょう」

副官のアルネルもそう言葉を足し、ヴィアは小さく頷いた。

「では、残るのは西側の国かしら。確か、西の三国は好戦的な国だと聞いていますが」

「その西側ですが、アンシェーゼは演習と称して国境近くの兵を増員しています。国として機能している事も列国に見せつけていますから、迂闊には手を出してこないと思いますよ」

エベックがそう答え、ヴィアはようやくほっとしたように口元を綻ばせた。

「ならば、取り敢えずは安心ですね」

その様子を見ていたアルネルが四角張った顔にちょっといたずらっぽい笑みを浮か

べてきた。

「そういえば妃殿下は、皇都ミダスの情報を集めておいでだとか。厨房(ちゅうぼう)の使用人と気軽に喋っている騎士がいないかと聞かれて、護衛の騎士が目を白黒させておりましたぞ」

「城門の警備が厳しくなったとは言っても、毎日皇宮には大量の野菜や肉が運び込まれておりますもの。厨房の者は、外から荷を運んでくる者達と必ずお喋りをしますから、そういうところに働く者は、意外と情報を持っているのですわ」

ヴィアも紫玉宮に住んでいた頃、そんなやり方で情報を集めてもらっていたから慣れたものだ。

「おっしゃる通りですな」

ヴィアの言葉に、ロフマン卿はもう苦笑いするしかない。

騎士団には、一番年少で十二歳からの騎士見習いがいるが、まだ声変わりもしていないような子ども達の中には、慣れない集団生活で体調を崩し、だんだんと元気を失っていく者もいる。

厨房を切り盛りする女達は、そうした子ども達を見ると好物を少し多めによそってやったり、何かと声を掛けてやったりして、母親のように見守ってやるのだ。

多くの少年は長じるにつれ彼らと疎遠になっていくものだが、中にはその親密さを保ったまま成人していく騎士もいる。ヴィアはそういう騎士を紹介してもらい、厨房の女達から色々な噂を拾ってきてもらっていた。

「大勢の皇宮警備兵が配置され、城門の出入りを厳しく監視するようになって、最初は怖がっていた民達も今はすっかり慣れたようですわ。城門を出入りする手続きが複雑になった事には不満を零していましたが、ミダスの街中で戦を繰り広げられるよりは余程ましだと納得している様子です」

膠着状態となって三週間余り、ヴィア自身も城塞での生活にすっかり慣れてきた事を感じている。

出歩く事を許されていないため、多少の閉塞感は覚えるが、その代わり、ロフマンの幹部や騎士達とも随分と顔馴染みになった。何より、今まで全く面識のなかったセクトゥール妃やマイラ皇女と知り合う事ができたのは、大きな収穫であったと言えるだろう。

セクトゥール妃はそこそこ名のある貴族の出であったため、皇帝の手がついた時点で側妃に召し上げられたという経緯を持つ。ただ、家の格は高くとも父親は既に他界しており、家の没落も始まっていたため、宮廷ではほとんど忘れ去られた存在だった。皇帝の訪れは子を身ごもった後にぴたりと途絶え、皇后の顔色を窺う廷臣らは、セクトゥール妃に関わる事を賢明に避けるようになっていた。

皇帝の死後、いきなりロフマン騎士団に身柄を移され、厳しい騎士らが周囲を闊歩する環境に、セクトゥール妃は最初怯えていたらしい。毎日、食事の度に顔を合わせるようになったヴィアに対しても、困惑と警戒を露にしていた。

親しくなるにつれてわかったのだが、要は余りにヴィアの立ち位置がややこしかったため、セクトゥール妃はどう接していいかわからなかったらしい。先帝パレシスの寵妃の連れ子で皇帝の養女、その上、第二皇子の異父姉で、第一皇子の側妃でもあるなんて、確かに対応が面倒くさ過ぎる。

やがてセクトゥール妃もヴィアに心を開いてくれるようになり、ややおっとりとしたセクトゥール妃と、楽天的で朗らかなヴィアは馬も合い、すっかり仲良くなった。

一方、マイラ皇女の方は会ってすぐにヴィアに懐いてきた。マイラは母親と同じく緑色の瞳を持つ三つの子どもで、人懐こく、とにかく愛らしい。今では食事時になると、待ちきれないようにヴィアの方へ駆け寄ってくるようになっていた。

マイラ皇女は、自分に兄姉がいるという事も知らされずに育っていた。貴族社会から完全に弾かれていたセクトゥール妃は、そうやって娘を守ろうとしていたのだろう。

「わたくしは、貴女の姉よ。これからはわたくしをお姉様とお呼びなさいね」

視線を合わせて優しく言ってやると、マイラは嬉しそうに抱きついてきた。生まれて初めて姉ができた事が、余程嬉しかったようだ。

ヴィアはマイラを膝に抱き、セルティスやアレク殿下の事を存分に話してやった。セルティスはヴィアの自慢の可愛い弟だし、アレク殿下については猶更、その容姿や人となりを誰かに話して聞かせるのは、ヴィアにとって心浮き立つものだ。因みに、それを一言で表すなら、惚気（のろけ）と言う。

脇で聞いていたエベックは、ここまで褒め称（たた）えられたら、お二人はきっと鳥肌を立てて嫌がるだろうなと苦笑した。

マイラは自分に素敵な兄が二人もいると知って舞い上がり、毎日二人の話をせがむようになった。その姿を見ながら、いつかこの子をアレク殿下達に会わせてやらなければならないと、ヴィアは密かに決意した。

マイラはまだ幼いからこの境遇が辛いとも感じないようだが、このままでは確実に流れから取り残される。皇后の手前、表立って庇ってやる事はできなくても、兄二人が気にかけてくれさえすれば、この子の未来はいくらでも開けていくだろう。


皇帝の葬儀はひと月後に簡素に行われ、皇族では、皇后と第一皇子のみが葬儀に参列した。パレシスが弑した前皇太子は、打ち捨てるように墓所に葬られただけだというから、それよりは幾分ましな見送りであったと言えるだろう。

その半月後、倉院に陣取っていたレイアトーの騎士がついに降伏した。

味方からの食糧補給はついになく、餓えきって痩せさらばえたレイアトーの騎士らは、這うように倉院から出てきて降伏を申し出た。十二人ほどいた騎士のうち四人はすでに絶命しており、保護された者も衰弱が激しく、三人は食べ物を受け付けぬまま静かに息を引き取った。

そうして皇冠と錫杖がようやく皇帝宮に運ばれ、形ばかりの選定会議を開いた翌日、アレクは皇帝として即位した。神官と皇后、数人の重臣のみが参列する、簡素な即位式だった。

近衛がアレクの許を訪れたのは、その晩だった。

近衛の総勢については皇帝自身にも明らかにされる事がないが、警護として表に出てくる近衛は十四、五人だ。いずれも皇宮内では、黒い軍服を着て闊歩している。

かつてパレシス帝に膝をついていた者達を、アレクは静かに見下ろした。

「アンシェーゼの皇帝陛下に忠節と服従を」

足元に跪き、臣下の礼をとる近衛達の忠誠をアレクは受け取った。

この先、自分が帝位に居続ける限り、息絶えるその日まで、闇を担う近衛は粛々とアレクに従い続けるだろう。一切の命令に疑問を持たず、感情を排除し、それがどれほど理不尽な願いであろうと、たとえ皇帝が狂気に落ちようとも、近衛はただ皇帝の意に従い続ける。

この先自分は、この者達を使って多くの者を手に掛けるようになるのだろうとアレクは思った。きれいごとばかりでは、国は治められない。皇国にとって不要と思われる者がいたら、それを排除するのも皇帝の務めだ。

アレクの即位は速やかにレイアトーの城塞にも伝えられ、数日後、レイアトーは自ら降伏を申し出てきた。その時にセゾン卿の死が奏上されたが、それが自死であったのか、レイアトーによる殺害であったのかは、謎に包まれたままだ。

生後間もないロマリス皇子は紅玉宮に蟄居（ちっきょ）、幽閉となり、マイアール妃は、貴人が収監されるゴアムの牢獄に身が移される事となった。ゴアムの牢獄から出た者はおらず、マイアールはこのまま牢獄（ろうごく）で一生を終える事になるだろう。

セゾン家は取り潰しとなり、セゾン家の領地であったチェリトは皇室の直轄領となった。時を置いて、セゾン卿の息子らの遺体が相次いで見つかったが、誰が手を下したかについては明らかになっていない。

レイアトー騎士団は、慣例に基づいて存続を許され、騎士団長と幹部数人の首が挿（す）げ替えられた。レイアトーを率いていた当主は領地での蟄居が決まり、名を引き継ぐ事になったのは、当主の末の弟の次男坊だ。

レイアトーの親族の中では末端に近い立場で、まだ二十歳を過ぎたばかりの若者である。皇帝の命であるとはいえ、この後、騎士団を完全に掌握し、強い結束へと持っていくまでには、かなりの歳月が必要になると思われた。

　こうして前皇帝の死から二か月、混乱はようやく終息した。

　ヴィアは懐かしい水晶宮に再び戻る事となったが、久しぶりに帰ってみれば、宮殿内はどこか閑散としていて、人の影も少ない。

　暫くしてヴィアは、アレクが皇帝宮に移ったせいだとようやく気付いた。正妃ならば共に皇帝宮に住まうようになるが、側妃であるヴィアには許されない事だ。

　崩れるようにソファに座り込み、ヴィアはぼんやりと心に呟いた。

　殿下はついに、ヴィアの手の届かない人になってしまった。いや、違う。殿下ではなかった。この広大なアンシェーゼに君臨する、唯一無二の皇帝だ。

　そう言えばもうずっと会っていないのだとヴィアは気が付いた。ヴィアはロフマン騎士団に匿（かくま）われていたし、アレクはずっと皇帝宮に詰めたままだ。ヴィアの方から離れなくても、こんな風にアレクはヴィアから遠ざかっていくのだろう。

　と、扉の向こう側から、何やら慌てたようなざわめきが近付いてきた。

「妃殿下、失礼いたします」

　ノックの音と共に、珍しく取り乱したような侍女のエイミの声が聞こえ、続いて懐かしい声がヴィアの耳朶を打った。

「ヴィア」

　ヴィアは驚いて立ち上がり、声の方を振り向いた。

　時を稼ごうとする侍女を手で払うようにして、すらりとした長身の青年が近付いてくる。琥珀の瞳が優しそうに細められ、形の良い唇がもう一度ヴィアの名を呼んだ。

「……ッ！」

ヴィアは息を呑んだ。夢を見ているのかと思った。

長い混乱の後始末と新政権の地固めで奔走している皇帝陛下が、こんなところに足を運ぶ筈がない。

「他の者は下がれ」

絶対的な皇帝の命令に、己が主人と皇帝陛下の顔をうろうろと見やっていた侍女達も、潮が引くようにその場から去っていく。

「どうしてこちらへ……？」

思わず、涙が滲んだ。この二か月間、会いたくてたまらなかった。難しい立ち位置のまま執政を続けているその身が案じられ、それ以上にただ会いたくて、切なさに何度も枕を涙で濡らした。

胸に飛び込んできたヴィアを、アレクは力強く抱き留めた。

「ヴィア、会いたかった」

広い胸の中に抱き込まれ、ヴィアはその胸に頬を埋めて啜り泣く。

「心配をかけた……」

ヴィアは小さく首を振った。そんなヴィアをアレクは自分に刻み付けようとするようにかき抱いた。抱きしめている体は余りに細く華奢で、しっかりと抱きしめていないと今にも消えてしまいそうな気がする。

「顔を見せてくれ」

やがてようやく腕を緩めたアレクは、ヴィアの顔を上げさせた。喜びの涙に揺らぐ瞳を見つめ、愛おしそうに頬に手を添わせる。

「こんなに早く来て下さるとは思ってもいませんでした」

ヴィアの言葉に、アレクは小さく笑った。

「実は無理を言って抜けてきた。余りゆっくりはしていられない」

発足したばかりの新政権であれば問題は山のようにあり、朝から晩まで人と会うか、書類に向き合うかで、自由な時間はほとんどない。考えなくてはならない事や、すべき事は積み上がっていくばかりなのに、自分の決断一つで人が死に、ある者は運命を狂わされた。

重責に口数が少なくなっていったアレクを見かねたのだろう。先ほどルイタスが、休憩をとって下さいといきなり執務室から追い出して、そういえばヴィア側妃が水晶宮に戻られたそうですねと何気ない口調で続けてきた。その言葉に踊らされて、自分は今ここにいる。

「そうだ、ロフマン騎士団の事、礼を言う。お陰でロフマンに恥をかかせずに済んだ」

ヴィアは、いいえと微笑んだ。

「わたくしは守っていただいただけですわ。何もしておりません」

「お前がロフマンにいればこそ無事を信じられた。そうでなければ、仕事が手につかなかっただろう」

軽口を言ってくるアレクにヴィアは思わず笑う。

「困った事をおっしゃる陛下ですわね」

「自分でもどうしていいかわからない。お前に夢中だ」

そのまま身を屈めるように口づけられた。感触を思い出すように最初はゆっくりとヴィアの唇を食み、そのうち我慢できなくなったようにヴィアの唇を開かせる。

この二か月間の餓えを満たそうとするかのような激しい口づけに、ヴィアは身を仰け反らせた。肌を滑るアレクの指と荒い息遣いに、酔ってしまいそうだ。

ようやく唇を離したアレクは、うっとりと目を潤ませたヴィアの反応に満足そうに微笑んだ。親指で自分の唇についた紅を拭い、耳元に唇を寄せてそっと囁く。

「また来る」


アレクを見送ろうと扉の外に出たヴィアは、控えの間で待っていた黒い軍服の騎士に気付いて、はっと足を止めた。

近衛だという事は一目でわかった。

　近衛は皇帝を守るために存在する。皇帝が側妃の住まう宮殿を訪れるなら、付き従って当然だろう。頭ではわかっているのに、心に杭を打ち込まれた気がした。

　ヴィアは凍り付いたようにその場に立ち尽くした。近衛が陛下の傍に侍るのを、厭っている訳ではない。陛下の身を守るのに、これほど心強い存在はいなかった。

　ただ……、慣れない。忘れた筈の過去が喉元にせり上がってくる。

「妃殿下」

　呼ばれてヴィアはぼんやりと顔を上げた。

「お顔の色が……！　ご気分が悪いのですか？」

　悲鳴のように問われて、ヴィアは何とか笑みらしいものを浮かべた。

「ようやくこちらに戻って、少し疲れが出たのかもしれないわ。少し休めば良くなるでしょう」

　そう答えれば、エイミがとても申し訳なさそうに言葉を重ねてきた。

「あの……、三日後の即位の祝賀行事の式典でお召しになる衣装を今日中に合わせておきたいと、侍女頭が申しておりますが……」

　簡素な戴冠式であったため、一応廷臣らのお披露目を兼ねて、形ばかりの即位式典を行うらしい。列国の要人や国内の主だった貴族らを大勢招いて執り行う祝賀行事は、一年後、前皇帝の喪が明けてからだと聞いた。

「……それから、式典の段取りもお伝えしておきたいと、儀礼官が別室で控えております」

躊躇いがちに続けられた言葉に、ヴィアは柔らかな吐息を一つ零した。どうやら休んでいる暇はないらしい。

「儀礼官のお話の方が先ね。いいわ。こちらにお呼びして」

皇帝の即位を祝う式典だ。唯一の側妃として、万全の準備で臨まなければならないだろう。


さて、その式典の前日、セルティスは心浮き立つ気持ちで、水晶宮に向かう回廊を急いでいた。姉から必ず顔を見せるようにと伝言を受け取ったからだ。

姉に会うのは、父皇帝が死んで以来となる。父が死んだ事について、セルティスは何の感慨も覚えていなかった。そもそもほとんど交流がなかったし、向こうだってセルティスの事を息子だとも思っていなかった筈だ。

それよりも兄のアレクが無事帝位を受け継いだ事の方がセルティスには嬉しかった。国を治める力量を持ち、民への慈悲も知る兄である。これでようやく、あるべき道に戻ったと言えるだろう。

水晶宮に近付いた頃、回廊の向こうから人のざわめきが聞こえてきた。見ると、側近の一人、グルーク・モルガンを伴った兄が、近衛を引き連れてこちらに渡って来るところだった。

「兄上！」

思わず名を呼べば、アレクが気付いて軽く手を上げてきた。

「どうしてこちらへ？」

そう問いかけたのは、皇帝に即位して多忙な日々を送る兄が何故こんなところにいるのか理由がわからなかったからだ。

だが、兄が笑顔で返してきた言葉に、セルティスは思わず固まった。

「お前の姉に呼ばれた」

「姉、が、皇帝陛下を、呼びつけたのですか？」

あり得ない……！　と、セルティスは心の中で叫んだ。

「呼びつける方も呼びつける方ですけれど……、兄上も何故、素直に来られたんですか？」

そう問えば、

「来て欲しいと言われたから」

でれっとした（としか、セルティスには言いようがない）笑みを浮かべてアレクが答えた。そして、「お前も呼ばれたのか？」と反対に聞いてくる。

「私には問答無用の命令です。どうせ明日には会えるのに、呼びつける意味があるんでしょうか」

そう言いながらも、本人は気付いていないが姉至上主義のセルティスは、嬉しさを隠しきれずにいた。逞しくて明るく楽天的な姉がいたからこそ、世を拗ねずにここまで大きくなれたと、セルティスにもわかっているのだ。

二人仲良く軽口を叩くうちに水晶宮に着き、すぐに二人はヴィアの部屋に通された。

「姉上！」

小走りに姉に近寄ろうとしたセルティスは、姉の横に見慣れぬ小さな物体、もとい、幼い子どもがいる事に気付いて、思わず足を止める。

「セルティス！　陛下もよくいらして下さいましたわ！」

アレクと同じ鮮やかな金髪をした小さな女の子を抱き上げて、ヴィアが嬉しそうに声を掛けてきた。女の子は、いかにも高価そうなドレスを身に着けており、小間使いの娘とかいうのでもなさそうだ。

アレクとセルティスは、誰だ？　とお互い目を見交わし合った。

お互い面識がないのを確認すると、今度は別の不安が頭をもたげてくる。もしや自分に隠し子がいたかと焦り始める兄の動揺を見てとったセルティスが、まさか……と顔を強張らせた。

救いを求めるようにアレクがグルークに視線を向けると、落ち着き払ったグルークがヴィアに問い掛けた。

「妃殿下、失礼ですが、そちらの姫君は……？」

「ああ、グルークは初めてね」

　ヴィアはにっこりと微笑んだ。

「こちらは、前皇帝の第五皇女であるマイラ殿下です。さあ、マイラ。お兄様達にご挨拶なさい。本当は、陛下、殿下とお呼びしなければならないのだけれど、わたくしの部屋でならお兄様と呼んで大丈夫だから」

　妹？

　アレクとセルティスは知識を総動員し、五番目、五番目の皇女は今いくつだ、どこの出だったかと、忙しく頭を巡らせる。一から三番目はそれぞれ別の国に嫁いだし、四番目は目の前にいるヴィアで、五番目の母親は確かセクトゥール妃だったか……。

　兄二人の動揺も知らず、幼いマイラは無邪気に姉の腕から降りて、とことこと二人の前に立った。

「アレクお兄様、セルティスお兄様、初めまして。マイラと申します」

　ドレスの裾を持ち上げて、一生懸命口上を述べる。随分、練習したのだろう。

　アレクは、妹の年齢を思い出す努力をあっさり放棄した。

「初めまして、マイラ。しっかりした挨拶ができるんだな。今、いくつになる？」

「三つです、アレクお兄様」

「そうか」

ヴィアを見ると、抱いて上げなさいというように、目配せしてくる。脇の下に手を入れ、ふわりと抱き上げると、マイラは顔中を笑顔にして笑った。

「ヴィアお姉さまが毎日、アレクお兄様とセルティスお兄様のお話を聞かせて下さったの。すごくハンサムで、頭もいいし、優しくてかっこいいお兄様ですって。お会いできて、本当に嬉しいです」

「毎日、話していたって？」

それを聞いたセルティスが、不思議そうに姉を見る。

「いつの間に、こんなに仲良くなっていたの？」

「わたくしはロフマン騎士団の城塞に身を寄せていたでしょう？　その時、セクトゥール妃とマイラ皇女も一緒だったの。毎日食事を一緒に摂れば、仲良くもなるわ」

それから手を伸ばし、アレクの腕からマイラを抱きとった。

「お茶を差し上げたいけれど、少し休む時間はありまして？」

聞かれたアレクは、いやと首を振った。

「顔を見に来ただけだ。困った事でもあったのかと思ったから」

「この子を陛下に引き合わせてあげたかったのです。陛下が心に留められるだけで、この子の未来は変わってきますから」

アレクは、無垢な信頼を宿して自分を見つめてくる幼い妹を見下ろした。

「お兄様？」

嬉しそうに手を伸ばしてくるマイラの頭を撫でてやる。ヴィアの言う通りだった。自分が関心を持つか持たないかで、マイラの人生はおそらく変わってくる。

「アレクお兄様はお忙しいの。もうお帰りになられるから、お見送りしましょうか」

ええっと抗議の声を上げるマイラに、「セルティスお兄様がいるでしょう？」とヴィアは笑う。

名前を出されたセルティスは、顔を引き攣らせた。姉べったりで育ってきたセルティスには年下の子を可愛がった経験はない。助けを求めるように兄を見上げたが、経験がないのはアレクも同様だった。

「取り敢えず、ヴィアの言う通りにしておけ」

こうして、ティータイムを挟んで半刻ほど慣れぬ子守りをさせられたセルティスは、這う這うの態で平穏な我が家、紫玉宮に帰ってきた。訓練より疲れたとは後のセルティスの弁である。

即位式典も恙なく終わり、ようやく平穏な日々が皇宮に戻って来たかのようだった。

新しい皇帝を頂点として、アンシェーゼの新たな時代が始まっていく。

セゾン卿の残党がどこかで燻っているという噂もあるが、差し当たって気にかかるのは、アンシェーゼの北に位置するガランティアの動きだった。

北隣の国と港の使用権を巡って揉めていたのが一応の決着を迎え、ほぼ同時期に、穏健派の大臣が次々と失脚し、強硬派で知られるセガ卿という貴族が宰相の座について国の実権を握ったからだ。

このセガ宰相は曲者で、アンシェーゼと国境を接するガランティア王家直轄地の地方官を務めていた頃、隣接するアンシェーゼの塩田に色気を出し、国境線を超えて幾度か侵入してきた事がある。ガランティアは大きい塩田がなく、アンシェーゼの持つ塩田が魅力だったのだろう。

アンシェーゼで皇位交代が行われ、即位した皇帝がまだ二十歳そこそこの若造だと知るセガ卿はアンシェーゼを揺さぶって塩田を奪う好機だと周囲に公言しており、これを耳にしたヴィアは心を痛めた。内乱を経て誕生したばかりの政権は、好戦的な国の格好の餌食となると知っていたからだ。

「大丈夫ですよ」

事もなげにヴィアにそう答えてきたのは、エベックだった。

「この度の内乱で、アンシェーゼはほとんど死者を出していません。三つの騎士団がほぼ無傷で残っているアンシェーゼに、簡単に戦は仕掛けられません」

「まあ、ちょっかいを出すくらいはやるかもしれませんが、国境沿いには騎士団も配備されています。少々の小競り合いなら、皇都から兵を動かすまでもないでしょう」

それよりも、とエベックは笑う。

「少し落ち着かれたようですし、また乗馬の訓練をなさった方がよろしいのではありませんか？」

「乗馬？」

ヴィアは鼻の上に皺を寄せ、それからふと、自分が何か重大な事を忘れていた気がして、視線を床に落とした。

突然足を乱した馬にバランスを崩して、女性が落馬する。タフタリボンのついた濃紺のドレスが宙を舞って……。

ヴィアはガタリと椅子を揺らして立ち上がった。

皇太后陛下だ！　夢を見たあの夜、突然パレシス陛下の死が伝えられて、夢の事をすっかり忘れていた。

「何て事！」

ヴィアはエベックの腕を強く摑んだ。

「パレシス陛下が亡くなった夜に夢を見たの。あれからどのくらい日にちが経ったの？　二か月？　いいえ、それとも三か月……？」

「妃殿下？」

困惑を隠せずに名を呼んでくるエベックにヴィアは叫んだ。

「お願い、エベック！　アモン様にすぐに繋ぎを取って！　陛下にお伝えしなければ……！　皇太后陛下が事故に遭われるかもしれないの！」


その晩、皇太后宮を訪れたアレクは、取り敢えず当たり障りのない世間話から母后と話を始めた。

パレシス皇帝が亡くなって、皇太后の機嫌は上々だ。自分を蔑ろにし続けた夫は死に、権力を掠め取ろうとした目障りな側妃は牢獄に収監されたのだ。これほど痛快な事はないだろう。

そしてまた、今回の件で皇太后は大きな力を持った。パレシスの死後、一時的に権限を移譲された事で、その存在感を一気に国内外に示すことができたからだ。

実際、皇太后の功績は大きい。国が割れ、夥しい血が流されてもおかしくない状態であったのを、上手くまとめ上げたのは皇太后であったからだ。

あの政変で、アレクは皇太后に大きな借りを作った。老獪な政治家である皇太后は、皇帝となったアレクがその恩を忘れる事を決して許さないだろう。

皇国に皇帝は二人も要らないし、権力を共有する気もなかったが、今は馬車の両輪のように皇太后の存在は必要だった。自分の若さや政治経験の不足が皇国の弱みとなる事をアレクは知っているし、この母からは貪欲に学んでいかなければならない事はまだまだたくさんある。十年先、三十年先を見据えた政治を行うならば、この母の手を今、振り捨てる訳にはいかなかった。

「お前は父パレシスでなく、ディレンメル家の娘であるわたくしの血を強く受け継いだようですね」

ひとしきり政治について語った後、皇太后は満足そうに口角を上げた。アレクにとってはどちらも嬉しくない血筋だが、まさか皇后に面と向かってそうは言えない。

「あの無能なパレシスの血筋を余り受け継がなくて良かった事」

確かにパレシスは、宰相であったディレンメル亡き後、新しい施策も法令改正もほとんど行っていない。問題が起こっても先送りにするだけで、お陰でその尻拭いをアレクが今させられている。

「その無能な父上の事ですが」

取り敢えず皇太后の機嫌を損ねないよう、アレクは慎重に言葉を選ぶ。

「まだ亡くなって日も浅く、列国の弔問団もアンシェーゼに留まっている状態です」

「それで？」

「即位の祝賀式典は一応済ませましたが、暫く娯楽や祝賀の類は自重したいのです。

陛下が乗馬を好んでいらっしゃる事は知っておりますが、人の目が落ち着くまでは暫く控えてはいただけないでしょうか」

「……何か文句が出ましたか？」

「まだ、出ておりません。けれど人の口の端に上ってからでは遅いと思います。前皇帝の死を悼む振りまでは結構です。取り敢えず、このひと月、ふた月ほどは乗馬をお控え下さい」

「わかりました」

その事に筋が通っていると思えば、皇太后は我を通す事はない。アレクがほっと息を吐いた時、皇太后がすっとアレクに視線を向けた。

「ヴィア妃を静養に出しなさい」

「……！」

「お前がわたくしとの約束を守って、伽に呼んでいない事は知っています。けれどあの側妃は、存在自体がお前の災いとなります」

アレクは感情を落ち着けるように、大きく息を吸った。

「何を以て、そう言われます」

「皇帝が死んだ時、いち早くロフマンに繋ぎをとったのはヴィア妃だと聞きました。その後も、セクトゥール共々ロフマン騎士団の城塞に身を寄せるようになったのは、ヴィア妃が進言したからだとも聞いています」

「ヴィアが動かなければ、私は身動きが取れなくなっていた。その行動をお責めになるのですか」

「とっさの判断ができる、機転がきいて行動に移せる。その上、あの癖の強いロフマン卿があの側妃には膝を折りました。それだけ、臣下に慕われる素養を持っているという事です」

「その何が悪いのです」

「それが正妃ならば、お前の皇后ならば申し分ない！　けれど、あの側妃は違います。後ろ盾が全くなく、今のお前の治世を安定させるだけの力を一切持たない。美しさに優れ、臣下にも慕われ、聡明な側妃が既に皇帝の傍らにあると知って、心穏やかにいられる皇后はいないでしょう。力を持った皇后と、皇帝であるお前が対立すれば、国は乱れます。そんな簡単な事もわからぬくらい、お前はあの側妃にのぼせているのですか！」

　アレクは言葉を失った。

「ツィティー妃は国の災いとならなかった。もしお前がそう考えているのなら、ツィティー妃とヴィア妃の決定的な違いを教えましょうか」

　皇太后が何を言いたいのかわからず、アレクはのろのろと顔を上げる。

「何が違うのです」

「ツィティーは皇帝を愛していなかった。いえ、今思えば、憎んでいたのでしょう。

二人の子どもを宮殿に閉じ込め、決して皇帝には会わせようとしなかった。お前に同じ事は無理でしょう。ヴィア妃に子ができても一切会おうとせず、家臣らの口の端に上らぬよう宮殿に閉じ込めて一生飼い殺しにできるというなら、このままヴィア妃を留めなさい。側妃はお前を憎むでしょうけれどね」

その夜遅く、突然水晶宮を訪れた皇帝に、寝支度を始めていた水晶宮はにわかに慌ただしくなった。すでに寝衣に着替えていたヴィアはローブだけを上に羽織り、急ぎアレクの待つ部屋へと向かう。

「どうなさったのですか?」

皇帝が側妃を伽に呼ぶなら、先触れを遣わせばいいだけの事だ。それをせず、わざわざ訪れたのは、何か話があるという事だろう。

侍女を下げ、ヴィアはアレクの手を取ると、一緒にソファに座らせる。

「……少し、顔が見たくなった」

微笑む顔には、いつもの覇気がない。

「そうだ、皇太后の乗馬の件、礼を言う。昼間に少し話をした。前皇帝が亡くなって日も浅いため、しばらく乗馬は慎んでいただく事にした」

「それはよろしゅうございました」

ヴィアの手を握ったまま、アレクはそのまま押し黙る。何か話があるというより、辛い事があったのだとヴィアは推し量った。だから何も言わず、黙って傍にいた。

「皇帝になる事は、私にとっての義務だった。だから願う地位を手に入れた事を後悔はしていない。けれど今になって、失うものも大きかったのだと初めて気付いた」

「……人は大きなものを手に入れた時、その代償に何かを失うものですわ」

ヴィアの言葉に、アレクはそうか、と頷いた。

自分だけがわかっていなかったのかもしれない。皇太后の目さえごまかせば、ヴィアはずっと手元に置いておけると、そんな甘い考えを持っていた。

「お前はいつか、私から離れるのだな」

アレクの問いに、ヴィアは表情を曇らせる。

「ええ」

それは避けようのない未来だった。最初から知って、その道を自分は選んだのだ。

「私を……思い出す事はないのか？」

寂しそうな問いに心が揺らぎそうになる。けれど、言うべき言葉は決まっていた。

「忘れますわ、陛下」

ヴィアはきっぱりとそう答えた。

「陛下もお忘れ下さい。わたくしは必ず幸せになりますから、陛下もお幸せにならないといけませんわ」

「お前は忘れればいい」

アレクは、諦めの滲む笑みを見せた。

「お前は忘れられるだろう。私を離れ、暫く泣いたとしても、いつかお前は私との日々を思い出に変え、前を向いて笑って生きていくだろう。だが、私には無理だ。お前を思い出などにはできない。誰かを守りたいと思ったのも、人を愛おしいと思ったのも初めてだった。きっと一生、お前に捕らわれる」

家族など、最初からいなかった。両親と食事を摂る事は公務と同じだった。顔を合わせ、寒々しく温もりのない会話を儀礼的に交わし合う。

騎士団に入って友人はできたが、帰る家はどこにもなかった。帰っても水晶宮で一人過ごすだけだから、公式行事が入らない限り一度も水晶宮には戻らなかった。

だが、ヴィアが来て、何もかも変わった。

食事の時は侍女を下げ、間近に座ってたくさん喋った。ヴィアはよく笑い、自分を笑わせた。食事が終わっても話は尽きず、ヴィアが淹れてくれるお茶を楽しみながら、一緒に時を過ごした。

伽に呼べなくなっても、ヴィアの住まう水晶宮はアレクにとっての家だった。人づてにヴィアが今日一日をどう過ごしたかを聞き、同じ宮殿にヴィアがいるというだけでアレクは癒やされた。

初めての恋人で、初めての家族だった。ヴィアがいて、初めてアレクの世界は完結した。

「お前が私を忘れても、お前を諦める事などできない。お前を失えば、また暗い世界に私は取り残される」

ヴィアは心が引き千切られる思いがした。

今までアレクがどれほどの寂しさを抱えて生きてきたかを知っているから、皇帝となって更に孤独を深めていくであろうアレクを、またあの暗くて寒い場所へ追いやるのかと思うと、切なくて苦しくて心が叫び出しそうだった。

俯いたまま何も答えないヴィアを見て、アレクは切なそうに微笑み、その頭を引き寄せて、そっと額に口づけた。

「突然訪れて悪かった」

立ち上がる気配に、けれどヴィアは動く事もできなかった。自分も辛いのだと、ずっと傍にいたいのだと縋る事ができれば、どんなに良いだろう。

けれど、それを口にする訳にはいかなかった。皇后を迎える事はアレクの義務で、その義務を放棄する事はアレクには許されていない。

扉が閉まった時、ヴィアの瞳から涙が溢れ出た。

最初は声を押し殺し、けれどもう完全にアレクが行ってしまったとわかってからは、声を上げて泣いた。

エイミがすぐに入ってきて、幼子のように泣きじゃくるヴィアを抱きしめた。その胸の中でヴィアは泣き続け、やがて泣き疲れて眠りに落ちた。

皇太后が、あの日アレクが何故乗馬を止めさせようとしていたか本当の理由を知っていたら、ガランティアの大使が献上した馬を、試し乗りしようなどとは思わなかったかもしれない。

ガランティアのシルエス産の黒馬は列国でも最高級の名馬と言われており、皇太后の乗馬好きを知る大使はわざわざこの名馬を国から取り寄せ、御前に献上したのだ。

一目見てその黒馬を気に入った皇太后は、すぐに鞍をつけるよう馬丁に命じた。

他国の大使からの調物(ちょうもつ)であれば、その乗り心地を試す事もなく厩舎にしまうのは儀礼上好ましくない。皇太后としてはごく当然の判断だった。

前日の雨で馬場はぬかるんでいたが、皇太后はこの程度の足場の悪さには慣れていた。乗馬服に着替え、馬場をほんの一周ばかりしようと騎乗し、そして起こるべくしてその悲劇は起きた。

報せを受けてアレクが急ぎ駆けつけた時、皇太后はすでに物言わぬ骸(むくろ)となっていた。

ことされた皇太后の周囲を侍医団が取り囲み、護衛の兵士らは魂が抜けたようにその場に呆然と立ち竦んでいた。

　皇太后を振り落とした馬はその場で殺された。馬を献上した大使は軟禁され、いずれ時を置いて母国に送還される事だろう。

　前皇帝が亡くなって、三月も経たぬ間の弔事だった。


　度重なる不幸に廷臣らは動揺した。

　皇帝に次ぐ権限を持っていた皇太后を失った事で臣下は浮足立ち、新皇帝の足下は大いに揺らぐ事となった。

　殺されたセゾン卿の呪いではないかと騒ぎ出す者まで現れて、瞬く間にその動揺が宮廷全体に広がっていく。ルイタスがあらゆる人脈を使ってそうした噂を宥めて回っている状態だ。

　時を同じくするように、皇都ミダスでも不穏な噂が出回り始めていた。前皇帝はロマリス皇子の即位を望んでいたのに、今の皇帝が皇位を簒奪したため皇家が呪われたという、悪意に満ちた中傷だ。作為を感じ取った側近のグルークはすぐに手を打つようアレクに進言し、アレクは市中に近衛を放った。

　ひと月後、セゾン卿の領地であったチェリトで家令をしていた男が、川底から死体で見つかった。セゾン家の廃絶によってすべての財を失い、ミダスまで流れ着いていた男だという。

近衛から報告を受けたアレクは、そうかと小さく頷いた。どんな男だったか、どのように始末されたかなどには興味がない。大切なのは、国を乱す噂がこれ以上出回らない事だ。

アンシェーゼの政情不安を好機と見たか、好戦的な西の国の一つが軽い小競り合いを仕掛けてきたが、これについては辺境騎士団が追い散らした。三大騎士団が動くまでもなく終息した事で結果的にアンシェーゼは軍の厚みを見せ、これにより列国の動きも大人しくなった。国にとってこれ以上ない収穫であったと言えるだろう。

そうして日々の政務に忙殺され、気付けば二月余りが経っていた。

アレクは時折、政務の合間を縫ってヴィアを水晶宮に訪れるが、まるであの日の気まずい別れはなかったかのように、ヴィアはいつも明るくアレクを迎え入れた。とりとめのない事を喋り、笑い合い、抱きしめて口づけてもヴィアは抵抗しない。皇帝に摘み取られるためだけに存在する、従順で愛らしい妾妃だ。

だからある日、アレクは使いを出した。夜、皇帝宮を訪れるようにと。

新皇帝が即位して、初めて寝所に迎え入れられる女性だった。

皇帝宮は夕刻からざわめき立ち、やがて夜の帳（とばり）が皇宮を押し包む頃、侍女を従えた側妃がひっそりと皇帝宮に入って来た。

執務を早めに終え、皇帝宮に戻ったアレクは、着替えを手伝おうと寄ってくる侍女達を下げて、そのまま寝所へと向かう。

中に入ると、窓辺でぼんやりと座していたヴィアが、驚いたように立ち上がった。物思いに耽り、扉を叩く音が聞こえなかったのだろう。

ヴィアは湯あみした体に、薄紅色の寝衣を纏い、その上から錦糸の刺繍で縫い取られた豪奢なローブを羽織っていた。淡い陽色の金髪は艶やかに背に流されて、唇には薄く紅をはき、目を奪うようなその美しさにアレクは言葉を失った。

「お帰りなさいませ」

柔らかく微笑んだヴィアは、アレクの手から剣を受け取り、台座に載せる。そうしてアレクの背に回ると、慣れた手つきでジャケットを脱がせた。

「何か、召し上がりますか？」

「いや……」

「では、御酒でも？」

アレクは少し考え、ぽつりと言葉を落とした。

「お前の淹れてくれるお茶が飲みたい」

戸口に控えていた侍女にヴィアが一言、二言命じ、ややあって茶器のセットが運ばれてくる。ヴィアは丁寧にお茶を淹れ、茶器に注いだお茶を一口毒見してから、器をアレクに渡してきた。

束の間の静寂が二人を訪れた。ヴィアの淹れたお茶は、金木犀の香りがした。柔らかく甘い香りが、疲れた体に染み渡っていく。

「私を拒まないのは、私が皇帝だからか？」

卓子の上に置かれたヴィアの白い指に掌を重ね、アレクはそう尋ねかけた。

ヴィアはそっとアレクを見上げる。

「まるで拒んで欲しいようなおっしゃりようですわ」

「私が欲しいと言えば、命令となる。だから言いたくない」

言葉には、隠しようのない疲れが透けて見えた。

皇太后が亡くなったせいで、難しい舵取りを強いられている今の政治状況を、ヴィアも聞き知っていた。

今アレクに必要なのは、強い権限で皇帝を支える皇后の存在だった。皇国内の有力貴族の姫君か、あるいは皇国に益をもたらす他国の王女でもいい。足場が固まれば、アレクは今ほど神経をすり減らす必要はなくなるだろう。

けれどそれでも、アレクは頑なに皇后を迎える事を拒んでいた。その気持ちが泣きたくなるほどに嬉しく、反面ひどく哀しかった。

だから、せめて名を呼んだ。

「アレク」

アレクは驚いたように瞠目した。

「一緒にお忍びをした時に、こんな風に名前を呼びましたわね」

「ああ、あの時か」

アレクは破顔し、懐かしそうに瞳を細めた。

「お前がまだ側妃になる前の事だったな。もう、随分昔の事のような気がする」

「あの時、わたくしが散々貴方を振り回して、小さな髪留めを一つ買ったのを覚えていらっしゃる？」

「勿論だ。女の買い物が、あれほど時間の掛かるものだとは思わなかった」

アレクは思わず喉の奥で笑った。

「貴方はすっかり退屈なさって、そこの髪留めを一列全て買えばいいなんておっしゃるし」

「その方が、早く済むだろう？」

「わたくしは、そんな雑な選び方は絶対にごめんです」

あの時は、たった一つ、アレクとの思い出の品が欲しかったのだ。それなのにあんな無粋な事を言うから、ヴィアは絶対に譲らなかった。

ヴィアは、ですからと楽しそうに続けた。

「ちっとも貴方の思い通りになんてなっていませんでしょう？　貴方が何を言われようと、嫌ならば嫌と言っておりますわ」

言われてアレクは、ヴィアが先ほどの自分の問いに答えてくれたのを知った。

「それも、そうか」

子どものように拗ねて絡んでいた自分が急に馬鹿らしくなる。

「確かにお前は私の思い通りにはならないな。いつも私の想像の斜め上を行く、奇怪(きっかい)な女だ」

「わかればよろしいのです」

ヴィアは笑った。

ヴィアといると、アレクは日常の煩わしさが忘れられた。ここではアンシェーゼの皇帝でいる必要はない。どこにでもいるその辺の男の一人になれた。

「お前に名前で呼んでもらうのは、悪くない」

お茶を一口飲み、どこか遠くを見つめるような眼差しでアレクは呟いた。

「もうずっと、誰も私をそんな風に呼んだ事はなかったから」

ヴィアは黙って瞳を伏せた。

名前を呼ぶ事など簡単な事だった。この先も好きなだけ貴方の名前を呼ぶと、本当は笑ってそう言いたかった。

けれどヴィアは、何も約束できない。広大なアンシェーゼを統(す)べる若き皇帝の下に、降るような縁談が舞い込んでいるのをヴィアは知っていた。皇国内では、家柄に優れた三人の令嬢が皇后候補として名を連ね、更にはガランティアやセクルト連邦、先日小競り合いを仕掛けてきた西の国からも、婚姻の打診が来ていた。

国境にまたがる港の使用権を提示してきた国もあれば、鉱石の取れる領地を持参金に持ち出してきた国もある。それぞれに、アンシェーゼの国益に繋がるものをアレクに差し出そうとしていて、根回しに重臣達に金をばらまいていた。

ヴィアには差し出せるものは何もない。アレクにとって益となるような物は、何一つ持っていなかった。

それが寂しいとヴィアは思う。これほど近くにいるのに、ヴィアにとってアレクほど、手の届かない存在はなかった。

ヴィアは静かに立ち上がり、羽織っていたローブを肩から滑らせるように落としてアレクの正面に立った。

透けるように薄い薄紅の寝衣は、寝所を訪れる皇帝を誘惑するために作られたものだ。自分がアレクの目にどう映るか百も承知で、ヴィアは両手でアレクの頬を包み込み、ゆっくりと上体を傾けた。

ただ、一途に愛おしかった。慕わしくて恋しくて胸が潰れそうだった。

陽のような髪が肩から滑り落ち、白い肌に零れていく。甘い香りがふわりとアレクを包み込んだ。

「ヴィア……」

卓子に投げ出されていたアレクの腕が伸び、ヴィアの腰を強く引き寄せる。

もうずっとヴィアに触れていなかった。狂おしいほどの飢餓が喉元にせり上がり、アレクは夢中でヴィアの体をかき抱き、荒々しく唇を奪った。

その腕の中でヴィアは身を仰け反らせ、閉じた瞳の奥で束の間の夢を見る。

抱き上げられて寝台に運ばれる時、ヴィアはうっすらと微笑んだ。柔らかな闇が心地好く、これで欲しいものは全て手に入れたのだとヴィアは思った。

カーテン越しに漏れてくる柔らかな光に、ヴィアはゆっくりと頭をもたげる。片肘をつき、安らかな眠りを貪っているアレクの精悍な横顔をじっと見つめた。

こうして逞しい胸に抱き込まれていると、自分の体がひどく華奢で、頼りないもののように思えてくるのがヴィアには不思議だった。

実際の自分は多分、逞しい。笑っていれば何とかなると思うし、辛い事があっても、それだけで心を満たす事はしない。愛する人間を守るためならいくらでも強くなれるし、そのために傷ついても恐らく後悔はしない。

腕を伸ばし、アレクの精悍な頬のラインに沿って指を滑らせていると、不意にその手首を摑まれた。いつの間にか、目を覚ましていたらしい。

「いたずら好きな指だな」

起きている気配もなかったから、ヴィアは少し慌てた。

「眠っていらしたのではないの?」

「少し前に目が覚めて、お前が私の顔に見惚れているのを楽しんでいた」

「……！」

気恥ずかしさで顔が赤くなる。手首を振りほどこうと抵抗したら、体勢を変えたアレクにあっという間にのしかかられていた。

「お前にばかり主導権を握られているのは面白くない」

おそらく昨夜の事を言っているのだろう。そのまま口づけようと近付いてくる唇を、ヴィアはもう片方の手でとっさに遮った。

「手をどけろ」

不満そうに言うアレクに、眼差しだけで微笑む。

「もうすぐ侍女達が来るでしょう。そろそろ身支度しなければ」

「……焦らす気か？」

「わたくしにとっては深刻な状況です。貴方と違って、わたくしには恥じらいがございます」

こんな事をしていれば、そのうち侍女達が寝所に踏み込んでくるだろう。あられもない姿を初日から晒すのだけは絶対に避けたい。

「私にとっても状況は深刻だ」

「貴方の状況は知りません。さあ、手をお放しになって」

ヴィアは無情に言い放ったが、手を放すどころかもう片方の手首まで拘束され、呆気なく唇を奪われた。そのまま息が上がるまで、執拗な口づけを繰り返される。

「今日は一日、ここで過ごしたい」

腕の中に抱き込み、唇を触れ合わせる距離で、アレクが甘く囁く。

「気持ち的には賛成ですが、却下です」

「賛成なのか？」

嬉しそうに叫ぶアレクから、何とか体を離した。腰に絡みついてくる手を外させようと必死に格闘していると、扉の外から咳払いが聞こえた。

「陛下、お目覚めでしょうか？」

凍り付くヴィアを見下ろして、「まだ開けるな」とアレクが声を上げた。

ヴィアは真っ赤になった。中で何をしていたのか、皇帝宮の侍女達はきっと察している。

「何をそんなに恥ずかしがるんだ？　伽に呼ばれた時点で、する事は決まっているだろう？」

無神経な男の理論に、ヴィアは毛を逆立てた。

「そういう問題ではございません！」

形ばかり寝衣を整えると、すぐに侍女達が入って来た。

「朝はヴィアと食べる。ヴィアの支度を急いでくれ」

今日は午前中から、東の島国の使節団との謁見が待っていた。悠長にヴィアを着飾らせている時間はなかった。

手早くドレスを纏い、アレクの元に行くと、既にアレクは朝のお茶を口にしていた。ヴィアの席は斜め前に用意されている。水晶宮と同じように設えてくれたものらしい。

椅子に座り、ドレスの裾の乱れを侍女に直させながら、ヴィアは傍らに立つ侍従長にちらりと視線を走らせた。

水晶宮にいた頃から見知った侍従長だから、顔はよく見知っているが、頭頂部をはっきりと観察した事はなかった。大丈夫だ。生えている。

やがて、食卓の準備を終えた侍女らは下がっていき、一人残った侍従長にヴィアは問い掛けた。

「今日の陛下のご予定は？」

侍従長は、先ほどのヴィア妃の視線を不審に思いながらも律儀に答えた。

「午前中は使節団との謁見を。夕方からは、セクルト連邦の公国の公子の方々と晩餐が入っております」

「セクルト連邦の方が？」

因みにセクルト連邦の国々が信仰するカナ教は不貞を認めていない。勿論、貞節な人間ばかりが暮らしている訳ではないので、そこには抜け道があるのだが、形ばかりは一夫一婦制をとっている。聖教を国教とし、側妃や愛妾の存在を公に認めているアンシェーゼとは一線を画するのだ。

それで公子方との晩餐が自分の耳に入らなかったのだとヴィアは納得した。普通、他国の王族をもてなす際にヴィアは側妃として臨席するが、この度ばかりはヴィアがいてはまずいのだ。

「セクルト連邦の方々は、しばらくご滞在なの?」

「十日ばかり、こちらに滞在される予定です」

「そう」

アレクが困ったように自分を見つめているのに気付き、ヴィアは大丈夫と微笑んだ。このくらいの事で傷つく事はない。

そしてふと思いつき、尋ねてみた。

「セルティスは出席するのですか?」

宮中の晩餐にセルティスが出席する日は、アントーレの宿舎ではなく、紫玉宮に泊まる事が多いとヴィアは知っていた。実を言えばもう一月以上前から、ヴィアはその日を待っていた。

「セルティスも無論、出席するが」

「では、今宵は紫玉宮に泊まるのですね」

確認すれば、アレクは不思議そうにヴィアを見た。

「何かあるのか?」

「母の形見をいくつか整理したいのです。けれど、セルティスがいない間に、紫玉宮に行くのは憚られて。でも、今日セルティスが戻って来るなら、わたくしも向こうに泊まってもよろしいでしょうか？　あの子がアントーレに属してから、余り話ができていませんので」

「わかった。そうするといい」


朝食を共にしながら、ゆっくりとアレクと話すのも久しぶりだった。話したい事はたくさんあるが、多過ぎて話しきれない。許される時間はあまりに短かった。

「そう言えば一昨日、妹のマイラが水晶宮を訪ねてきましたのよ」

「マイラ、か」

突然紹介されて焦った日の事を思い出して、アレクは苦笑する。

「どんな様子だ。元気だったか？」

「元気ですわ。ただ、色々な事に疑問を覚える年頃になったようで」

困った事、とヴィアは唇に手を当てる。

「わたくしの侍従長にはどうして髪の毛がないの、と真面目な顔で聞かれましたわ」

アレクは噴き出した。碧玉宮の侍従長が禿げているとは初耳だ。

「お前は何て答えたんだ」

笑いながら聞くと、ヴィアは困ったように溜息をついた。

「そんな難しい質問、答えられませんわ。お姉様にはわからないから、今度お兄様達に聞いてみてと言っておきました」

「は？」

杯を手にしたまま、アレクは間抜けな顔で固まった。

「ですから、教えて差し上げて下さいね。どういった場面でマイラが貴方に聞いてくるのか、わたくしもとても興味がございます」

「何でそんなくだらない論争に、私を巻き込むんだ！」

思わず叫んだアレクに、ヴィアはにっこりと笑った。

「だって、答えようがなかったんですもの。どうして髪の毛がないところはテカテカなのかだとか、何故横だけ残っていて真ん中は生えないのだとか、わたくしにわかる訳がございませんでしょう？」

「私にだってわかるものか！」

侍従長は必死に笑いを堪えていた。道理で先ほど、自分の頭を確認したわけだ。

苦虫を噛み潰したような顔のアレクに、ヴィアは笑い声を立てる。その後、ひとしきり男性の毛髪についての談義を重ね、二人で笑い転げる頃には食事も終わっていた。

やがて侍従の一人がアレクを呼びに来て、アレクは名残惜しそうにヴィアを一瞥して席を立った。

戸口までアレクを見送り、ヴィアはよろしければ、と伝言を頼んだ。

「わたくしが今日、紫玉宮に泊まる事を、陛下の口からセルティスにお伝え願えませんか？」

アレクは穏やかにヴィアを見下ろした。琥珀の瞳が優しく細められる。

「そうしよう」

アレクは、ヴィアの頬に優しい口づけを落とし、侍従に従われて去って行った。

遠ざかるその姿をじっと見送りながら、ヴィアは傍らに立つ侍従長に尋ねた。

「陛下はいつも笑っていらっしゃる？」

侍従長は束の間、黙り込んだ。

「いえ。声を立ててお笑いになる姿は、皇帝になられてから初めて拝見しました」

「そう」

痛みを覚えたようにヴィアは眉根を寄せ、呟くように続けた。

「いつも笑って下さるといいわね」

それから、気持ちを切り替えるように、窓辺から見える広々とした青空を眩しそうに見やった。今日はヴィアにとって、最も慌ただしい一日になりそうだった。


晩餐の宴を終え、セルティスは弾む心で紫玉宮への回廊を急いでいた。姉が今日、紫玉宮に泊まると伝言を残してくれたからだ。

紫玉宮で一緒に夜を過ごすのは、本当に久しぶりだった。話したい事は山のようにある。姉が泊まってくれるのなら、時間はいくらでもあるだろう。

だが、紫玉宮に足を踏み入れ、出迎えたセイラ達が目を泣き腫らして自分を迎えた時、セルティスは恐れていたその日がついに来てしまった事を知った。

「……姉はいつ？」

言葉少なにそう尋ねると、セイラは手で涙を拭いながら言葉を絞り出した。

「昼過ぎです。こちらをセルティス殿下にお渡しするようにと」

渡された白い封書を、セルティスは握りしめる。我知らず頬を伝って流れ落ちた涙が、封書の字を滲ませた。

セルティスは乱暴に拳で涙を拭い、姉からの最後の文を読むために、ゆっくりと封を開けていった。


「ルイタスはどうした」

昨日の晩餐会は夜更けまで続き、あくびを噛み殺しながらアレクはそう尋ねた。取り敢えず時間のある時に書類仕事だけは済ませておこうと、朝早くから執務室に籠もっているアレクである。グルークは書類から目を上げずにそれに答えた。

「セクルトの情報を集めに、どこかをふらふらしているんじゃないですか？」

ルイタスの放浪癖はいつもの事だから、アレクもそう気にしている訳ではない。

「それよりも陛下、国境近くの軍の配備ですが」

そう声をかけてきたのはアモンだ。ここ最近、北のガランティア国境付近に出没する夜盗の被害が、深刻な問題になりつつあった。早急に手を打つ必要があると言われ、アレクが真剣な顔で報告書に目を通し始めた時、騎士の一人がやって来た。

「何事だ」

「陛下、セルティス殿下がお越しになっております」

「セルティスが？」

アレクは顔を上げ、アモンと顔を見合わせた。こんな時間帯にセルティスが執務室を訪れるのは初めての事だ。

「昨日は、ヴィア妃殿下と紫玉宮で過ごされたのではないのですか？」

「その筈だが」

何か嫌な予感がした。アレクは琥珀の瞳を眇め、厳しい表情で扉の方を見た。

「通せ」

アモンが声を掛けると、ややあってセルティスが姿を現す。

「セルティス、どうした」

セルティスは、まるで一晩泣き明かしたように目元を赤くしていた。案内の騎士が退がり、扉が閉められているのを確認して、セルティスはゆっくりと口を開く。

「姉上が皇宮を出ていかれました」

自分の顔色が変わるのが、アレクにはわかった。

「いつだ」

「昨日の昼過ぎです。夜に紫玉宮に戻りましたら、姉からの書き置きが残されていました」

「昨日の昼過ぎ……？」

アレクは息を呑んだ。

「何故、昨夜の内に言わない！　すぐに騎士を……！」

その足で戸口へ向かおうとするアレクの背中に、セルティスが悲鳴のような声をかけた。

「姉を自由にしてやって下さい！」

駆け出しかけていたアレクの足が止まる。セルティスはぽろぽろと涙を零していた。

「お願いします、兄上。姉上は多分、じっと機会を窺っていた……。警備の厳しい水晶宮からは抜け出せないから、私が紫玉宮に泊まる日を待っていて、それが昨日だったんです……」

アレクは感情を抑えるように肩で息をつき、苛烈な眼差しでセルティスを見据えた。

「何故、ヴィアを行かせた！　何故、引き留めようとしない！」

セルティスは拳で涙を拭った。

「私は姉に、大きな借りがあったからです」

「借り、だと？」

二度、三度、躊躇うように唇を震わせ、ひどく辛そうにセルティスは言葉を絞り出した。

「姉の父親を殺したのは、私の……私達の父上です」

「……！」

アモンやグルークまでもが思わず息を呑んだ。馬鹿な、とアレクが小さく呟く。

「母に横恋慕した皇帝は、近衛に命じ、母と姉の目の前で姉の父親を殺したのです。幼い姉まで手に掛けようとしたので、母は姉の命と引き換えに皇帝の愛妾となりました」

語られる壮絶な過去に、アレク達はもはや言葉も出ない。セルティスはしゃくりあげながら、それでも気丈に話を続けた。

「母がそれを私に話してくれたのは、この事が別の人間から私の耳に入る事を恐れたからです。母はよく、自分と姉が生きているのは私のおかげだと言ってくれました。当時三つだった姉は、目の前で父親を殺された衝撃から、喋る事も笑う事もできなくなっていたそうです。それを見ていた母は、この子を殺して自分も死のうかと毎日思い詰めていて、そんな時に私を身ごもっている事に気付いたのだと。母はお腹の子のために生きてみようかと思うようになり、それから姉も……赤子の私を見て笑ってくれるようになったと母が言っていました」

明るく楽天的な二人だったが、痛みを知らないから笑っているのではない事を、セルティスは幼い頃から知っていた。

恨んではだめよ、と母は繰り返し姉に言い聞かせていた。人を恨んでいたら幸せになれない。恨むよりも幸せになりなさいと。

「私は二人にとって仇の息子ではあったけれど、二人は心から私を愛してくれました。母は姉に、市井に下りて普通の結婚をするようにと言っていたけれど、亡くなる間際に、私を守ってやるよう姉に言い残してくれ、だから姉は皇宮に残ってくれたのです」

守られるばかりで、自分は何も姉にしてあげられなかった。殺されそうになった時、身を挺して庇ってくれたのも姉だし、そのせいで姉は命まで落としかけた。

「兄上」

セルティスは泣き腫らした目を真っ直ぐにアレクに向けた。

姉がこの兄の正妃になれたらどんなにいいだろうと、本当はずっと思っていた。だが、それは不可能なのだ。この兄はいずれ、もっと政治的に価値のある、後ろ盾のしっかりした女性を皇后に迎え入れる事になるだろう。

「母はいつも、幸せな結婚をするように姉に言い聞かせていた。側妃が皇后からどんな扱いを受けるか、私はずっと見て育ってきたのです。私は姉上に、母のような悲しい思いをして欲しくない……」

その先は言葉にならず、セルティスはただ泣くばかりだった。

アモンがセルティスの肩を抱き、黙って自分の体に引き寄せる。セルティスがアントーレ所属である以上、アモンにはセルティスを庇護する義務も理由もあった。

「とにかくセルティス殿下を別室で休ませます。よろしいですね」

確認だけで返事を待たず、アモンはそのままセルティスの肩を押すように部屋から退出していった。

アレクは一歩も動けなかった。傷付いている弟に、言葉をかけてやる余裕もない。アレク自身が打ちのめされて、立っているのがやっとだった。

書類を手に、惚けたようにその場に突っ立っていたグルークが、ようやく自分の立ち位置を思い出したように書類をテーブルの上に置いた。

「この部屋は、午前中、騎士の立ち入りを禁じておきます。それまでに気持ちを落ち着かせて下さい」

アレクは何も答えず、震える拳をダンっとテーブルに叩きつけた。髪が乱れ、俯いたアレクの表情を隠す。

「お昼にお迎えに上がります」

グルークはわざと事務的に声をかけ、退出した。

扉を閉めた時、部屋の中から怒号が聞こえた。壁にグラスを叩きつける音も。グルークは足を止め、唇を嚙みしめたまま暫くその場に留まっていたが、やがて重い足取りでその場を去って行った。

昼過ぎから、アレクは何事もなかったように執務に戻り、ガランティアの件について重臣らと意見を交わした。夜にはセクルトの公子らとも会食をした。何を話していたのかよく覚えていないが、ただ、下らない話だったとは思う。今日は無事に一日を乗り切れた。明日もきっと大丈夫だ。こうして一日一日を積み上げていけば、いつかこの胸の痛みも薄らいでいくのかもしれない。

私室で一人杯を傾けていると、ノックの音がした。

「誰だ」と声を掛けると、「陛下、入りますよ」と聞き慣れた声が返ってきて、やがてルイタスが酒瓶を二本と自分用の杯を手にして入ってきた。

「何をしに来た」

胡乱な目を向けると、ルイタスは悪びれずに答えた。

「一人で飲む酒は、美味しくないでしょう」

どうやら朝の一件は、全て聞いているらしい。アモンは寡黙な男だし、グルークは頭が切れるくせに、気の利いた言葉が一切言えない。

「私の相手を押し付けられたか」

そう言うと、ルイタスは笑い出した。

「何がおかしい」

「いえ、思っていたより貴方が元気だと思って」

空になったアレクの杯に新しい酒を注ぎ入れ、自分の杯にも同じように注ぐと、ルイタスはアレクに向かって軽く杯を持ち上げ、勝手に飲み始めた。

「自分は妃殿下の仇の息子だったのかぁって、穴を掘って落ち込んでいるかと思ったんですよ」

いつも通り軽い口調だが、ルイタスは心底心配していたのだろう。それがわかるから、アレクも仕方なく笑う。

「前にヴィアに言われた事があるんだ。私の親がヴィアの家族を殺したとしても、決して私を恨む事はないと」

「何ですか、それ」

さすがにルイタスはびっくりしたようだった。

「家族を殺したとしてもって、そんな重い話、いつしたんです？」

普通の会話じゃないでしょうにとルイタスが言うから、アレクは肩を竦めた。

「ヴィアが皇后に殺されかけた時だ。ヴィアに恨まれても仕方がないと言ったら、何だかひどく真面目な顔をしてそんな風に言われた。あの言葉で救われた気がしたから、よく覚えているんだ」

「家族を殺したとしても、ですか」

ルイタスはゆっくりと言葉を反芻する。そして大きく溜息をついた。

「実はロフマン卿が、私に言ってきた事があるんですよ。ヴィア妃の父親を殺したのはパレシス陛下ではないかと。ヴィア妃が三つの時、目の前で近衛に人を殺され、自分も殺されそうになったから、母親が皇帝の許に行ったと聞き……、それで思ったそうです。あれほどツィティー妃に執着していた皇帝が、その夫を殺さずにいられるものだろうか。むしろ夫を殺され、娘までも殺されそうになったから、ツィティー妃が皇宮に入ったと考えた方が自然なのではないかと。私はあり得ないと言ったんですよ。ヴィア妃は心からセルティス皇子を可愛がっていた。もしパレシス帝が実の父親を殺したと知っていたら、その男の息子であるセルティス皇子を愛せる筈がないと言いました」

けれど、とルイタスは言葉を続ける。

「全て承知のうえで、家族として暮らしておいでだったのですね。貴方の事も、全てを知った上で守ろうとなされていた。本当に妃殿下らしい。陛下が真実を知った時、傷付かないよう、ちゃんと言葉を残しておられた」

愛されていますよね、と言うルイタスに、アレクは平坦な声で問いかけた。

「どうしてそうだと分かる」

アレクは杯の酒を一気に呷った。

ルイタスは僅かに眉宇を寄せた。陛下が酒浸りになりそうなので、ルイタスは今日、なるべく度数の少ない酒を選んできた。このくらいの酒なら主には堪えないだろうと踏んでいたが、ここまで気持ちが乱れていると悪酔いしてしまうかもしれない。

「わかりますよ。姿を消したのだって、結局陛下のためだ」

「何故、そう言いきれるんだ。今の私は、お前ほど自信家にはなれない」

アレクは自嘲するように、唇を歪めた。

「エベックに話を聞きに行ったんですよ。あいつはずっと、妃殿下の警護をしていたから、何か聞いているんじゃないかと思って」

「……あいつは何か言っていたか」

「ロフマンの城塞で、妃殿下が言われたそうです。自分が側妃に迎えられたのはそこに政治的な配慮があったと噂を流すようにと。妃殿下は、いずれ陛下がお迎えになる皇后と陛下が対立されないよう、そこまで心を砕いておられたんです。貴方を愛しておられなかった筈がない」

妃殿下が皇宮を出ていかれたと知って、エベックは衝撃を受けていた。ある程度知らされてはいたようだが、受け入れられるものではなかったのだろう。

話を聞くだけ聞いたルイタスが立ち去ろうとすると、エベックは一つだけ教えて下さいとルイタスを引き留めてきた。

自分が妃殿下の護衛騎士に選ばれた事をずっと不思議に思っていました。もしかして、私に関する夢を何かご覧になっていたのですかと。

だからルイタスも真実を教えてやった。そしてこれきり、ヴィア妃の事は忘れるようにエベックに告げた。

「妃殿下は……、こうするしかなかったんですよ。貴方が皇后を迎え入れたとしても、ヴィア妃が貴方の傍にいる限り皇后は冷遇される。女性は男の眼差し一つで、誰を愛しているか敏感に感付いてしまうものですし、そうなったらヴィア妃は憎まれるだけだ。そして国も乱れていく」

「わかっている」

アレクは感情の抜けた声でそう答えた。

早く自由にしてやる事がヴィアの幸せだとわかっていた。けれど、自分にはできなかったのだ。

「随分前、まだ皇太后が存命の頃、陛下は夜に水晶宮を訪ねた事がありませんでしたか？」

ルイタスに問われて、アレクはよく知っているなと乾いた声で言った。

「確かに行った。皇太后からヴィアを遠ざけるように言われ、思わず会いに行っていた」

「皇太后に？　それで話をされに行ったわけですか」

「それがどうかしたか？」

アレクは吐息だけで嗤った。

「今更あの日の事を持ち出しても仕方あるまい」

「いえ。これでようやく合点がいったと思って」

ルイタスは空になったアレクの杯に、なみなみと酒を注いだ。

「ヴィア妃と仲の良かった侍女を訪ねてみたんです。何か知っていないかと思って。そうしたらあの日、陛下が帰られてから妃殿下が泣きじゃくっておられたと言っていました。子どものようにしゃくりあげ、最後には泣き疲れて眠ってしまわれたと。その侍女は理由までは知らなかったようですが……。そうですか。そういう話が出ていたのなら、仕方がありませんね」

アレクは、杯に視線を落とした。飲み慣れた筈の酒が苦かった。

「違う」

アレクは呟いた。

「ヴィアを遠ざけるとは私は言っていない」

私から離れるのかと、自分は恨みがましくヴィアに聞いただけだ。

「ヴィアは私を忘れて幸せになると言った。だから私は、忘れないと言った。お前にはできても、私には無理だ。お前を諦める事はできないとヴィアに言った」

酔えないな……とアレクは思った。部屋に戻ってからずっと飲み続けているのに、全く効かない。

「それだけだ。ヴィアは私の言葉に返事もくれなかったんだ」

辛い言葉は全部ヴィアに言わせた。出ていく事を許してやれば、きちんと生活に困らぬだけのものを用意して、ヴィアはきちんと別れを告げて出て行っただろう。

「行かせてやれば良かった」

後悔で胸が引き千切られる。アレクは拳を握りしめた。

「私が許さなかったから、逃げるように出て行かせるような事になったんだ。たった一人の弟と、別れを惜しませる事もできなかった。私が手を放してやれば！」

アレクは両手で顔を覆った。覆った指の間から、涙が零れ落ちる。

「陛下、もういい！」

「取り返しがつかない……！　ルイタス、私はどうすればいい」

震える言葉が、薄闇の中に落ちる。

ちゃんと暮らしに困らぬだけのお金は持って行けただろうか。今日泊まる所はあるのか。女一人の旅で、心細い思いはしていないだろうか。

抑えようとしても、咽び泣きを止める事ができなかった。

残ったのはやりきれない後悔だけだ。幸せにできないと分かっていたのに、手放す事もできずに囲い込もうとした。挙句に一人で出て行かせた。

愛していた女に、何一つしてやれなかった。

ルイタスが肩を抱いて、何か必死に言っていたが、アレクの耳には入らなかった。

ただ、呷るように杯を重ね、罵声をまき散らして、自分を罵った。

「今日だけだ。許せ」

酔い潰れて意識を落とす寸前、体を抱きとめて来たルイタスにそう謝った。

身体(からだ)を支えるように主を寝台に寝かせたルイタスは、ようやく眠りに落ちた主の顔を静かに見下ろして、「いいんですよ」と一言呟いた。


ヴィア妃は、亡き皇太后の元領地で、今はアレクが所有するガラシアの地に静養に行かれたと、公式には発表された。

ガラシアは皇都ミダスから遠からず近からずといった距離で、皇太后の避暑の別邸があった所だから、皇帝の側妃がそこで過ごす事は不自然ではない。

皇太后の死でざわついていた宮廷も、次第に落ち着きを取り戻し、新皇帝の下、アンシェーゼは国としてのまとまりをようやく見せ始めていた。

新皇帝に準ずる形で注目を集め始めたのが、皇帝の異母弟、セルティス皇子だった。

ここ一、二年で身長も伸び、すらりとして秀麗な面立ちの十四歳の弟皇子は、幼少時、病弱だった事が嘘のように、過不足なく皇族としての務めを果たすようになっていた。

皇帝は殊の外、この弟皇子を可愛がっており、仲睦まじく回廊を歩く姿や、一緒に遠乗りをする姿も度々見られている。

一度、野心を持った貴族がセルティス皇子を唆し、自分の手の内に取り込もうとした事もあったのだが、その話を持ち掛けられたセルティスはその場では何食わぬ顔でやり過ごし、暫く後に、廷臣らが集まった会議の間でその話を暴露するというえげつないやり方で、その貴族を失脚させてしまった。

以来、皇帝を差し置いて、弟皇子を玉座に持ち上げようという、命知らずの勘違いは出ていない。

やがて、前皇帝夫妻の服喪が終わろうとする頃、アレクはずっと心に掛かっていた事を確かめてみようと思い立った。

夕刻に四人で酒を飲んでいた時、アレクはふと杯を呷る手を止め、「お前たちに聞きたい事があるが、いいか？」と三人の顔を見回した。

「いきなり何事です」

不思議そうにこちらを見てくるルイタスに、「ヴィアの事だ」とアレクは答える。

それまでの歓談が嘘のように、場はしんと静まった。

「以前からヴィアはお忍びと称して城の外に出ていたが、前皇帝の死後は警備も強化され、ヴィアの知るやり方では皇宮を抜ける事はできないんだ。時間稼ぎのために紫玉宮での泊まりを口実に使ったのは確かだが、それだけでは城外には出られない。誰かがヴィアの出奔に手を貸した筈だ。ヴィアが皇宮を出る必要を感じていて、ヴィアが心を許して相談でき、皇宮を出る許可証を偽造できる者。私はお前達のうちの誰かだと思う。責めるつもりはない。だが、どうしても知りたい。言ってくれ」

三人は押し黙り、誰も目を上げようとしなかった。迷うように視線を床に滑らせていたルイタスが口を開こうとした時……。

「私です」

静寂を押し破るように、グルークが答えた。瞳は恐れず、主の方へ向けられている。

「お前、か」

アレクは感情を抑えるように、大きく一つ息を吐く。

「皇太后が亡くなられた頃より、妃殿下から相談を受けておりました。あの日、妃殿下から今日出ますと報せを受け、許可証を用意したのは私です。自分が何をしたかはわかっているつもりです。私を罪に問いたいのであれば、謹んでお受けいたします」

「お待ち下さい！」

凍り付いたように固まっていたアモンが、弾かれたように顔を上げた。

「罪を問うなら、私も一緒です。私も薄々気づいていました。ルイタスかグルークか、どちらかが手を回したのだろうと。知っていて黙っていました。ですから私も同罪です」

友を庇おうと必死で言い募るアモンを、アレクは黙って見つめる。そのアレクの横で、ふと柔らかな溜息が落とされた。

「私も何となくそう思っていましたよ」

緊迫感のない声でそう口を挟んだのはルイタスだった。

「気付いたのは随分後でしたが、ヴィア妃だけではこれほど完璧に足取りを隠せないだろうなと。陛下も気付かれてずっと黙っていらした訳でしょう？　今になって蒸し返されるとは、一体何がお望みなんです？」

ルイタスの落ち着き払った口調に、アレクは拗ねたようにそっぽを向いた。

「お前は落ち着き過ぎだ。少しは焦ってみせろ」

主が怒っている訳ではないらしいと判じたルイタスは、軽く肩を竦めてみせた。

「ヴィア妃を手元に戻したいと？」

あまり賛成できませんが、と言葉を濁しながらも、ルイタスはある程度覚悟を決めた。ヴィア妃が去ってから、主があまり笑わなくなった事に気付いていたからだ。

「そうじゃない」

アレクは柔らかく否定した。

「無理やり連れ戻しても、幸せにしてやれる訳じゃない。私はただ、知りたいんだ。ヴィアが元気にしているのか。ヴィアを逃がした者なら、それを知っているんじゃないかと思った」

アモンとルイタスがグルークを見た。

「場所は知っています」

アレクの目を真っ直ぐに見つめ、グルークは答えた。

「セクルト連邦との国境に近いトウアの街です。あそこは交易が盛んで、準貴族と呼ばれる裕福な商人が多く、妃殿下が暮らされるのにちょうどいいと思いました。貴族の家で家庭教師をしていたという偽の紹介状をお渡ししました。妃殿下は、礼儀作法一般に優れていらっしゃいますし、家庭教師ならば主人夫妻や執事、侍女頭に次ぐ身分ですから、相応の敬意を持って迎えられます。そう、辛い思いはなさらないのではないかと思いました。紹介した先の準貴族の家名は控えてあります。二度と連絡はとらないという約束でしたので確かめてはいませんが、多分そちらにおられる筈です」

「家庭教師、か。よく思いついたな」

思わず、感嘆の声を上げるのはルイタスだ。それならばある程度収入ももらえ、危険な事もない。うってつけの職だと言えるだろう。

アレクもそれを聞いてほっとした様子だった。

「元気にしているか知りたいんだ」

アレクの言葉にグルークは頷いた。

「わかりました。すぐに調べさせましょう」

「私に任せていただけませんか？」

口を挟んだのはアモンだ。

「アントーレの騎士ならば、トウアまで往復四日で行けます。それにある程度事情を知り、妃殿下の生活を壊さぬ配慮ができる奴がいい。こちらで手配させて下さい」

「誰を行かせるつもりだ？」

アレクの問いに、アモンは笑った。

「護衛をしていたエベックです。あいつも心配していましたから、この任務を喜ぶでしょう」


エベックが帰ってきたという知らせを受けたのは、その五日後の事だった。

セクルトの大使との謁見を済ませたアレクは、弟のセルティスにも声を掛けてやり、二人で執務室へと向かった。

「姉上はどんなご様子だった？」

開口一番、瞳を輝かせて尋ねてくるセルティスを、エベックは何とも言えない顔で迎え入れた。

皇帝と皇弟殿下に取り敢えず帰還の挨拶をするが、その顔にはいつもの覇気がない。不審に思ったアレクが三人の側近の顔を見れば、こちらもどこか苦い顔をしていた。

「エベック。話せ」

アモンの命に、エベックはようやく口を開く。

「妃殿下は、アガシと言う準貴族の家で、確かに家庭教師をされておりました。作法も申し分なく、教養も深く、雇い主の信頼も確かに厚かったそうです。が……」

「が、どうしたのだ」

「その家を訪れた裕福な商人の跡取り息子が、妃殿下を見初められたそうです。恋煩いで寝込んでしまう程ののぼせようだったそうで。顔立ちも良く、商才もあり、若く、博打(ばくち)とかの悪い癖もなく、申し分ない縁談だと雇い主が大層喜ばれて、あっという間に縁談が決まり……」

「嫁いだのか」

アレクは息を呑んだ。

愛している女性が幸せになったというのなら、自分は祝福しなければならないとアレクは思った。それを知るために、自分はヴィアの様子を調べさせたのだから。

けれどヴィアが他の男と結婚したのだと思うと、まるで心臓に杭を突き立てられたようだった。祝福の言葉を口にしなければならないと分かっていても、言葉が出ない。

だがエベックが続けた言葉は、アレクが予想もしないものだった。

「縁談を嫌がって、失踪されました」

「は……？」

思わず声を上げたのは、アレクではなくセルティスだった。

「結婚を人生の目標にしていた姉上が、結婚から逃げた？」

信じられない、とセルティスは首を振った。

「もしかして、事件に巻き込まれたとかではないの？　姉上はきれいだし、あるいは誰かに妬まれていたとか」

「雇い主への書き置きがあって、筆跡も妃殿下のものでした。荷物もきちんと片付けられていたと言いますから、御覚悟の失踪だったのだと思われます」

アレクは呆然とした。思いがけない展開で、流石に何をどう考えていいのかわからない。

「ハゲで、デブで、年寄りでもいいと言われていませんでしたっけ？」

何とも間の抜けたルイタスの問いに、何の話？　という顔で、エベックが首を傾げた。

「うん。姉上はそう言ってた。でも、嫌だったんだ」

セルティスは独り言のように呟き、ちらりと兄の精悍な横顔を盗み見た。

「比べちゃ、駄目だよね」

「と言うか、忘れられなかったのでは？」

ルイタスがひそひそとそれに答える。

「しかし、まずいですね。ここできっぱりご結婚されていれば、陛下の諦めもついたのに」

わざわざ声を潜めても、同じ部屋なので丸聞こえである。アレクは複雑そうな顔で、ルイタスを見た。

「言いたい事はわかるが、私自身、喜んでいいのかどうかもわからない」

ヴィアがまだ自分の事を想ってくれているらしいというのは、舞い上がる程に嬉しかった。が、だからと言って手に入れられる訳でもない。それにこれで、無事でいるかどうかもわからなくなってしまった。

「他に情報はないのか？」

アモンが厳しい声で言い、エベックは首を振った。

「その後の足取りは全く摑めませんでした」

流石にグルークは青ざめていた。妃殿下との約束を守って、律儀に連絡を取らなかった事が、今更ながらに悔やまれた。

「そういう形で失踪すれば、二度と紹介状はもらえません。まともな職に就く事は不可能です」

「近衛を使って追わせたら……」

言い掛けて、主の表情に気付いたアモンは賢明に口を閉ざした。

「申し訳ありませんでした。軽率でした」

「何がいけないのですか？」

エベックは上官に尋ねかけた。

「陛下直属の近衛なら、我々よりも上手に妃殿下の足取りが追えるでしょう」

「確かに近衛なら、見つけられるかもしれないけどね」

皮肉げな笑みを浮かべ、そう答えたのはセルティスだった。

「前皇帝が同じように、ツィティー妃を追わせたんだ。姉の父親を妻と娘の前で惨殺し、皇帝の許に連れて行った。同じように兄上が近衛を使って姉上を追わせたら、姉上は二度と兄上を許さないと思うよ」

エベックは絶句し、うろうろと視線を床に這わせた。

「エベックに一つ聞きたいんだけど」

セルティスは真っ直ぐにエベックを見た。

「何でしょうか」

「姉上は向こうで何と名乗っていた？」

アレクは眉宇を寄せて弟を見た。セルティスが何を言いたいのか、わからなかったからだ。

「ヴィアトリス・セイゼです」

「そうか」

その途端、セルティスは嬉しそうに顔を綻ばせた。では姉は、一つだけ欲しいものを取り戻したのだとセルティスは思った。

「ヴィアトリス？」

アレクが僅かに首を捻るのへ、セルティスは笑って頷いた。

「姉の父親がつけた、姉の本来の名です。父に繋がるものはそれしかなかったから、姉はとても大事にしていた。アンシェーゼにそぐわないと無理やり改名させられて、母も姉もヴィアトーラと言う名前をずっと嫌っていたんです。ですからずっと、ヴィアとしか自分を呼ばせなかったでしょう？」

父親を殺した男につけられた名前を名乗らなければならなかった姉の口惜しさを間近で見てきたから、セルティスはその事がずっと気になっていた。

「多分、姉は大丈夫ですよ」

セルティスは明るい声でそう言った。

「自分の欲しかった名前をようやく取り戻し、絶対に幸せになると自分に言い聞かせて、きっとどこかで逞しく生きている筈です」


結局、ヴィアの足取りも全く摑めぬまま、一年以上が過ぎて行った。

縁談は相変わらずアレクの許に届き、廷臣らもことある毎に勧めてくるが、アレクは決して首を縦には振らなかった。

周囲から説得を試みようにも、まさかヴィア妃の弟君に口添えを頼む訳にもいかず、皇帝宮の侍従長といえば、賄賂がきかない事で有名だ。そして皇帝の側近は揃いも揃って、皇帝の意に染まぬ事に対してはのらりくらりと返答を濁す者ばかりだ。

だが、婚姻を決めようとしない皇帝に周囲から不満の声が上がっているかと言うとそんな事はなく、精力的に政治に取り組もうとする姿勢を評価する声の方がむしろ高かった。

急進的な改革は反発を招くと知っているので、アレクは辛抱強く、堅実に民の利を考えた治世に専心した。秩序の徹底と治安の改善を軸に貧困層への対策を打ち出し、必要ならば法整備も行った。皇都から伸びる街道にも手を付け、流通を滑らかにする事で景気も徐々に上向き始め、国家としてのまとまりも着実に出始めている。

一つ気にかかっているのが国の治水で、毎年雨期に氾濫を起こすビゼの河に今年こそ手をつけようとアレクは考えていた。度重なる民からの嘆願があったのに、それを放置しておいたのは、前皇帝だ。十年単位の歳月をかけて行う大規模な事業なので、手を出したくなかったのだろう。

アレクは雨の降りしきる音を窓越しに聞き、小さく溜息をついた。

今年はまだ春先と言うのに、何度か激しい雨が降っている。工事の規模を試算し、一、二か月の内には、一度視察を行った方がいいだろう。

日中は公務に追われ、夜は私室に書類を運ばせて、眠るまでずっと資料を捲(めく)る日々が続いていた。

こんな風に根を詰めるのは、一人きりで過ごす夜が寂しいからだ。ヴィアと過ごした歳月は、決して長くはなかった。なのに、忘れられない。

せめて無事でいる事が分かれば、とアレクは思う。傷つけると分かっているから、近衛は動かせなかった。アモンに探させてはいるが、正規のやり方でヴィアが見つかるとはとても思えない。

「もう、私を忘れたか」

書類を捲る手を止め、アレクは小さく呟く。

自分を忘れ、幸せになるとヴィアは言った。その強さも愛していたが、気丈に振舞う陰で、ヴィアは一人泣いていた。子どものように声を上げて泣いていたという侍女の言葉に、胸が詰まる。ヴィアが去って一年半、いや二年になるのか。

「お前は忘れていい」

覚えている事が辛いなら、私の事は忘れていいとアレクは思った。

「だが、私には無理だ」

この部屋で一晩だけ、ヴィアと夜を過ごした。一晩中ヴィアを腕に抱き、その温もりを愛おしんで朝を迎えた。じゃれ合っているところに侍女から声を掛けられて、恥ずかしがっていたヴィアの姿を今も覚えている。

たわいのない事で笑い、痴話げんかもたくさんした。ヴィアといると時間を忘れた。

そしてもう二度と、その温もりに触れる事は叶わない。

居所を知らない方がいいのかもしれないとアレクは思った。知ればきっと、連れ戻してしまう。恨まれても憎まれても、ヴィアをこの皇宮に閉じ込めたいと願ってしまうだろう。

狂っているな、とアレクは自分を嘲笑った。

書類をテーブルに投げ、どさりと寝台に身を横たえる。アレクは腕で顔を覆った。

「ヴィア……」

会いたい、どこにいる……。

膨れ上がる想いだけが、ただ闇に虚しく呑まれていく。慣れ親しんだ柔らかな孤独の中で、アレクはヴィアの面影をひたすら追った。

第四章　身分違いの恋の行方

Karisome Chouhi no Pride

　その日エベックは、久しぶりの休暇で皇都ミダスの中心街に出ていた。

　老舗が立ち並ぶその一角にはアントーレ騎士団御用達の店があり、夜会用の正装着から得物に至るまで幅広く品物が取り揃えられている。そこでいくつか買い物を済ませ、そのまま騎士団の仲間と合流して、どこか馴染みの店にでも行く予定だった。

　店に入ろうとした時、「エベック」と女に名を呼ばれた気がした。

　が、エベックは構わず、その店に入ろうとした。騎士仲間ならエベックを呼び捨てにしてくるが、女にそういう知り合いはいない。別の人間を呼んでいると思ったからだ。

　けれど、店の扉に手を掛けた時、もう一度強く名を呼ばれた。エベックは歩を止めて怪訝そうに振り返り、視線の先に思い掛けない人物の姿を見つけて驚愕した。

「妃殿……」

　言い掛けて、慌てて口を閉じる。下層の女達が着るような粗末な麻の服を身に纏っていたが、それはまさしくヴィア妃だった。

トウアで姿を消して以来、アントーレ副官は必死になってヴィア妃の行方を追っていた。公式には静養とされている皇帝の側妃を大っぴらに探す訳にはいかず、捜査は難航し、エベック自身、もう二度と会う事が叶わないと諦めかけていた。

「よく、御無事で」

エベックは足早に駆け寄ると、通りに面した街路樹の下にヴィアを誘導した。護衛騎士の習性で、無意識にヴィアを人から庇う位置を取る。

「その恰好は……」

そうして改めてヴィア妃を見下ろして、エベックは痛ましげに言葉を呑み込んだ。

おそらく髪の手入れができなかったのだろう。宝玉や金細工の飾りなどでいつも美しく整えられていた艶やかな金髪は、今は色褪せたリボンで後ろ一つに括られている。身に着けているドレスもまた、下町の女達が着るような簡素なものだ。生地はすっかり色落ちしており、華やかに着飾った往時の姿を知るだけに、苦労している様子が窺えて胸が詰まった。

「何か勘違いしているようだけど」

ヴィアは困ったように笑った。

「わたくしは今の生活に満足よ。元気にしているし、ちゃんと毎日を楽しんでいるわ。ただ今日は、どうしてもエベックに用があって、貴方を待っていたの」

「私を？」

　思い掛けない言葉に、エベックは驚いてヴィアを見た。

「ならば、アントーレ騎士団の方を訪ねて下されば」

　言い掛けてすぐに気付いた。このような姿のヴィア妃が騎士団の門を訪れて自分に会いたいと願い出ても、門番が取り次いでくれる筈がない。

「無理でしたね。けれどどうして、ここがわかったんです？」

「以前アモン様に伺った事があるのよ。アントーレ騎士団御用達の店があって、騎士達がよくそこを訪れるって」

「それで張り込んでいらしたのですか？」

　面白がるように片眉を上げると、ヴィアは笑った。

「今日で六日目よ。これで貴方が来なければ、誰でも騎士を捕まえて、私の妹が貴方に弄ばれて子ができたと、泣き落として貴方に繋ぎをとらないとならなかったわ」

「勘弁して下さい！」

　思わずエベックは、悲鳴のような声を上げた。

「本当に良かったわ。今日あなたが来てくれて」

　しみじみと感慨深そうに言われて、エベックは眉をへの字にした。それはどちらかと言うと、自分の弁である。

「それにしても、何か困られている事でも？」

わざわざ自分を待ち伏せておられたくらいだから、何か用があったのだろう。

エベックにとってヴィア妃は命の恩人だ。いや、恩人でなくても、エベックはこのかつての主に心酔し、今なお深い忠誠を覚えていた。何か困った事があるのなら、少しでも力になりたいと心から思った。

だが、ヴィアが口にした言葉は、エベックの想像をはるかに超えるものだった。

「どうかアモン様にお伝えして。陛下が馬ごと濁流に呑まれる夢を見たの」

エベックは驚愕し、厳しい目でヴィア妃を見つめた。

「いつです！」

「二週間ほど前になるわ。知らせようと、ミダスに辿り着いたのはいいけれど、どうやって陛下に繋ぎをとればいいかわからなくて……。貴方がこの店を利用するかもと思い付いて、それで待っていたの」

エベックは我知らず、詰めていた息を吐いた。

「詳しい内容を教えて下さい」

ヴィアは瞳を閉じた。夢の記憶を辿るように、ゆっくりと言葉を選んでいく。

「どこか大きい河沿いを馬で進んでおられるの。隣にグルーク様がいて、治水がどうとかと言われていた気がするわ。……雨が上がって間がないのかもしれない。河は泥水の濁流が流れていて、足元もぬかるんでいた」

「場所に何か特徴は？」

「そこからとても大きな岩が見えたの。人の横顔のように見えない事もないわ。それからその隣に、ひときわ高い木が三本生えていた」

ヴィアは心配そうに両手を握りしめた。

「それだけなの。場所がわかるかしら」

「人の横顔のように見える大きな岩と、隣に高い木が三本あるのですね。陛下はビゼ河の治水工事の視察で、近々そこを訪れる予定でおられます。ビゼの河流を辿って行けば、おそらく場所は特定できます」

「絶対に行かないでと陛下にお伝えして」

泣きそうな顔でヴィアは頼んだ。エベックは返事を保留した。

「私より、貴女が直接ご説明された方がいい。一緒に皇宮に戻って下さいませんか」

だが、ヴィアは首を振った。二度と皇宮に足を踏み入れるつもりはなかったからだ。

エベックは迷うように瞳を彷徨わせ、それから真っ直ぐにヴィアと目を合わせた。

「陛下がずっと探しておいでです」

無事でいるかどうかだけでも知らせて差し上げたいと、アントーレ副官が苦渋の顔で呟いておられた。副官にとっては、それほどの懸念だった。

ヴィアは小さく溜息をついた。

「陛下にお会いする気はないわ」

エベックは束の間、黙り込んだ。

「……もうご結婚されたのですか？」

その問いに、ヴィアは警戒するようにエベックを見上げた。

「どうして、そんな事を聞くの？」

「ご結婚されていれば、生活も安定されていると思うので」

もっともらしくエベックが答えた。

「してないけど、ちゃんと生活できているわ」

「……では、ご結婚の予定は？」

ヴィアはもう一度溜息をついた。今度は呆れたようにかつての護衛騎士を見る。

「どうしてそんな事を知りたいの？」

「ご結婚の予定があれば、生活も安定するかと思いまして」

生真面目にエベックが繰り返す。

「予定はないけど、いつかはするわ。なかなか出会いがないだけよ」

「家庭教師をしていたトウアで裕福な商家の跡取り息子と出会ったのに？」

思いがけない逆襲に、ヴィアは耳まで真っ赤になった。

「どうして知ってるの！」

「貴女を探しに、わざわざトウアまで行ったのは私ですから」

「……どうして来るのよ」

ヴィアは視線を落とし、ぽつんと呟いた。

「文句は皇帝陛下に言って下さい。因みに今は、アントーレ騎士団が貴女の捜索に駆り出されています。余計な任務が増えて、可哀相だと思われませんか？」

アレクの事を考えると、ヴィアは何だか泣きたくなる。気弱な顔を見られたくなくて、ヴィアは俯いた。

「忘れてくれていいのに……」

アレクにもちゃんとそう言った。陛下を忘れて幸せになると。

それ以上その会話を続けたくなくて、ヴィアはついでのように別の事を問いかけた。

「……みんなは元気なの？」

「セルティス殿下は、公務に出て来られるようになりました。背も伸びて、随分大人びておいでです。お姿を見たら、きっと驚かれる事でしょう。アントーレ副官、グルーク様、ルイタス様はお変わりございません。ロフマン卿からは、静養中の妃殿下はお元気かと尋ねられました。口調から察するに、妃殿下が別邸におられない事に薄々勘づいておられる様子です。それから……」

「……どうして陛下の事を教えてくれないの？」

横を向き、拗ねたように呟くヴィアを見て、エベックは笑った。

「気になりますか？」

ヴィアは一瞬唇を引き結び、それから想いを振り切るように、いいえと首を振った。

「お元気でいらっしゃるわ。何かあれば、噂は届くもの」

一筋縄ではいかない。エベックは小さく溜息をついた。

「私が簡単にお会いできる方ではないので、ご様子はよくわかりません。ただ、降る程の縁談が来ているのに、全く耳を傾けようとなさらないとは聞いています。何かあったらセルティスがいると陛下がおっしゃられたとかで、セルティス殿下が鳥肌を立てて嫌がっていらっしゃいました。陛下はお元気ですよ、表面上は。これでご満足ですか？」

「嫌な言い方をするのね」

アレクの様子を聞いて、つんと鼻の奥が痛くなった。涙が滲まないように懸命に瞬きを繰り返して、ヴィアは怒ったように呟いた。

「嫌な奴だと自分でも思います。どうしようもない事だと分かっていても、私は妃殿下がいらっしゃらなくて、寂しく思っています」

ヴィアはしばらく無言で、地面を舞う落ち葉をぼんやりと眺めた。

帰りたいと口にすれば、きっとエベックはこのままヴィアを連れ帰ってくれるのだろう。あるいは一言、陛下が恋しいと言うだけでいい。その一言でエベックはきっとヴィアのために動いてくれる。

だからこそ、ヴィアは何一つ言葉にする事ができなかった。

会えばもう、自分は気持ちを抑えられないだろう。

今でも金髪で長身の男性を見かけただけで心がざわめいてしまう。薄茶色と黒みがかった赤色と銅色が混じり合ったような美しい琥珀色の瞳。光の加減で金色にも見えるあの眼差しに、ヴィアはもう一度見つめられたかった。その姿を見て、懐かしい声を聞き、そして触れたかった。

愚かしい事だと自分でも思う。自分から別れを選んだのに、未だ想いを断ち切れていない。

「もう行くわ」

だからヴィアは今も逃げ出すのだ。アレクから遠ざかる事でしか、自分を保てないと知っているから。

そしてそれだけが、アレクのためにしてあげられるヴィアの唯一だった。

ヴィアの言葉に、エベックは辛そうに口を引き結んだ。

けれどもう、それ以上引き留める事はしなかった。ヴィア妃を傷つけないために、皇帝は近衛を動かさなかった。自分の想いよりも、皇帝はヴィア妃の心を優先した。ならば自分もその心に従うだけだとエベックは思った。

そのまま踵を返そうとするヴィア妃を見て、エベックは反射的に胸の隠しに手を入れた。幾許かの金を渡したいと思ってしまったからだ。だがすぐに、そのような事をすれば、ヴィア妃の矜持を傷付けるだけだと気が付いた。

だからエベックは、咄嗟に徽章をヴィア妃の手に握らせた。

「これを」

エベック家の紋章と渡されたそれは、この徽章を持つ者がエベック家縁（ゆかり）の者であると証（あか）すものだ。思わず受け取ってしまったヴィアだが、裏表を確かめて、慌ててエベックに返そうとした。

「これは徽章でしょう？　こんな大事な物、もらえないわ」

徽章は、嫡男以外の息子が騎士の叙任を受けて独り立ちする時、親から渡されるものだ。

他家の養子や、結婚によって妻の家名を名乗れる者はまだいい。だが、それさえも叶わない者は、自分が正しく貴族の血筋を受け継いでいると証明するこの徽章だけを持って、この先一人で生きていく事になるのだ。

自分が死ねば、その長子に、更にその長子へと受け継がれ、どんな境遇に落ちたとしても、貴族の流れを引くという誇りだけは子孫に受け継いでいく事ができる。

そしてまた、金に困れば売る事も可能だった。家紋が記された徽章は、高額な値段で売れるからだ。

「何か本当に困った時は、この徽章を使って下さい。私には、アントーレ騎士団の徽章もありますから」

アントーレの騎士は一代限りの貴族位を与えられるため、エベックはアントーレの徽章も持っている。だが、単なる役職を表す騎士団の徽章と、家紋入りの徽章とでは、その価値は比べ物にならなかった。

「だめよ。貴方に子どもが生まれた時、きっと必要になる物だもの」

「妃殿下」

エベックは徽章を返そうとするヴィアの手を取り、忠誠を誓うように、その甲に恭しく口づけた。

「貴女にお会いしていなければ、とっくになくしていた命です」

仕えた期間は長くはなかったが、この方のためなら命を落としても惜しくないと思えるほどの、深い忠節と敬愛を抱いてきた。

「お仕えできて、本当に嬉しかったのです。妃殿下も、私と過ごした時間を少しでも大切に思って下さるなら、私に繋がる物をどうぞ受け取っていただけませんか？」

ヴィアは、エベック家の紋章と年度が刻まれたそれをじっと見つめた。

名のある貴族の子弟しか持つ事を許されない、家名入りの徽章。貴族の誇りとも言うべきそれを、エベックはヴィアのために差し出そうとしているのだ。

受け取りを拒否する事は、エベックの気持ちを否定するのと同じ事だった。ヴィアは諦めたように小さく笑い、徽章を大事そうに握り込んだ。

「ありがとう。エベックも体を大切にして」

最後にもう一度声をかけ、ヴィアはそのまま背を向けた。

遠ざかるその姿を、エベックは涙の滲む目で見送った。それから、与えられた情報を速やかに上官の許に届けるべく、騎士団への道を急ぎ始めた。

セクルトの公国の大使との謁見を済ませたアレクは、そのまま中庭を横切り、足早に執務室へと向かった。

中に入ると、報せを寄こしたアモンだけでなく、グルーク、ルイタスまでもが集い、主の訪れを待っていた。

「ヴィアを見かけたというのは、本当か！」

「本当です。まずはお座り下さい」

落ち着き払って椅子を示すのは、グルークだ。

「ヴィアはどこにいる。元気なのか？」

主が椅子に座るのを確かめてから、グルークはおもむろに口を開く。

「アントーレの騎士がよく利用するミダスの表通りの店で、エベックを待ち伏せられていたようです」

「…………！　どこに行った！」

「わかりません。エベックに情報を渡された後、また姿を消されました」

アレクは苛立たしげに髪をかき上げた。

「エベックは何故、引き留めなかったんだ」

「一緒に皇宮に戻られるようお願いしたそうですが、妃殿下は了承されませんでした」

そして言葉を切り、真剣な表情でアレクを見つめる。

「それよりも、私の話を聞いて下さい！　陛下のお命に関わる事だ」

「私の命だと？」

苛々と視線を彷徨わせていたアレクが、ようやくグルークの目を見る。

「陛下が馬ごと濁流に呑まれる夢を見たと、妃殿下は報せに参られたのです。治水について話していたと言いますから、おそらくビゼ河の視察です。このところの雨で地盤が緩んでいますから、大きな土砂崩れがあるのでしょう」

アレクは息を呑んだ。大規模な自然災害の話に頭が冷えたらしく、表情が為政者のものへと変わっていく。

「場所はわかるのか」

「人の横顔のようにも見える巨石と、その隣に三本の大きな木があったと。遅いので、今日はもう人を行かせませんでした。明日にでも、場所を特定させましょう」

グルークの言葉に、アモンが言葉を添える。

「視察は中止です、陛下。少なくとも雨が続くこの時期に、認める訳には参りません」

「わかった。もし場所が分かれば、下流の住民を避難させろ。立ち入りも認めるな」

「そのように公布致します」

　束の間の沈黙が落ち、アモンが改めてアレクに向き直った。主が何よりも知りたがっていたヴィア妃の事を伝えるためだ。

「ミダスからかなり離れた場所に、妃殿下はおられたようです。夢をご覧になったのが二週間前。ミダスには六日前に着き、アントーレ御用達の店をずっと張っておられたとの事でしたから」

「エベックが会ったんだな」

「はい。粗末な……ドレスを纏っておられたようですが、お元気そうだったと。陛下の身を案じてこちらに来られましたが、陛下には会わないとはっきり言われたそうです」

　アレクはテーブルに視線を落とした。覚悟はしていても、会わないと言っていたと聞けば、やはり動揺する。

「ご結婚はされていないようですよ。ついでに、その予定もないようです」

　さばさばした口調で、そう付け足したのはルイタスだ。おい、と言うようにアモンが肘でつつくと、ルイタスは笑った。

「別にそれくらい言っていいだろう。陛下だって、お知りになりたい筈だ」

　ルイタスは穏やかに笑って、アレクを見た。

「陛下の事がまだ好きなのだろうとエベックは思ったそうです。けれど、会う事は頑なに拒否された。そういう事です」

「そうか」

アレクは呟くように言った。

あの頃と今と、立ち位置は全く変わっていない。どうする事もできないのに、未だに未練を断ち切れずにいる己の方が愚かなのだ。

「一つ進展があったとすれば、エベックが自分の徽章を渡したそうです」

何でもない事のようにルイタスは報告したが、アレクはさすがに瞠目した。

あれは簡単に人に渡していいものではない。貴族位を次代に引き継げない者達にとっては、いわば命綱とも言えるものだ。

「妃殿下がこの先、本当に困った境遇に置かれたとしても、徽章がある限り命を繋ぐ事ができます。エベックにとっては命の次に大事だともいえるそれを、よく躊躇いもなく渡したものだと思いますよ。けれどこれで、陛下はようやく安心できる」

「……そうだな」

手放す覚悟をつけるべき時が来たのかもしれないとアレクは思った。

ルイタスの言う通り、ヴィアはこれで生きていけるだろう。無事を確かめるためだと自分に言い訳して、騎士を動かす必要はもうないのだ。

「もう……、潮時かもしれないな」

呟くように言葉を落とした主を、グルークは黙って眺めやった。

陛下のためにヴィア妃は遠ざけられるべきだと判じたのは自分だった。だが本当に、あの判断は正しかったのだろうか。

翌日アレクは、アモンに命じていたヴィアの捜索を打ち切らせた。

それはアレクにとって非常な覚悟を伴うものであったが、これ以上ヴィアの人生を歪めてはならないという強い思いが、アレクにその決断をさせた。

ヴィアがまだ自分を想っているらしいというエベックの言葉はアレクを舞い上がらせ、その分、アレクを苦しめもした。昼間は何事もないように笑っているが、夜になればヴィアを思い出し、耐え難い恋慕と喪失に苛まれる。

ルイタスは時折、何か言いたそうな眼差しでこちらを見てきたが、どうしようもないので気付かない振りをした。心の虚（うろ）を抱えて生きていく事には慣れている。血に塗れた皇冠を、自分は望んで摑んだ。眩い光の中を歩む者には、深い闇も背負わされて当然だ。

その間にも断続的に雨は続き、ある日、ビゼの河流で大規模な土石流が発生したと早馬がもたらされた。濁流があっという間に押し寄せてきて、十近くあった村落を丸ごと飲み込んでいったという。

ビゼ河周辺では、数十年前にも同じような土石流が発生しており、その時には数百人規模の犠牲者を出していたが、今回は早めに民を避難させていたため、死者はほとんど出なかった。ただ、家屋を失った民の数は千人を超え、難民となった民の生活の立て直しは州だけでは賄いきれず、いきおい国を挙げて支援策に乗り出す事になった。

同時進行で治水工事に関しての会議も進められ、余計な事を考える暇もなくなる。

政務に追われる忙しい日々を送っていたある日、山のように積まれた嘆願書や書類に目を通していたアレクの前に、意を決したようにグルークがやって来た。

「どうした」

書類から顔を上げたアレクが、訝しげに問う。

「貴方に皇后を迎えます」

いきなりの爆弾発言に、同じ部屋にいたアモンとルイタスまでが、呆気に取られてグルークを見た。

「急に何事だ。断り切れない縁談でも来たのか」

そもそも縁談については、うまい理由をつけて断るようルイタスに頼んでいた。どういう事だとルイタスに目をやると、瞠目してグルークを見つめていたルイタスが、何かに気付いたように、急ににやりと口角を上げた。

「最近こそこそと動いていると思っていたけど、うまくいったんだ」

そうルイタスが問い掛けると、グルークは生真面目な表情で答えた。

「おおよその見通しはついた。ロフマン卿も以前から強行に推している」

「おい、一体何の話だ」

グルークはゆっくりとアレクに向き直った。

「ヴィア側妃殿下を皇后陛下に推挙します」

思い掛けない言葉に、アレクは戸惑った。

「ヴィアを皇后に？　しかし……」

「今のアンシェーゼは国として充実しています。唯一欠けているのが、皇帝に未だにお子がおられない事だ。陛下には一刻も早く皇后を迎えて、嫡子を作っていただきたい。これは、アンシェーゼにとって何より優先されるべき事項です」

この考えがアンシェーゼの宮廷全体に浸透していくまで、凡そ二年の歳月を要した。この間、アンシェーゼの若き皇帝はがむしゃらに国に尽くし、臣下をまとめ上げ、民のための施策を次々と打ち出して国を潤した。

もはや皇帝の力を盤石にするための皇后はアンシェーゼには必要なかった。皇統を残す事こそが唯一、皇帝に求められていた。

「ヴィア側妃以外後宮に入れたくないとおっしゃるなら、他に選択肢はありません。円卓に名を連ねる主だった重臣の了解は取り付けました。先ずはヴィア妃に戻っていただき、その上で改めて円卓会議で議決いたします」

グルークは言葉を切り、強い眼差しでアレクを見た。

「推薦人にはアンシェーゼ三大騎士団のロフマン卿がなられます。実質上のヴィア妃の後見人です。どの皇族も三大騎士団の後ろ盾をもっておりますが、皇后でそれを持つのは初めてです。さぞや強いインパクトとなる事でしょう」

「しかし……、ヴィアの居所が分からない筈だ」

戸惑うアレクに、「妃殿下自ら、帰っていただく必要があります」とグルークは言い、その後ちょっと押し黙った。続ける言葉を考えたようだが、うまい言い方が見つからなかったらしい。

「なので餌を撒きます」

「え、餌……？」

アレクはさすがに絶句した。ルイタスも内心その表現はどうだろうと思ったが、面白そうなので黙っていた。妃殿下に似合いそうだと思ったからだ。

「で、どうする気なの？」と、ルイタスが問えば、「セルティス殿下に病気になって頂く。突然の病に倒れられ、危篤になったと国中に噂をばらまけば、あの妃殿下の事だ。慌てて帰って来られるだろう」とグルークは答える。

「一応、セルティス殿下は皇位継承権第一位の方なんだけど、まずくはないかな。まあ皇帝陛下を重病に仕立てるよりましだけど」とルイタスが呟くと、「私も国を傾ける気はない」と大真面目に返された。

「他に手はない。セルティス殿下は、妃殿下にとってたった一人の大切な弟君だ。陛下重病説では帰って来られなくても、セルティス殿下なら大丈夫だろう」

グルークの言葉に、アレクは地味に傷付いた。

確かに、アレクのために自ら身を引いたヴィアの事だ。自分が本当に死にかけたとしても、迷惑がかかるとか何とか言って、絶対に会いに来てくれそうにない。

「今は下らない事で落ち込まないで下さいね」

アレクの様子に気付いたルイタスがさりげなく釘を刺し、改めてグルークの方に向き直る。

「臣民が動揺しないようにさえ気をつければ、悪くない案だ。妃殿下は、絶対に帰って来られると思う。で、どこで待ち伏せる？」

「この前のように、騎士団御用達の店にエベックを待機させる。ただおそらく今回は、そんなまだるっこしい事はされない筈だ。徽章を使って、何らかの形で我々に連絡を取って来られると思う」

「……ヴィアは本当に帰って来るだろうか」

ぽつんと言葉を落としたのは、アレクだった。

希望を持つ事を恐れでもするような弱気な言葉に、ルイタスは溜息をついた。弱音を吐かれるような方ではないのだが、それだけ傷が深いのだろう。

「これでもし帰って来られなかったら、傷付くのはセルティス殿下でしょうね。きっとあなたに輪をかけて落ち込みますよ」

明るく切り返し、ルイタスは改めてアモンの方を向く。

「という事で、セルティス殿下には早速、紫玉宮で寝込んでいただこうか」

「せっかくの病弱の噂が消えたのに、とぼやかれそうだ」

そう返しつつも、アモンの声もどこか嬉しそうだ。

側近の三人が三人とも、周りをぱっと明るくするような妃殿下がもう一度陛下の傍らに帰って来られる事を、心のどこかで望んでいたのだ。


セルティス皇子殿下危篤説が流されて十日後、アントーレ騎士団の門を一人の女が訪い、エベックに取り次ぎを頼んだ。

訪れたのはヴィアだった。セクルト連邦の南端の街から、三日間馬車を乗り継いで、ようやく辿り着いたのだ。

普通なら、乗合馬車を気長に乗り継いで五、六日はかかる距離である。それをヴィアは街ごとに貸し馬車を頼み、早朝から夜更けまで金を惜しまず乗り継いで皇都ミダスまで急いだ。

一日目の夕刻にはすでに激しい馬車酔いとなり、疲労と体の痛みで夜もほとんど眠れず、二日目からは食べ物を吐くようになり、水やお粥だけを僅かに口にして、旅を続けた。

金を用立てるために徽章はすでに手放しており、このような身なりでエベックに取り次いでもらえるか心配だったが、エベックならば、ヴィアが来ることを見越して何か手を打ってくれているのではないかと賭けに出た。

そしてその予想は当たり、騎士団に着いてすぐ、ヴィアは中に通された。

激しい疲労で立っている事もできず、用意された椅子に崩れるように座り込んだ。身を起こしている事すら苦痛で、体中が痛み、そして気分が悪かった。

ほどなくして、部屋に姿を現したのはアモンだった。

「アモン様がどうして……」

ヴィアはそう呟き、すぐにエベックが伝えてくれていたのだろうと納得する。

「セルティスの具合はどうなのですか？」

立ち上がろうとしたが、眩暈を起こしてそのまま膝から崩れ込む。床に倒れ込む寸前、足早に近づいてきたアモンによって抱きとめられた。

「妃殿下！」

ヴィアの顔色の悪さに気付いたアモンが、ぞっと顔を強張らせる。

「わたくしは大丈夫。疲れているだけなの」

ヴィアは何とか笑みを作った。ヴィアはそれよりも、セルティスの身が案じられた。

「アモン様、お願い。早くセルティスに会わせて下さい」

これではあまりに惨いと、思わず真実を口走りそうになったアモンだが、今本当の事を告げると、陛下には会ってもらえなくなる。すんでのところで踏みとどまった。

「すぐに紫玉宮へ参りましょう。ただ、そのお姿では皇宮内を歩けません。着替えていただきますが、よろしいでしょうか」

ヴィアが頷いたので、アモンはそのままヴィアを抱き上げて、アントーレ家が所有する居住棟へ運んだ。

アントーレ家の侍女らに妃殿下の湯あみや着替えを手伝わせ、その間に、貴賓用の輿(こし)を準備するよう、紫玉宮に使いを出す。

今の妃殿下では、宮殿内を歩くだけの体力はない。天蓋からの帳に覆われた輿に乗せ、セルティス殿下の寝所まで運んだ方がいいだろう。

滋養となる物を少しでも口にしていただこうと思ったが、果物やスープでさえ、ヴィアは受け付けなかった。湯あみをした事で、更に体に負担がかかったようだ。

それでもヴィアは休もうとせず、一刻も早くセルティスに会いたいというので、アモンは揺れの少ない六頭立ての馬車まで抱き運び、ゆっくり馬車を走らせた。


紫玉宮の中はしんと静まり返っていた。

普通のヴィアならば様子がおかしいと気付くところだが、セルティスの寝所の前まで輿で運ばれたヴィアには、その不自然さに気付く余裕もなかった。輿を降りたところには同じく側近のグルークが待っていて、戸口に誘導される。

「セルティスの具合はどうなの？」

グルークは問いには答えず、「こちらへ」と寝所へ続く扉を開けた。


寝所の中は、薄暗かった。外の明るさとの違いに目が馴染まぬうちに、ヴィアの後ろで扉が閉ざされる。ゆっくりと寝台の方へ近付くと、天蓋のカーテンは半分開かれていて、足元の方へ腰かけていた弟が立ち上がった。

「セルティス？」

久しぶりに見る弟は随分と背も伸び、大人びて見えた。危篤だと聞いていたのに、歩み寄ってくる足取りはひどく軽やかだ。

「セルティス」

もう一度名を呼ぶと、懐かしそうにセルティスは笑った。

「姉上、申し訳ありません」

いつの間にかセルティスはヴィアの背丈を頭一つ分追い越していて、ヴィアを軽く抱擁した後、その耳元に囁くように言った。

「兄上のために、姉上を騙しました」

どういう事かと尋ねる間もなく、セルティスはそのまま部屋を出て行ってしまう。

再び扉が閉ざされ、混乱したヴィアが辺りを見渡した時、ヴィアはふと、天蓋のカーテンの陰にもう一人青年が隠れている事に気が付いた。

息が止まるかと思った。薄暗い部屋の中でも、その鮮やかな金髪はすぐに分かった。額にさらりとした金髪がかかり、首のところで後ろ一つに止められている。

その髪が殊の外手触りがいい事をヴィアは覚えていた。金色や銅色に色を変える琥珀色の瞳も、すっと通った鼻梁も、今はきつく引き結ばれた形の良い口元もヴィアの覚えているままだ。

その精悍な姿から目が離せなかった。この二年間、会いたいと渇望し続け、夢を見ては何度も枕を濡らし、ヴィアの心から一日たりとも去ってくれなかった男性だ。

「ヴィア」

深みのある声で呼ばれ、ヴィアは涙ぐむ。

諦めようと努力した。今日こそは思い切ろうと何度も自分に言い聞かせ、けれどどうしても忘れる事ができなかった。

ヴィアはか細い息を吐き出した。

もう、どうでもいいとヴィアは心に呟いた。アレクの立場も自分の立ち位置も周囲の思惑も、そんなものはもう、どうだっていい。ずっと会いたかった。その琥珀の眼差しに見つめられ、その唇に名を呼ばれたかった。

「陛下……！」

床を蹴り、胸に飛び込んできたヴィアを、アレクは夢中で抱き寄せた。顎にヴィアの頭が強くぶつかる。首にしがみついてきた柔らかく華奢な体をアレクはしっかりと抱きしめた。

「忘れようと思ったのです……！」

アレクの胸の中でヴィアは啜り泣いた。

「でも、どうしてもできなくて……」

この胸に抱かれる事をどんなに望んだだろう。頬を寄せた胸元から、アレクの力強い心臓の鼓動が伝わってくる。息もできぬほどにきつく抱きしめられて、その苦しささえ愛おしかった。

これほどに愛せる男性はいなかった。これほど魂を尽くして焦がれる相手もいなかった。

僅かな隙間さえも耐え難く、ヴィアは逞しい体にぴったりと身を添わせて、その懐かしい香りを胸いっぱいに吸い込んだ。

きつい抱擁と荒ぶる感情を抑えようとするような激しい息遣いに、ヴィアはただ酔いしれる。場所も時間も何もかもが曖昧となる中で、唯一アレクの存在だけがヴィアを現に繋ぎ止めていた。

ただ狂おしく、愛おしい。その想いの烈しさに体中が砕け散りそうだった。

「ヴィア……」

名を呼ばれて、ヴィアはゆっくりと顔を上げた。深みを帯びた美しい琥珀の眼差しに捉えられ、魅入られたように見つめるしかない。

「愛している」

その言葉に、ヴィアは再び熱い涙を溢れさせた。もはや言葉はなく、ただ胸に縋りつくようにしてヴィアはアレクの腕の中で咽び泣いた。


「如何でしたか？」

寝所を出て来たセルティスは、兄の側近らが心配そうな顔つきで控えの間に揃っているのを見て、思わず苦笑した。

「とにかく二人きりにしてきた。それ以上はわからない」

あとは兄がうまくやってくれる事を願うだけだ。

「それよりも、輿でここまで来たって？　そんなに姉上の具合は悪いの？」

「かなり憔悴されていらっしゃいます。詳しい事はお聞きしていませんが、セクルト南部のシニヤからここまで三日で来られたとの事でした」

「シニヤから三日で？」

それは無茶だとグルークは思わず顔を顰める。大の男でも、そんな強行軍では、腰が立たなくなるだろう。

「という事は、貸し馬車を使ったのかな。よくそんなお金があったものだよね」

天然系のセルティスが、どこかのんびりと見当違いの心配をした。

「お伝えするのを忘れていましたが、先日エベックが妃殿下にお会いした時、自分の徽章を渡しているんですよ。おそらく、それを売り払ったのではないかと」

「徽章を？」

さすがのセルティスもびっくりした様子だった。

「渡す方もすごいけど、売る方も売る方だよね。思い切りがいいと言うか、姉上らしいと言うか……」

感心するセルティスに、ルイタスも頷いている。

「今度、どこで売ったか聞いておきましょう。今なら、買い戻せるかもしれませんし」

「そんな事より、私は妃殿下の体調の方が気になります」

ごく常識的な言葉を割り込ませたのは生真面目なアモンだった。

「歩くのもおぼつかないほど衰弱しておられたし、食べ物も受け付けられない状態でした。どうしても皇子殿下に会いたいと言い張られるので、お連れしましたが」

「セルティス殿下は、本当に愛されていますよね」

ルイタスはにっこりと微笑んだが、言われたセルティスの方は、そこまで無理をさせたのかとじわじわと罪悪感がわいてくる。ちょっと心配そうに、グルークに問い掛けた。

「侍医は待機させてあるんだよね」

「はい。別室に侍医と侍女を待機させています」

その言葉に安堵した途端、不意に寝所から大きな声が響いた。

「おい、誰かいないか！」

慌てふためいた皇帝の声に、四人は慌てて寝所へと向かった。

「ヴィアが倒れた。侍医を呼んでくれ」

抱擁の最中にそのままぐったりと意識を失ってしまい、床に崩れ落ちそうになる体を慌てて抱き上げたものの、それきりヴィアが意識を取り戻さないのだ。

すっかり取り乱した皇帝に、グルークが冷静な声を掛ける。

「ルイタス、すぐに侍医を呼んでくれ。セルティス殿下、寝台をお借りいたします。陛下、こちらに妃殿下を」

上掛けを捲り、広い寝台にヴィアを横たえる。

待機していた侍医や侍女があっという間にヴィア妃の周りを取り囲み、大騒ぎの中、皇帝と弟皇子、皇帝の側近らは、問答無用で部屋の外に追い出された。

別室に集まった五人は、誰からともなく溜息をついた。

「陛下、ヴィア殿下はおそらく極度の疲労です。体を壊すほどの無理をして駆け付けたのに、それが茶番だとわかったら」

グルークは、皇帝陛下と弟皇子を気の毒そうな目で眺めやった。

「多分、激怒されると思います」

部屋はしんと静まり返った。

アレクは焦った様子でグルークを見た。

「そもそもお前の案だろう？　何か手はないのか？」

「何か手は、と言われましても」

どこか他人事のように、グルークは首を傾げる。

「いえ。わたしもここまで妃殿下が無理をされるとは想定外でした。余程、セルティス皇子殿下が大事だったのですね」

セルティスは頭を抱え込んだ。

「さっきはまだよくわかってなかったみたいだけど、元気になったらきっと怒るだろうな。姉上は怒らせると怖いんだ」

それを聞いたアレクは、何とかしてくれというようにルイタスを見た。が、そんな目で見られたって、どうしようもないものはどうしようもない。ルイタスはあっさり肩を竦めた。

「仕方ありません。この際お二人は、気が済むまで妃殿下に怒られてください」

その後目を覚ましたヴィア妃は、皇帝陛下とセルティス殿下の顔は当分見たくないとのたまわれたらしい。

ただ、体調は順調に回復し、三日後、歩けるまでに元気になられたヴィア妃は、その足で元の住まいである水晶宮へと帰られた。

セルティス殿下危篤説は、その日のうちに撤回された。宮廷ではその後、弟君の病を知った側妃殿下が静養先のガラシアから急遽戻られ、三日間殿下の看病をなさった後、水晶宮にお入りになったという噂が、真しやかに駆け巡った。

「うまく辻褄の合うものね」

感心したように呟くのは、静養先のガラシアから戻ったとされるヴィア妃本人だ。側妃付きの侍女達は移動させられる事なくそのまま残っていて、気の置けない侍女達に囲まれてヴィアは言葉を取り繕う必要もない。

静養ではなく失踪だったのではと侍女達は薄々感づいていたが、わざわざそれを口にするような愚かな者は誰もいなかった。どちらにせよ、この一連の出来事については一切口外しないよう、上から厳しく申し渡されている。

「それにしても、先ほども皇帝陛下のお渡りをお断りされていましたが、本当にお会いしなくてもよろしいのですか？」

　そう尋ねかけるのは侍女のエイミで、その言葉通り、水晶宮には皇帝からの手紙が何度となく届いていた。だがそれに対し、ヴィア妃はお会できないとお伝えしてと答えるばかりで、ヴィア妃はもしかして皇帝陛下の事を嫌っておられるのだろうかと、流石にエイミも心配し始めていた。

「お会いしたくないの」

　ヴィアの言葉に、エイミは悲しそうに呟いた。

「妃殿下はもう、皇帝陛下の事がお嫌いになられたのですね」

「まあ、違うわ」

　髪を梳ってもらっていたヴィアは、びっくりしたように鏡の中のエイミを見つめた。

「陛下の事を嫌うなんてありえないわ」

「では何故、お会いにならないのですか」

「お会いするのが怖いの」

　ヴィアは、艶を失った金髪を指で一房摘み、しょんぼりとエイミに訴えた。

「水晶宮に戻って、鏡の中の自分を見て愕然としたわ。肌の色艶も良くないし、髪も何だかパサついていて……。それにこの指……」

　ヴィアは膝の上に置いた自分の両手を見つめた。二年もの間、水仕事を毎日してきた指はすっかり荒れ、とても側妃の手とは言い難かった。

「この二年間、片時も陛下の事を忘れる事などなかったわ。ずっとお慕いしていたわ。なのに今はこんな姿になってしまって……」

この前は騙し討ちのような形で会ってしまったけれど、あの時はまだ部屋が暗かったから良かったのだ。明るい場所で会えば、アレクにもきっとわかってしまうだろう。

「せっかくお会いできても、二年の間に容色が衰えたと思われでもしたら、わたくし耐えられないわ」

妃殿下のこの言葉に、エイミを含めた水晶宮の侍女達は女性として大いに共感した。今でも妃殿下は十分に美しいが、爪も肌も髪も完璧に手入れされていた往時の美しさには、格段に劣る。

かくして、侍女達による、水晶宮の総力を挙げての、〝妃殿下を元の麗しいお姿に磨き上げる〟大作戦が始まり、皇帝は水晶宮から完全に締め出された。

側妃に会ってもらえない皇帝は、可哀相なくらい落ち込んだ。滞りなく仕事はこなしているが、どこか哀愁の漂う背中に、側近三人はまだ会ってもらえないんだと、内心で溜息をつく。

ルイタスは顔馴染みの水晶宮の侍女に、何とかとりなしてもらおうとした事もあったのだが、今は無理ですの一点張りだった。妃殿下の気持ちもお考え下さいませ！と、妙に気合の入った顔で宣言され、撤退するしかなかった。

一方のセルティス殿下は姉の怒りを恐れて、さっさとアントーレの宿舎に帰ってしまった。ひと月もすれば怒りは収まるからその時まで気長に待ちます、とはどこかお気楽な弟の弁だ。

放っておけなくなったルイタスは、侍従長を呼び出し、最近の陛下の様子を聞いてみた。

「どこか元気のないご様子です」と即答され、ううむと腕を組む。

「酒の量は？」と聞くと、「最近は飲んでおられません」と意外な返事が返ってきた。

「妃殿下がガラシアから戻られた日より、お酒は飲まれなくなりました」

取り敢えず、行方の分からなかったヴィア妃が手元に戻り、ほっとしたのだろう。

これでまた失踪されると事なので、アモンは水晶宮の警備を強化していた。警護というより妃殿下の逃亡の警戒に重点が置かれている。だが今のところ、逃げ出される様子はないようだ。

「侍従長は、妃殿下の事をどう思っているの？」

ふと思いついて、ルイタスは尋ねてみた。

まだ公ではないが、次回の円卓会議で、ロフマン卿がヴィア妃を皇后に推挙する段取りになっていた。そうなれば、いずれヴィア妃は皇帝宮で暮らす事になる。妃殿下が、皇帝宮でどのように受け止められているか、知っておきたかったのだ。

「妃殿下が傍におられると、皇帝陛下はよくお笑いになります」

侍従長はゆっくりと言葉を選ぶように言った。

「私は陛下が御幼少の頃からお仕えしておりますが、陛下は孤独なお子様でした。父君からも母君からも愛されずに育ち、母のように慕っていた乳母は八つの時に遠ざけられました」

ルイタスもその事は聞いていた。皇子殿下が乳母に甘えているのを見た皇后は、皇子のためにならないと激怒して、乳母を遠い地へ追いやったのだ。

「アントーレで、ルイタス様やアモン様やグルーク様とお知り合いになられ、ようやく楽しそうな姿を拝するようになりましたが、長じるにつれ、声を上げて笑う姿はほとんど見なくなりました」

ただ、作り笑いは見事だった。精悍な面に魅惑的な笑みを浮かべて見つめられた貴婦人らは頬を染めて騒いでいたし、廷臣らもまた、品位ある振舞いと穏やかな物腰に申し分ない皇子殿下と褒め称えた。

「ヴィア妃殿下を側妃に迎えられた辺りから、陛下は楽しそうな表情を浮かべられるようになりました。殊の外気に入られて、毎日伽にお呼びになり、時間が合えば夕食や朝食を共にされ、そんな時の陛下はとても楽しそうでした」

その矢先、事件が起こった。当時の真相を知る数少ない一人である侍従長は、皇后からヴィア妃を守るために、皇子殿下がわざと側妃を遠ざけた事にすぐに気が付いた。

そして、パレシス帝の死、戴冠、皇太后の死……。いくつもの転機が訪れ、ようやく皇帝宮にヴィア妃を迎えた翌日、側妃殿下はガラシアへと発(た)ったと知らされた。

「陛下にとってヴィア妃殿下は、なくてはならないお方です。ただ一つ案じられるのは、ご寵愛がすぎる事です。皇后をお迎えになれば、必ず災いの種となるでしょう。妃殿下はそれを恐れて、お傍から離れたのだと思いますが」

「それは問題ない」

侍従長の言葉に、ルイタスは晴れ晴れとした顔で笑った。

「これはまだ、侍従長の心に留めておいて欲しい事だけれど」

ルイタスが耳元で何事か囁くと、侍従長の顔が綻んだ。それを楽しそうに見やり、ルイタスはもう一つの懸案を片付けるべく、水晶宮へと足を向ける事にした。


「お久しぶりでございますわ」

妃殿下への面会は呆気なく許された。どうすれば会っていただけるか、あの手この手を考えてここまでやって来た自分が馬鹿に思えるほどである。

「はっきり言って、会っていただけるとは思っておりませんでした」

ルイタスがそう言うと、ヴィアは不思議そうに首を傾げた。

「どうしてそうお思いなのですか？」

「怒っておいでなのでしょう？　皇帝陛下の事を」

ヴィアは内心首を捻る。

「怒ってなどおりませんけれど」

ヴィアは困惑を隠せずに答えた。その表情に嘘はなく、ルイタスは内心首を捻る。

「では何故、皇帝陛下に会っていただけないのです？」

ヴィアは答えを言い淀んだ。繊細な乙女心を、皇帝の側近の前で言葉にするのは、やはり気恥ずかしい。

「理由を言わなければなりませんか？」

「是非とも」

ヴィアは溜息をついた。

「ルイタス様は、わたくしの髪の毛をどう思われます？」

「髪？」

意表を突かれて、ルイタスはまじまじとヴィア妃の髪を見た。そう言えば、昔はもっと長かっただろうか。

「短くなっておられますね」

口にできる感想はそれくらいだ。

「長さではなくて」

ヴィアはもどかしそうに言った。

「随分傷んでおりますでしょう？　髪に全く艶がありませんの」

その言葉をじっくりと吟味し、ルイタスはようやくある答えに辿り着いた。

「もしや髪に艶がないとか、肌が荒れたとか、爪の手入れがされてないとか、そういう……理由ですか？」

馬鹿げた、と言う言葉を咄嗟に口にしなかった自分はすごいと、ルイタスは思った。

「わたくしは一番きれいな姿で陛下にお会いしたいの」

ルイタスは溜息をつきたくなった。

自分が目通りを許された理由が分かった。つまり陛下以外は眼中にないので、本人曰く、まだ手入れ途中の姿でヴィア妃は会ってくれた訳である。

「もう十分お美しいですから、陛下にお会いになって下さい」

「でも、陛下に愛想を尽かされたら……」

「あり得ません！」

ヴィア妃に嫌われたと思って皇帝は心底落ち込んでいる。それはもう、可哀相なくらいに。

「それにもし、指や爪が荒れておられたとしても、苦労させたとかえって労しく思われ、ご寵愛が増すと思われますが」

それはもう、間違いがない。けれど、ヴィア妃は首を振った。

「わたくしは、陛下の同情を引きたい訳ではありません」

「なるほど」

ルイタスは何だか、どうでもいいような気がしてきた。

皇帝はヴィア妃に嫌われているどころか、一途に愛されている。考えようによっては、お預けを食らわされた分、いずれ天にも上るような気持ちを味わえるだろう。

この一件には関わるまいと、ルイタスは賢明に判断した。

「それよりも、今日は少し重要な話をしに来たんです」

表情を改めてそう言うと、ヴィアも真面目な顔になった。ヴィアもまた、ある事がずっと心に掛かっていたからだ。

だからヴィアは、自分から口を開いた。

「わたくしはまだ、こちらにいてもいいのでしょうか」

「陛下には妃殿下が必要です」

即座にルイタスは答えた。それだけは、妃殿下に忘れていただいては困る事だ。

ルイタスはヴィア妃の目を真っ直ぐに見つめ、静かに言い切った。

「陛下はヴィア側妃殿下を皇后に迎え入れるとお決めになりました」

ヴィアは目を見開いた。ルイタスの言葉が信じられず、ややあって、ヴィアは弱々しく首を振った。

「無理です。わたくしには後ろ盾がありません」

「陛下はすでに国を掌握されました。立場を強固にするために、皇后を迎え入れる必要はありません。唯一求められているのが、血を残す事です。陛下は妃殿下を失って以来、皇后を娶る事を拒み続けられました。それればかりか、この二年、誰も伽に呼ばれていない。このままでは皇国に世継ぎが生まれません。だからこそ我々は、貴女を皇后に推挙する。……ただし、一つだけ約束をさせて下さい」

ひどい事を言っているという自覚はあった。だが、皇帝の側近としてどうしても言っておかなければならない事だった。

「貴女を皇后として迎え、もし二年経ってもお子が生まれなかったら、その時は妃殿下の口から陛下に愛妾を勧めて下さい。愛妾にお子が生まれ、そのお子が皇太子となっても、貴女が皇后である事に変わりはない。貴女のお立場を守るために、我々は全力を尽くします」

ルイタスの言葉を、ヴィアは黙って聞いていた。そして、ゆっくりと口を開いた。

「陛下のお傍にいられる正当な理由を下さると言うのなら、わたくしは喜んでお受け致しますわ」

それがヴィアの望みだった。共に在る事、それが許されるなら、皇后としての義務だけはどんなに辛くても果たすだろう。

「ルイタス様、お約束致します。もし二年経ってわたくしに子ができなかったら、必ず陛下に愛妾を勧めます。陛下にはお子が必要ですから」

ルイタスはほっと溜息をついた。

自分達から陛下に言っても、多分聞き入れてはもらえない。だが、ヴィア妃が頼めば陛下は動く。かつてヴィア妃の命を守るために、ヴィア妃を自ら遠ざけたように、皇后としてのヴィア妃を守るためならば、愛妾を受け入れて下さるだろう。

「感謝いたします」

ルイタスは深々と頭を下げた。

「どうか陛下をよろしくお願い申し上げます」

こうして、胸のつかえをようやく下ろしたルイタスだったが、皇帝の方は相変わらず、側妃に会えず苛々を募らせていた。

何と言っても、逃げるように出奔され、二年もの間行方がわからなくても、ずっと諦めきれなかった女性だ。ようやく手元に連れ戻したのに、抱きしめて再会を喜んだのはほんの一瞬で、アレクはもうこれ以上我慢できなかった。

一刻も早くヴィアに会いたいし、声も聞きたい。腕の中に抱きしめて、片時も傍から離したくない。

思い詰めたアレクは、ついに水晶宮に正式な使いを出し、皇帝宮に呼ぶと言う暴挙(皇帝が側妃を伽に呼ぶ事を暴挙と言うのかどうかはわからないが)に出た。勝算がなかった訳ではなく、ルイタスの助言があったからだ。

妃殿下は陛下に夢中ですよとルイタスは言った。それはもう、傍で心配するのが馬は、喜んで皇后の地位に着くと答えたらしい。

円卓会議で承認された後、ご本人に嫌だと断られたら事ですからと。そしてヴィアる事を了承してもらいに行ったんですよと、ルイタスはさばさばとそう答えてきた。

ルイタスが自分より先に会ってもらえたと知ったアレクは愕然としたが、皇后にな鹿らしくなるくらいですと。


ヴィアを呼びつけた当日、アレクは妙にそわそわと一日を過ごした。

まるでお預けを食らった犬のようだと、グルークは横目で主の顔を見る。

因みに、妃殿下が皇帝を遠ざけていた理由を、皇帝を除く三人が三人とも知っていた。ルイタスが喋ったからだ。

余りに下らない理由にアモンは頭を抱え、グルークは妃殿下らしいとだけ感想を漏らした。陛下にも知らせてやろうかと一瞬思ったが、仲直りする事はわかっていたので、口は挟まない事にした。無駄な事は極力しない主義なのだ。

そのアレクは定刻になるとさっさと仕事を切り上げ、皇帝宮に戻って行った。

帰るなり侍従長に、「ヴィアは来ているか」と確認したまでは良かったが、「お待ちでございます」という答えに、「本当か！」と食いつくように答えを返して、侍従長から胡乱な目を向けられた。

「ご夕食の準備ができておりますが、すぐにお食事にいたしましょうか」

聞かれたアレクは、「そうしてくれ」と上の空で返事をする。

剣を預け、ヴィアの待つ部屋に向かおうとした時、扉が開いてヴィアが出て来た。今日は夕食を共にするように伝言が渡されていたので、ヴィアはまるで晩餐会に出席するような華やかなドレスに身を包んでいた。

「お帰りなさいませ」

そしてヴィアはアレクを仰ぎ、花が綻ぶような笑みを浮かべた。

アレクだけでなく、その場にいた侍女や侍従達までが、圧倒されるような美しさに息を呑んだ。

陽を紡いだような艶やかな淡い金髪がさらさらと背に流れ、湖水のように澄んだ青い瞳は嬉しそうな笑みをたたえて真っ直ぐにアレクに向けられている。肌はしっとりとして抜けるように白く、瞳を縁取るカーブした長い睫毛も、甘く瑞々しく熟れた小さな唇も、何もかもが完璧に整っていて瑕疵一つ見つけられなかった。

そのヴィアが、ようやく会えた恋人に心の底からの思慕を浮かべ、匂いたつような甘い艶を出してアレクを見つめてきたものだから、アレクの自制は完全に吹っ飛んだ。

吸い寄せられるようにヴィアに近付いて、そのほっそりとした体をがばりと抱きしめる。ぴったりと体を密着させ、もう二度と離さないとばかりにきつくかき抱いて、ようやく手に入れた愛おしい恋人の頭に顔を埋めた。

思わぬ展開に、見ていた侍従や侍女達はどうしていいかわからず、その場に立ち尽くしたが、抱きしめられている当のヴィア妃が、皇帝に気付かれぬようひらひらと手を振って来たので、音を立てないようにそろそろと退室した。

随分と長い間ヴィアを抱きしめて、ようやくヴィアの存在を実感できた皇帝が僅かに体を離してヴィアを見下ろすと、ヴィアはこれ以上ない甘やかな笑みでそれに答えた。

「わたくしの陛下」

舞い上がった皇帝は、その後四半刻もヴィアを腕の中から離さず濃密な愛情を示し、あろう事か、そのまま寝所に連れ込もうとした。

なのでヴィアは、聞き分けのない皇帝を叱りつけなければならなかった。

扉の外には、締め出された侍女や侍従らが、固唾(かたず)を呑んで待っているのだ。ヴィアだって心ゆくまで恋人としての時間に浸りたいが、アレクが皇帝である限り、規律と秩序というものが必要である。


その夜、皇帝と側妃殿下は仲睦まじく夕食を二人で摂り、寝所へと向かわれ、朝まで共に過ごされた。

そして公務が入らぬ限りはこれが皇帝にとっての日常となり、その五日後、ヴィア側妃殿下の皇后立后が円卓会議で正式に採決された。

会議が終わり、これでやっと母の願いが叶うとセルティスは安堵の溜息をついた。

結婚して幸せな家庭を築くのよと、母は繰り返し姉に言っていた。勿論それは、姉が市井に下りる事を前提とした話で、まさか母も姉がよりによってアンシェーゼの皇后になろうなどとは、夢にも思っていなかっただろうが。

母はアンシェーゼを嫌っていた。それは無理からぬ話だ。愛していた夫を目の前で殺された上、娘の命を盾に皇帝の寝所に引きずり込まれたのだ。アンシェーゼを嫌わない訳がない。

母が何故、憎い仇の血を引いた自分を愛せたのかセルティスはずっと不思議で、ある日、勇気を出して母に聞いてみた事がある。すると母は、テルマの民にとって子は何よりの宝なのだと笑って教えてくれた。

子は民の未来そのもので、何より慈しむべきものだと、テルマの民たちは幼い頃からそう教えられて育つ。だから貴方を身籠もった時、わたくしは本当に嬉しかった。この先も未来を希っていいのだと、そう神に許された気がしたのと母は言った。これ以上子ができると皇后に殺されると思ったから、その後は子ができぬ薬を飲むようになったけれど、貴方は生まれる前からずっとわたくしの希望だったと。

母の言葉はセルティスの心にすっと染みてきて、そのお陰でセルティスは今も自身を嫌わずに生きていけている。

幸せになりなさいと母はよく二人の子どもたちに言っていた。今考えれば、そう言い聞かせ、その未来を信じる事で、母は心の平安を得ていたのかもしれない。

セルティスは石柱が並ぶ大回廊から、どこまでも遠く広がる紺碧の空を晴れ晴れとした思いで眺めやった。

姉はアレク兄上の妻となる事が正式に了承された。姉の事を心から愛してくれる男性との結婚が決まった事を、母もきっと天の国で喜んでくれているに違いない。


夕食が終わってからアレクがいつものように居室で寛いでいると、側近の三人の方々がいらっしゃいましたと報せが上がってきた。

週に一度程度、酒を酌み交わしながら四人で話をするのがアレクにとっての日常となっていたが、ヴィアと共に過ごすようになってからは初めての訪れである。

やがてやってきた三人は、皇帝の傍にヴィア妃が寛いでおられる事に気付いて、慇懃に頭を下げた。

ヴィアは快く三人を迎え、ひとしきり雑談を楽しんだ後、「わたくしは席を外しましょうか」とアレクに申し出た。アレクは傍にいて欲しそうにヴィアを見つめ、そのアレクが答えるより先に、「妃殿下に聞かれて困るような話はしませんからどうぞお気遣いなく」とルイタスがにっこりとそれに答えた。隣のアモンとグルークも、同意するように大きく頷いた。

実のところ、三人が三人ともこの妃殿下と時を過ごすのは嫌ではなかった。朗らかで楽天的な妃殿下といると、少々の事はどうにかなると思えてくるし、何より傍にいると癒やされる。皇帝が手元から離したがらない気持ちはよく理解できたが、下手に褒めて焼きもちでも焼かれたら面倒なので、黙っているだけだ。

「最初は、皆さまがお集まりの所に、わたくしがお邪魔をしたのですよね」

政治の話に一区切りついた辺りで、ふとヴィアが呟いた。あの日の出来事が、今更ながらに懐かしく思い出されたからだ。

その言葉に、四人は顔を見合わせた。そう言えば、あの時からすべてが動き始めたのだと、感慨深く当時の事を思い起こす。

当時はセルティス皇子殿下の事も、厄介で扱いに困る皇子殿下だとしか認識していなかった。マイアール妃が子を身籠もり、いよいよ面倒な事になったと四人が顔を突き合わせていた時、このヴィア妃が突然、水晶宮を訪れたのだ。

「初対面でいきなり、殿下の愛妾にして下さいとおっしゃったのですよね。あれには本当に、度肝を抜かれました」

少々の事には動じないルイタスだが、あの時はさすがに言葉を失った。

「おまけに妃殿下は、伝説のツィティー妃の偶像を見事にぶち壊していかれました し」

溜息交じりにアモンがそう付け足す。

聡明で分を弁え、従順かつ可憐な皇帝の寵妃のイメージは、あの日、がらがらと崩れ落ちた。おまけに、病弱で寝込んでいると噂されていたヴィア皇女は、そのツィティー妃の性格を色濃く継ぎ、合理的かつ行動力のある、心身共に健康な姫君だった。

「そう言えばあの日妃殿下は、王宮での暮らしは退屈だとおっしゃっていましたね。鳥籠に閉じ込められたまま、一生を過ごしたくないと。皇后になられれば、殊の外制約の多い暮らしになってしまいますが、それでもよろしいのですか？」

グルークの言葉に、アレクがはっとしたようにヴィアを見た。心配そうに表情を曇らせるアレクを見て、ヴィアは安心させるようにアレクの手を握りしめた。

「市井に下りた二年間、わたくしはいろいろなところを旅しましたの。縁あって旅座の者に拾われて、そこで雇ってもらえましたから」

思わぬ事件に巻き込まれて蓄えもつき、路頭に迷い掛けた頃、偶然にテルマの旅座に会ったのだ。

テルマの民の結束は強く、ヴィアは幼い頃から、母の繋がりで皇都ミダスを訪れるテルマの民達と交流があった。アンシェーゼの皇帝に横恋慕され、その後、皇子を産んで立妃したツィティーを知らぬテルマの民はいない。訳あってアンシェーゼの宮廷を出たとヴィアが話すと、テルマの旅座は快くヴィアを受け入れてくれた。

「皇宮では見た事もない珍しいものや不可思議な事、驚くような暮らしもたくさん目に致しました。国内だけでなく、ガランティアや西方の国にも参りましたわ」

ヴィアの言葉に、知識欲の旺盛なグルークが身を乗り出す。

「それは是非とも教えていただきたい事です」

他国の情報を持つ事は、アンシェーゼにとって何よりの武器となる。また、ヴィア妃が民の視点で見た国内外の様子もグルークはぜひ知っておきたかった。

「喜んで」

ヴィアは頷き、柔らかな目でアレクを見上げた。

「旅をするのは嫌いではありませんでした。毎日働きづめでしたけれども、それほど苦ではありませんでしたし。けれど、どんなに楽しくても、傍に陛下はいらっしゃいません。それはとても心寂しいものでした。陛下のおられない自由よりも、わたくしは陛下のいらっしゃる日常の方がよほど大切です」

ヴィア妃の言葉に皇帝は満面の笑みを浮かべ、傍らで見ていた側近三人は、皇帝陛下はこの先一生、ヴィア妃の掌の上で転がされるに違いないと確信した。

「危険な目には遭われませんでしたか？」

アモンが尋ねると、一度だけ、とヴィアは視線を落とした。

「トウアを去る時、乗合馬車を利用しましたの。陛下はタイスル峡谷という名をご存じですか？」

「セクルトの国境にも近い場所だ。確か、治安が悪いと聞いている。峡谷ではなく、迂回路を通った方が安全な筈だが」

「わたくしは知りませんでしたの。だから安易に乗合馬車を使ってしまって」

「盗賊団に襲われましたか？」

アモンが眉を顰める。

「ええ。気が付いたら、馬の嘶(いなな)きや怒号や悲鳴が飛び交っていました。皆は散り散りに逃げたのですけど、彼らは面白がるように追いかけてきて人を殺すのです」

ヴィア自身、もう駄目かと思った。何とか馬車からは飛び降りたが、恐怖で喉は強張りつき、凄惨な光景に意識が遠くなった。

「隣にいた人の血しぶきがわたくしの顔や衣服に飛んで、そこからは記憶がないのです。気が付いたら死体と間違われて焼き場に運ばれるところで、あの時は本当に恐ろしかったですわ」

話を聞いた三人はぞっとしたが、皇帝の方は心配を通り越して怒りが湧いてきたらしい。

「私の傍を離れるから、そういう目に遭うんだ」

タイスル峡谷の馬賊は殲滅(せんめつ)させようと、アレクは心に誓った。危険なところだと報告は受けていたが、優先順位を考えて後回しになっていた事案である。だが、ヴィアを殺そうとした以上、八つ裂きにしても気が済まない。

怒りを滾らせる皇帝を見て、ヴィアはしゅんとした。

「わたくしは本当に血が苦手ですの。これぱかりはきっと一生直りませんわ」

あの時助かったのは、奇跡だと言われた。死体と間違われたから、殺されずに済んだのだろうと。

だが、安全な宿屋に運んでもらった後も、恐怖はなかなかヴィアから去らなかった。寝ても覚めても、あの時の悲鳴や断末魔の声が頭から離れない。宿屋に閉じこもり、誰とも話さず、ヴィアは幾日もただ部屋の中で膝を抱えて震えていた。

「もし戦になっても、わたくしは貴方の足手纏いになるばかりです」

それを聞いたアレクは笑った。

「お前は皇后となるんだ。もし戦になったら、お前は皇宮の一番奥の、最も安全な場所で守られていろ。それがお前の仕事だ」

正面に座していたルイタスも同意する。

「皇帝陛下が戦で皇宮を留守にした場合、代わって宮廷を仕切るのは皇后です。その身の安全は誰よりも優先されなければなりません」

それからいたずらっぽく言い添えた。

「ですから万が一にも、馬を駆って陛下の許に駆け付けようとは思わないで下さい」

「ルイタス様！」

ルイタスが何のことを言っているのかを知って、ヴィアは真っ赤になった。堅物のアモンや余り笑わないグルークまでが笑いを噛み殺す。

実はアレクと夜を過ごすようになって数日後、ヴィアはアントーレ騎士団を訪れていた。なかなか弟が会いに来ないので、不審に思って顔を見に行ったのである。

姉が面会に来たと知ったセルティスは息せき切って駆けつけてきて、「あの時はごめん」と土下座に近い形で平謝りした。姉に帰ってきてもらうという当初の目的は達成されたが、まさか疲労で倒れ込むほど無理をさせてしまうとは思ってもいなかったからである。

が、ひとしきり謝り倒した後、セルティスはヴィアに反撃を始めた。手紙一つで姿をくらまされて自分がどんなに悲しかったか、切々と姉に訴え始めたのである。当時セルティスは十三歳。母親代わりだったヴィアに急に置いていかれて、そりゃあもう寂しかったと言われれば、ヴィアも「ごめんね」と謝るしかない。

そうして姉弟は互いの言いたい事を全部ぶちまけた後、仲良く二人でお喋りに興じた。その時、ふと思いついたヴィアが乗馬の練習をしたいとセルティスに言い、セルティスが気軽に付き添ってやったのだが、これが後に大変な騒ぎを引き起こす結果となった。

ヴィアが落馬したのである。

本当に恐ろしかったと、後にセルティス皇子は何度も側近に語ったと言う。何にもない所で、それほど馬を走らせている訳でもないのに、急にバランスを崩して落馬したんだ。あんな怖い乗馬をする人間を、自分は見た事がない。

落馬したヴィア妃の許にセルティス皇子が真っ青になって駆け付けて名を呼び、アントーレは瞬く間に大騒ぎとなった。ヴィアは肘を擦りむいたくらいだったのだが、すぐに侍医団が呼ばれ、あろうことか皇帝までが泡を食ってアントーレに駆け付けた。

肝を冷やした皇帝は、二度と馬に乗ってはならないとヴィア妃に厳命した。

「頼むから、もう二度と危ない事はしないでくれ」

ヴィアの手を取り、真剣な顔で頼んでくるアレクにヴィアは神妙な顔で頷く。

「お約束致します。二度とあのようなご心配はおかけいたしませんわ」

ヴィアはきちんとそう約束してアレクから手を引き抜こうとした。が、何故かその手が抜けなかった。ヴィアはもう一度手に力を入れたが、やはり手は動かなかった。見ればしっかりとアレクに握り込まれている。

ヴィアは困惑してアレクを見上げたが、アレクは素知らぬ顔だ。素知らぬ振りだけならまだしも、アレクは何と親指でヴィアの手の甲を愛撫し始めた。

言っておくが、目の前には三人の側近がいる。つまりアレクの指の不埒（ふらち）な動きは丸見えな訳で、ヴィアはいたたまれずにそわそわと視線を彷徨わせた。

それを間近で見せつけられた側近の方はと言えば、ちょっと呆気にとられ、それから何とも言えない顔で互いを見やった。

そう言えば皇帝が、ヴィア妃の立后を前に何か喜ぶものを贈ってやりたいと、数日前から儀礼官を巻き込んでいろいろ動き回っていた事まで思い出してしまった。つまり一刻も早く二人きりになりたいのだろう。

ルイタスはごほんと咳払いした。

「あー……、随分と長居をしてしまった気がします。そろそろ私達はこの辺りで失礼します」

「そうか？」

とぼけた返事をしてくるアレクに、早く帰って欲しいくせに！　と側近三人は同時に心の中で突っ込んだ。

ヴィア妃の方は、傍にいるだけで幸せみたいなオーラを出しているが、皇帝の方は多分そうではない。ぶっちゃけ下心見え見えである。まあ、世継ぎを早く作って欲しいので、臣下的には願ったり叶ったりではあるのだが。

そうして二人きりになった室内で、アレクは待ちかねたようにヴィアの肩を抱き寄せた。

「良かったのでしょうか。何だか変な気を遣わせてしまったみたいですけど……」

心配そうに言ってくるヴィアに、アレクは軽く肩を竦めた。むしろもっと気を遣え！　と悪友どもには言ってやりたい気分である。

こっちは新婚真っ只中なのだ。恋い焦がれたヴィアをようやく皇宮に迎え入れたはいいが、その後延々とお預けを食らわされ、思いを遂げて十日足らず。

詰めておきたい話もあるのであの三人が来る事自体は別に構わないが、訪問の時間を短くするとか多少なりとも配慮すべきだろう。

「いいんじゃないか。夜も随分と遅いし」

日中は仕事が立て込んでいて、二人きりになれるのは夜だけである。その貴重な時間がこれ以上削られたら、禁断症状が出てきそうだ。

だからアレクは手っ取り早くヴィアの言葉を唇で封じた。ヴィアはちょっと抗ったが、唇が離れる頃には大人しくなった。

抱き寄せられたアレクの肩口にヴィアは幸せそうに頭を凭せ掛ける。アレクはヴィアの肩にまわした手で、淡い光沢を放つヴィアの髪を愛おしそうに弄んだ。

光を落とした室内で、柔らかな沈黙が二人を包み込んだ。互いの息遣いを感じ、温もりを静かに分かち合う。時々思い出したように軽い口づけを交わして、二人で笑い合った。

「何だか夢の続きを見ているみたい」

アレクの肩に頭を預け、囁くようにヴィアが言った。

「夢？」

「ええ。夢の中でこんな風に貴方と抱き合っているの。幸せで満ち足りて、ただ嬉しくて……」

目覚めればいつも一人で、夢から覚める時が一番辛かった。悲しくて寂しくて苦しくて、寝台の中で声を殺して泣き続けた。哀しみが薄らぐ未来が見えなかった。

「とても不思議だったわ。貴方の側妃であったのは一年足らずで、その時でさえ別れに暮らす日々の方が多かったのに、どうしても貴方の事が忘れられなかった」

こんなにも人を愛せるのだと、自分でも驚くほどだった。皇宮の外の世界には様々な出会いがあり、新たな絆を結んで日一日とアレクから遠ざかっていくのに、アレクとの思い出ばかりはいつまでも薄らぐ事なく、ヴィアの脳裏に鮮明だった。

そうしてヴィアはようやく気が付いた。自分は一生に一度の恋に出会ってしまったのだと。

二度と会う事は叶わなくとも、自分は死ぬまでアレクの面影を追い続けるだろうと、その時に思い知った。

「わたくしを呼び戻して下さってありがとう」

想いのすべてを込めてそう囁けば、アレクは笑ってヴィアの額に口づけた。

「礼を言うのは私の方だ。お前が帰ってきてくれて、ようやく私は満たされた。私がどれだけお前の存在に救われているか、きっとお前には想像もつかないだろう」

「陛下……」

もう一度触れ合うような軽い口づけをヴィアの唇に落とした後、アレクはふと思い出したようにヴィアに告げてきた。

「そう言えばお前に贈りたいものがあるんだ」

「わたくしに？」

ヴィアは不思議そうにアレクを仰いだ。ドレスも靴も装身具も、ヴィアが必要とする何もかもが、最高級の物で揃えられていた。これ以上、何を贈られる物があるのか、想像もつかない。

「以前セルティスに聞いていたんだ。その時からずっと、お前に返してやりたいと思っていた」

そうして手渡されたのは、螺鈿細工の施された薄い木製の箱だった。ヴィアは両手で丁寧に箱の蓋を開け、そこに一枚の紙が折り畳まれて入っているのを見た。

「皇后に立后するにあたり、お前の名前を改める事にした」

ヴィアはゆっくりとその紙を広げ、次の瞬間大きく息を呑んだ。

〝皇后ヴィアトリス〟

ヴィアは信じられないという風に小さく首を振った。父親が遺してくれた、たった一つの大切な名前だった。

ずっと凝っていた母の無念が静かに解けていくようだった。

夫に繋がるものはすべて処分され、力づくで皇宮に連れて来られた母、ツィティーにとって、ヴィアだけが唯一、夫に繋がるものだった。なのに、その名前を無理やり変えさせられて、母はずっとその事に心を痛めていた。

名前を見つめるヴィアの瞳にみるみる涙が溜まり、やがてそれは一すじの美しい涙となって頬を伝い落ちていく。

この名前を取り戻したいと願い、けれどこれ以上の願いは身に過ぎたものだと望む事すら諦めていた。けれど決して口にする事のなかった願いを、そしてこの名前を含めた過去に纏わるヴィアの苦しみや葛藤の全てを、アレクはきちんとわかってくれていたのだ。

「陛下……」

万感の思いでそう名を呼ぶと、アレクは美しい琥珀の瞳を細めて満足そうに笑った。

「ヴィアトリス、愛している」

深みのある声がヴィアを優しく包み込んだ。

「どうかこの名で一生、私に仕えてくれ」

皇后ヴィアトリスの清楚な美しさは民の間で語り継がれ、自国出身の聡明で美しい皇后の誕生に、民は沸き返った。

やがて、立后からひと月も経たない内に、皇后は体の不調を訴えるようになり、ほどなく皇后懐妊の報が国中にもたらされた。

生まれたのは、琥珀の瞳と太陽のような髪を受け継いだ皇子殿下だった。

レティアスと名付けられたその子は、国中の期待を背負い、生後一か月で皇太子の称号を身に受けていく。

アンシェーゼ歴代の皇后の中でも際立って美しいと後の世に評された美貌の皇后ヴィアトリスは、この後も皇帝の寵を一身に受け、更に一男四女を皇帝との間にもうけた。

名君と名高い皇帝アレクであったが、この皇后だけには頭が上がらなかったと、もっぱらの噂である。

メゾン文庫

仮初め寵妃のプライド
皇宮に咲く花は未来を希う

2020年4月20日　初刷発行

著　　者　タイガーアイ

発 行 者　野内雅宏

発 行 所　株式会社一迅社
〒160-0022 東京都新宿区新宿3-1-13
京王新宿追分ビル5F
電話　[編集] 03-5312-7432
[販売] 03-5312-6150

発売元:株式会社講談社(講談社・一迅社)

印刷・製本　大日本印刷株式会社

D T P　株式会社三協美術

装　　丁　AFTERGLOW

ISBN978-4-7580-9259-3　C0193

本書は「小説家になろう」(https://syosetu.com/)に掲載されていたものを改稿の上書籍化したものです。